이야기
어떻게
쓸까 ?

매체를 넘나드는
이야기 쓰기의 원리

이야기 어떻게 쓸까?

배상민

yeon/doo

차례

들어가며 6

본격적으로 작법에 대해 서술하기 전에 짚어두고 싶은 것이 있다. 이 책에서는 '스토리' 대신 '이야기'라는 용어를 사용하고자 한다. 이야기는 친숙하고 발음하기 쉬운 순우리말이라는 장점도 있지만, 소설, 영화, 드라마, 동화 등 다양한 매체의 내용을 관통하는 폭넓은 용도로 쓰일 수 있는 용어이기도 하다. 심지어 우리는 일상생활을 말할 때도 '이야기하다'라는 표현을 쓴다. 즉 나의 일이나 남에게 들은 일을 타인에게 들려줄 때, 우리는 '이야기를 해주는' 것이다. 그래서 이야기가 학문적으로 종종 쓰이는 내러티브narrative라는 용어만큼이나 폭넓게 사용되면서도 소설, 영화, 드라마 등을 관통하는 작법의 원리를 밝히려는 이 책의 의도와 가장 잘 어울리는 용어라고 판단했다.

이 책의 대전제는 이야기 예술에는 매체와 관계없이 공통적으로 적용되는 원리가 존재한다는 것이다. 서사학에서 이야기는 일반적으로 서사story와 서사담론narrative discourse 두 가지로 나뉜다고 본다. 여기서 서사는 구체화되지 않으나 존재하는 이야기를 말하고 서사담론은 그 이야기를 현현하는 그릇 혹은 수단이라고 할 수 있는데, 대개 소설, 영화, 드라마 같은 매체를 말한다. 예를 들어 '신데렐라'라는 이야기는 그 자체로는 전달되지 않는다. 이 이야기가 구전되거나 소설, 영화, 드라마 등의 매체에 담겼을 때 비로소 형태를 갖추고 전달된다. 그런데 반대로 말하면 이는 구전, 소설, 영화, 드라마 등 개별 매체를 아우르는 신데렐라라는 공통된 이야기가 존재한다는 뜻이 된다.

이야기 쓰는 방법을 담은 지금까지의 책들은 영화 시나리오 쓰기, 드라마 대본 쓰기, 연극 대본 쓰기, 소설 쓰기 등 개별적인 매체의 작법에 대해 서술하거나, 각 매체별로 상이한 특성을 부각시키는 방법으로 서술하는 경우가 많았다. 그러나 매체 사이에 놓여 있던 장벽이 급격하게 허물어지고 있는 지금, 이 모든 것을 아우르는 새로운 형태의 작법서가 필요하다는 생각이다. 작가라는 직업에 한정 지어 생각해 보면 소설가가 드라마 대본이나 영화 시나리오를 쓰는 경우가 늘어나고 있고, 반대로 시나리오 작가가 소설이나 웹소설에 뛰어들기도 한다. 이는 소설이나 웹소설이 드라마화 혹은 영화화되거나 웹소설이 웹툰화된 후 다시 드라마화되는 소위 OSMU(One Source Multi Use) 현상과 맞물려 더욱 가속화되고 있다.

작가 입장에서 보면, 이렇게 변화하는 환경은 생각하기에 따라서 크나큰 장점이 될 수 있다. 가령 소설을 써서 출간한 후 출판계의 관례에 따라 그 소설 원작의 저작권을 작가가 가지고, 그 저작권을 이용해서 웹툰, 영화, 드라마 등 2차 저작물을 집필하게 되면 소설의 원작자는 저작물에 대한 자신의 권리를 상실하지 않을 수도 있다. 영화 시나리오나 드라마 대본을 곧바로 쓰면 작가는 자신의 상당 권리를 제작사 혹은 투자사에 넘겨주게 되는 것이 현실이다. 그러므로 다양한 매체를 넘나드는 것은 창작물에 대한 자신의 권리를 지키는 최고의 방편일 수 있다.

그뿐만 아니라 여러 매체에 걸쳐서 글쓰기를 할 수 있다면 작가가 쉼 없이 창작 활동을 이어가는 데도 도움이 된다. 흥행의 부침이 심한 이야기 산업에서 데뷔작이 마지막 작품이 되는 일도 허다하고, 작품 활동을 지속하더라도 흥행작을 내지 못하면 수년에 걸쳐 아주 간헐적으로 작품을 하게 되는 경우도 많다. 그러나 대본 혹은 시나리오 작가가 소설도 쓸 수 있다면, 어쩔 수 없이 작업을 쉬는 기간에도 창작 활동을 이어나갈 수 있다. 소설은 제작 예산을 신경 쓰지 않고 자유롭게 내용을 전개할 수 있고, 출간 비용이 영화나 드라마 제작 비용에 비해 현저하게 낮기 때문에 자신의 창작물을 세상에 내보일 기회를 더 많이 잡을 수 있다. 물론 그 반대도 가능하다. 소설가가 자신의 작품을 각색해서 영화나 드라마 등의 새로운 매체에 도전해볼 수도 있는 것이다.

그렇다면 작가는 어떻게 매체의 벽을 넘나들며 이야기를 창작할 수 있을까? 소설, 영화, 드라마 등을 아우르는 일정한 이야기의 구성 원리를 익히고 적용하는 가운데 그러한 창작이 자연스럽게 이뤄질 수 있다. 필자의 경우 현재는 소설가지만 한때는 드라마 제작사에서 기획 프로듀서로 일했고, 영화 제작자와 시나리오 작업을 하기도 했다. 석사와 박사 학위 과정 중에는 영화는 물론 연극과 뮤지컬에 대한 공부도 했고 최근에는 출판사에서 웹소설 기획을 담당하기도 했다. 그뿐만 아니라 교보문고와의 협업으로 드라마나 영화화를 염두에 두고 장르 소설을 개발하는 일도 수년간 해 왔다. 현업과 학업으로 거의 모든 이야기 매체를 겪어 본 셈이다. 개인적으로 이렇게 다양한 매체를 거치며 커리어를 쌓을 수 있었던 것은 이야기에는 공통적으로 적용되는 원리가 있다고 짐작했기 때문이었고, 십수 년간의 경험을 쌓은 지금은 이야기에 공통적으로 적용되는 원리가 있다고 확신한다.

물론 개별 매체의 특성을 잘 아는 것은 매우 중요하다. 웹툰이나 웹소설에서 성공한 작품이 영화나 드라마 흥행에서 실패하는 경우도 있다. 흥행 실패에는 여러 요인이 있을 수 있지만, 매체별 특성을 고려하지 않고 제작에 뛰어든 것도 하나의 요인일 수 있다. 그러나 이야기의 구성 원리를 알고 개별 매체의 특성에 접근하면 적응하기가 훨씬 용이하다. 같은 주제와 플롯을 가진 이야기가 소설과 영화에서 어떻게 다르게 나타나는지를 더 명확하게 비교하고 이해할 수 있기 때문이다.

그래서 이 책에서는 영화, 드라마, 웹소설 등 다양한 매체의 작품을 예시로 들었다. 이 책을 읽은 이들이 쉽게 찾아볼 수 있거나 익히 알고 있을 법한 작품을 중심으로 선정했고, 가급적 고전보다는 최근 작품을 많이 언급하려고 노력했다. 무엇보다 이런 다양한 매체의 작품을 선정하고 그에 내재한 이야기 구성 원리를 밝힘으로써 역으로 개별 매체를 아우르는 이야기의 구성 원리가 있음을 드러내고자 했다.

이야기 구성에 원리가 존재한다는 것은, 결국 이 원리가 기본기에 해당한다는 뜻도 된다. 이 책에서 서술하는 여러 가지 이야기의 개념과 공식들이 그러하다. 모든 기본기가 그러하듯 잘 익히면 이야기 구성이 탄탄해지는 기반을 마련할 수 있고, 소화할 수 있는 장르의 폭도 넓어진다. 반대로 기본이 부족하면 이야기의 완성도가 들쭉날쭉해지거나 수정을 하더라도 정확한 기준이 없기 때문에 그 방향이 올바른지 알기 어렵다. 막연한 가운데 자신의 감을 믿고 이야기를 해야 하는 상황에 놓이는 것이다.

물론 기본을 안다고 해서 대중적 성공을 거두는 작품을 쓸 수 있다고 확언하기는 어렵다. 그러나 기본을 망각한 채 대중적 성공을 거두는 작품을 쓰는 것은 거의 불가능하다. 따라서 이 책의 목표는 대중적 성공을 거두기 위해 이야기를 쓰는 팁을 전해주는 것이 아니다. 이야기에 필요한 기본적인 사항들을 제시함으로써 성공적으로 이야기를 창작하기 위한 발판을 마련하는 것이 이 책의 목표다.

많은 이들이 창작은 배우는 것이 아니라 영감으로 하는 것이라고 생각한다. 그래서 이야기를 창작하고자 하는 사람들 다수가 자신이 그동안 보아왔던 다양한 작품과 비슷한 이야기를 흉내 내어 쓰려고 한다. 안타까운 현실이다. 전문가가 아닌 이상 건물의 외관을 본다고 해서 그 내부의 다양한 공학적 원리를 알 수 없는 법이다. 이야기도 마찬가지다. 재미있고 훌륭한 작품을 단지 즐겁게 봤다고 해서 그 작품이 어떻게 창작되었는지 안다고 생각하는 것은 착각이다. 제대로 기초를 다지지 않은 건물이 쉽게 허물어지는 것처럼, 기본기를 제대로 갖추지 않고 이야기를 쓰면 대체로 발단을 지나 전개에서 무너지고 만다.

탄탄한 기본기의 중요성은 모든 예술에 적용된다. 천재적인 재능을 지니고 태어나지 않는 이상, 데생과 채색을 모르고 화가가 된다거나 음계와 화성을 제대로 모르고 작곡가가 된다거나 몸을 제대로 쓸 줄 모르는 상태에서 무용가가 될 수는 없다. 이야기도 마찬가지다. 타고난 재능을 지닌 예외적인 경우를 제외하면, 이야기의 구성 원리를 배우고 익혀야 자신이 원하는 창작자의 길에 안정적으로 접어들 수 있다. 이야기는 그 기본을 먼저 배우고 익힌 후에 창작을 시작해야 한다는 점을 절대 간과해서는 안 된다!

1부

본격적으로 이야기를 쓰기 전에

1. 이야기하기의 기본 용어들

모든 예술에는 그 장르만의 기본적인 용어가 있다. 그리고 잘 정리된 용어는 중요한 소통 수단이 된다. 예를 들어 사과라는 단어가 존재하기 때문에 우리는 과일 중에 빨갛게 익고 달콤하면서 약간 시큼한 맛을 내는 것의 개념을 쉽게 공유할 수 있다. 이야기도 마찬가지다. 몇 가지 용어를 잘 정리해서 기억해 두어야 그 개념에 혼동이 생기지 않는다. 이야기 용어는 사과라는 단어만큼이나 널리 쓰이고 익숙한 것들이 대부분이다. 주제, 소재 같은 것들이 그러하다. 그런데 이 용어들은 사과라는 단어에 비해 그 개념이 명확히 공유되지 않는 것 같다. 사과라고 하면 누구나 비슷한 모양과 맛을 떠올리지만, 주제에 대해서 말해달라고 하면 제각각인 경우가 많다. 어떤 이는 사랑, 우정 같은 하나의 단어로 답하기도 하고, 또 어떤 이는 '침묵은 금이다.' 같은 격언이나 속담으로 답하기도 한다. 그리고 또 어떤 이는 '상처는 상처를 들여다볼 때 극복된다.' 같은 문장으로 답하기도 한다. 용어가 같아도 그 개념이 제각각이면 제대로 정리되었다고 보기 어렵다. 따라서 여기서는 앞으로 이 책에서 반복해서 쓰일 용어들을 정의해놓으려고 한다.

소재

소재는 간단히 말해 이야기의 글감을 가리킨다. 작가를 꿈꾸는 이들은 소재를 다양한 곳에서 얻는다. 신문 기사, 르포, 텔레비전 프로그램, 이전에 봤던 영화나 소설, 꿈 등. 어떤 이야기를 쓰고 싶다고 '꽂히는' 것은 거의 대부분 소재라고 보면 된다.

특히 습작기에 있는 이들은 소재에서 바로 글쓰기를 시작한다. 글을 쓰고 싶은 소재를 만났을 때는 흥분되고, 설레기까지 한다. 그래서 마음이 급해지고, 곧바로 컴퓨터 앞에 앉아 첫 문장을 시작하는 것이다. 하지만 이 순간을 제일 경계해야 한다. 좀 구체적으로 말하자면 이 순간을 참아야 한다. 절대 소재에서 바로 글쓰기를 시작하면 안 된다. 이야기 쓰기는 장기 레이스다. 하루 이틀 만에 완성되는 것이 아니다. 장편 소설이나 장편 시나리오 혹은 드라마 대본의 경우 최소 한 달에서 길게는 몇 년을 써야 한다. 집필 기간이 길어질수록 처음 소재를 접했을 때의 설렘은 서서히 사라진다.

마치 강렬한 사랑이 시간이 지나면 휘발되는 것처럼 말이다.

이후에는 적당한 결말이 날 때까지 사건 뒤에 사건을 이어 붙이는 작업의 연속이 되고 만다. 때로 이 작업은 지난하다 못해 지루하기까지 하다. 게다가 자신이 제대로 이야기를 쓰고 있기는 한지 의문이 들기도 한다. 많은 습작생들이 이 시기에 봉착하면 글 쓰는 것을 중도에 포기하고, 자신의 심장을 뛰게 할 다른 소재에 눈을 돌린다. 이게 최악이다. 심장을 뛰게 할 다른 소재 역시 쓰다가 막히는 순간이 오거나 누군가에게 합평을 요청했다가 비판적인 이야기를 듣게 되면 그 설렘이 식어버리는 순간이 반드시 찾아오기 때문이다. 그래서 첫눈에 반한 소재로 이야기를 쓰는 습관이 들면 이 소재에서 저 소재로 눈을 돌리며 발단과 전개 쓰기만 반복하게 된다.

물론 소재에 꽂혀서 쓰더라도 이러저러한 고비와 갈등을 극복하고 나서 이야기를 완성할 수도 있다. 하지만 그 원고의 완성도를 장담하기 어렵다. 당연히 소재를 중심으로 쓰지 않을 때 역시 원고의 완성도를 장담하는 것은 어려운 일이다. 초고란 원래 그런 것이기도 하다. 문제는 수정과 퇴고에 있다. 소재 중심으로 사건만 얼기설기 엮어서 이야기를 완성할 경우 수정할 때 그 중심을 잡기가 어려워진다. 자꾸만 사건을 좀 더 그럴싸한 것으로 바꾸거나, 대사를 고치거나, 캐릭터를 좀 더 그럴듯하게 꾸미는 데 집중하게 된다. 건축으로 예를 들자면 건물의 구조 자체가 잘못 올라갔는데 인테리어만 손보는 격인 것이다.

그래서 소재가 떠올랐을 때 바로 집필에 들어가는 것은 매우 위험하다. 좋은 소재라고 판단될수록 일단은 메모를 해두자. 그리고 소재를 발견했을 때의 설렘이 어느 정도 사라진 후에도 여전히 글을 쓰고 싶다는 생각이 들고, 이 소재를 통해 진정 전하고자 하는 메시지, 다시 말해 주제가 생각났을 때 집필을 시작해야 한다.

주제

대중적인 이야기에 대한 편견 중 하나는 주제가 없다고 생각하는 것이다. 이는 완전히 틀린 생각이다. 성공적인 이야기에는 반드시 주제가 있다. 대중적인 이야기라고 해서 예외가 아니다. 예술적인 이야기나 대중적인 이야기 모두 주제가 있다. 다만 예술적인 이야기에서 삶에 대한 사색이 깊이 있게 형상화되는 경우가 더 잦을 뿐이다. 그렇다고 모든 대중적인 이야기의 주제가 얕을 것이라고 오해해서는 안 된다.

예를 들어 보자. 영화 〈어벤져스〉 시리즈의 종결편이라고 할 수 있는 〈인피니티 워〉와 〈엔드게임〉은 사실상 하나로 이어진 영화라고 볼 수 있다. 지나치게 붐비는 우주의 구성

〈인피니트 워〉, "나는 필연적인 존재다."

원 절반을 없애려는 빌런 타노스와 이에 맞서는 히어로들의
조합인 어벤져스의 대립을 일관되게 그리고 있기 때문이다.
개인적으로 이 영화에서 인상적이라고 생각하는 대사가 둘
있다. 첫 번째는 타노스가 내뱉는 대사. "나는 필연적인 존
재"라는 것이다. 영화 속에서 이 대사의 의미는 이렇게 해석
된다. 우주가 지나치게 붐비므로 우주는 균형을 되찾으려고
하고, 그런 우주의 뜻에 따라 균형을 회복하려는 타노스라는
존재가 생겨났다는 것이다. 그러므로 타노스가 우주의 존재
절반을 없애려고 하는 행위는 필연적인 행위이며, 반드시 행
해져야 하는 행위가 된다. 즉 타노스가 임의로 우주의 존재

〈엔드게임〉, "나는 아이언맨이다."

절반을 지우는 행위는 우주의 미래를 위해 어쩔 수 없는 희생이다. 이런 측면에서 생각해보면 "나는 필연적인 존재"라는 대사는 전체를 위해 소수의 희생을 당연시하는 전체주의를 의미하는 것으로 재해석될 수 있다.

그런데 이 대사의 정반대에 해당하는 대사가 있다. 바로 토니 스타크, 즉 아이언맨이 영화의 절정 부분에서 말하는 "나는 아이언맨이다."라는 대사다. 조금만 생각해보면 이 대사는 뜬금없어 보인다. 토니 스타크가 아이언맨임을 모르는 관객은 없다. 영화 속 주변 캐릭터 중에도 그가 아이언맨임을 모르는 이는 없을 것이다. 그런데 왜 가장 중요한 장면에 굳이 이 당연한 대사를 넣었을까?

　그 이유를 생각해보려면 토니 스타크가 타노스와 대척점에 서 있던 캐릭터 중에서도 중심인물이라는 점을 상기해야 한다. 어벤져스는 타노스에 대항하는 집단인데, 타노스가 임의로 지워버린 절반의 존재를 되찾기 위해 전투를 벌인다. 이들은 타노스가 우주의 절반을 지워버렸던 시간을 되돌려 타노스를 물리치고, 원상태의 우주를 지켜낸다. 그런데 어벤져스는 왜 원상태의 우주를 지켜내려고 할까? 그 이유는 타노스의 의지, 즉 타의에 의해 우주의 절반이 지워졌기 때문이다. 만약 모든 우주인이 우주의 밀도를 낮추기 위해 스스로 희생을 택했다면 어벤져스 중 누구도 우주를 원상태로 되돌리려는 노력을 하지 않았을 것이다. 이들은 타의에 의해 운명이 결정되는 것, 그것이 정의롭지 못하기 때문에 타노스와 대적하는 것이다. 쉽게 말해 어벤져스는 스스로 운명을 결정할 수 있는 자유를 되찾기 위해 싸운 것이라고도 볼 수 있다. 그렇다면 토니 스타크의 마지막 대사를 이 맥락에서 다시 이해할 수 있다. "나는 아이언맨이다."라는 대사는 자신은 타노스에 의해 운명이 결정되는 존재가 아니며 죽음조차 스스로 선택할 수 있다는 선언으로 보인다. 죽음조차 스스로 선택하는 것, 그것이야말로 자유의 궁극적인 형태다.

　그러므로 영화 〈인피니티 워〉와 〈엔드게임〉에서 타노스와 어벤져스의 대립은 전체주의와 자유주의의 대립으로 보이며, 이 영화에서 그리는 자유주의의 승리는 곧 이 영화의 주제를 반영하는 것으로 생각된다. 개인적으로 이 영화의 주제는 '자유란 궁극적으로 자신의 존재 자체까지도 스스로 결정할 수 있는 권리를 가지는 것'이라고 생각한다.

여기서 영화〈어벤져스〉시리즈의 일부인〈인피니티 워〉와〈엔드게임〉의 분석을 길게 하는 이유가 있다. 대중적인 이야기라고 할지라도 얼마든지 깊은 주제를 구현할 수 있다는 점을 역설하고자 하는 것이다. 대중적인 이야기에는 주제가 없다는 편견을 버려야 한다. 오히려 대중적인 이야기일수록 주제가 뚜렷해야 한다. 그래야 주인공이 어떤 가치를 위해 나아가는지를 명확하게 결정할 수 있다.

그렇다면 주제는 정확히 무엇일까? 우선 주제는 작품을 통해 작가가 전하고자 하는 메시지다. 간혹 대중적인 이야기를 쓰고자 하는 습작생 중에 이런 말을 하는 이들이 있다. 자신은 작품을 통해 단지 재미를 주고 싶다고. 그래서 주제가 없어도 될 것 같다고. 그러나 재미를 주기 위해서는 주제가 있어야 한다. 주제가 있어야 갈등이 생기기 때문이다. 주제와 갈등의 상관관계는 뒤에 설명을 하겠지만, 대체로 주제가 주인공이 작품을 통해 이루고자 하는 가치를 표방한다면 갈등은 그에 반하는 가치와의 충돌 속에서 발생하기 때문이다.

예를 들어 자신의 운명을 스스로 결정하는 자유를 쟁취하려는 토니 스타크는 타인의 운명을 임의로 결정지으려는 타노스와 갈등한다. 다시 말해 토니 스타크가 지향하는 가치는 타노스가 지향하는 가치와 대립하고, 이 대립이 결국 갈등을 일으키는 것이다. 그러므로 이야기의 재미를 위해서라도 주제는 반드시 필요하다.

결국 소재를 떠올린 후에 맨 먼저 할 일은 주제를 설정하는 것이다. 하지만 다양한 교육 현장에서 스토리텔링 수업을 진행해본 결과 절대다수의 학생 혹은 습작생은 이 주제 잡는 일을 낯설어하고 어려워했다. 어찌 보면 당연한 일이다. 글쓰기에서 주제가 중요하다는 사실은 배워서 알고 있지만, 교육을 받는 동안 주제를 정확히 잡아서 글을 써본 경험이 전무하다시피 하기 때문이다. 그런 의미에서 대부분의 학교 교육 현장에서 주제는 존재하되 실재한 적이 없는 단어 같기도 하다. 특히 대중적인 이야기에는 주제가 없다는 인식이 강하기 때문에 미스터리, 로맨스, SF 등의 장르를 지망하는 습작생의 경우 주제를 잡을 생각조차 하지 않는다. 그러나 성공적인 이야기를 쓰기 위해서는 이제라도 주제 잡는 연습을 해야 한다.

주제를 잡기 위해서는 먼저 자신이 이야기를 통해 전달하고자 하는 메시지를 하나의 간결한 문장으로 정리해보는 것이 중요하다. 이때 반드시 '하나의 주어 혹은 주어구'와 '하나의 서술어 혹은 서술어구'로 된 문장으로 표현해야 한다. 예를 들면 아래와 같은 문장들이다.

- 상처를 극복하기 위해서는
  먼저 상처를 들여다보아야 한다.
- 어른이 되기 위해서는
  자신이 벌인 일에 책임을 져야 한다.
- 주어진 현실을 극복하기 위해서는
  먼저 현실에 치열하게 부딪쳐야 한다.
- 부모의 사랑은 자식이 나이 들어서
  갚아야 하는 채무다.
- 자존감을 찾기 위해서는 먼저 자신의 가치를
  스스로 인정할 줄 알아야 한다.

위의 예에서 보듯 주제는 작가가 살면서 느끼고 깨달은 삶에 대한 통찰, 아포리즘이라고 볼 수 있다. 그러므로 이야기를 창작하고자 하는 사람은 우선 삶 속에서 어떤 가치를 꿰뚫는 통찰이 있어야 한다. 그래서 주제를 잡는 일은 쉽지 않다. 하나의 명쾌한 문장으로 자신의 생각이 정리될 때까지 작가는 고민에 고민을 거듭해야 한다. 그런 의미에서 작가와 철학자는 그리 다르지 않다. 다만 철학자가 수많은 아포리즘과 논리적인 사고로 사상을 표현한다면, 작가는 수많은 사건으로 삶에 대한 통찰 한두 개를 제시한다는 차이점이 있을 뿐이다. 대중적인 이야기도 다르지 않다. 사랑에 대한 통찰이 있어야 로맨스를 쓸 수 있고, 영웅에 대한 통찰이 있어야 히어로물을 쓸 수 있다. 대중적인 이야기도 인간의 삶을 다루는 이상 대중적인 이야기의 주제에도 인간의 삶에 대한 통찰이 필수불가결하다.

예를 들어 『로미오와 줄리엣』의 주제를 살펴보자. 물론 『로미오와 줄리엣』은 셰익스피어의 위대한 희곡 작품 중 하나로 손꼽히지만, 대중적으로 수없이 많은 변주가 일어난 작품이기도 하다. 따라서 『로미오와 줄리엣』은 문학성과 대중성을 모두 갖춘 작품이라고 볼 수 있다.

『로미오와 줄리엣』에서 핵심적인 대사는 줄리엣이 발코니에서 하는 독백에서부터 시작된다. 무도회에서 로미오를 마주친 줄리엣은 로미오가 원수인 몬태규 가문의 아들임을 알고 홀로 서서 푸념한다. "이름이란 무엇인가? 장미는 다른 이름으로 불려도 향기는 마찬가지! 로미오 님도 그와 마찬가지로 로미오 님은 여전히 로미오 님인걸요." 발코니 아래서 줄리엣을 훔쳐보던 로미오는 이런 줄리엣의 말을 듣고, 기쁨에 겨운 나머지 나무를 타고 올라가 달을 두고 사랑의 맹세

〈로미오와 줄리엣〉, 발코니 고백 장면.

를 한다. 그러자 줄리엣은 변덕스러운 달에는 맹세치 말라고
말한다. 로미오의 사랑도 그처럼 변할까 두렵기 때문이다.
그래서 줄리엣은 또 말한다. "맹세를 하려면 당신을 두고 맹
세하세요."라고.

　　이 대사가 왜 주제를 관통하는 핵심일까? 줄리엣이 로미
오를 만날 때 그는 가면을 쓰고 있었다. 캐플릿가의 무도회
에 참석하기 위해서는 자신의 신분을 숨겨야 했기 때문이다.
그렇지만 로미오와 줄리엣 두 사람은 본능적으로 이끌린다.
다시 말해 로미오와 줄리엣은 서로의 신분도 정체도 모른 채
오직 남자와 여자로서 이끌리는 것이다. 이게 두 사람 사랑
의 본질이다. 원수 가문의 자제라는 타이틀은 로미오와 줄리

엣에게 본질이 아니다. 줄리엣은 로미오를 그저 로미오로 좋아하고, 로미오도 줄리엣을 그저 줄리엣으로 좋아한다. 다시 말해 '원수 가문의 자식'처럼 무엇엔가 덧씌워진 인간을 좋아하는 것이 아니라 본질적인 인간 그 자체를 좋아한다. 그래서 줄리엣은 장미가 무엇으로 불려도 향기가 똑같은 것처럼 로미오가 어떤 이름이어도 로미오라는 본질은 변하지 않는다는 말을 하는 것이다. 그리고 달에든 무엇에든 빗대어 맹세치 말고, 로미오라는 본질적인 인간 그 자체에 사랑을 맹세해달라고 말하는 것이다. 그 어떤 이름으로 불려도 로미오라는 사람은 그대로이기 때문이다.

그러나 이들의 비극은 로미오와 줄리엣의 순수한 마음과는 달리 로미오를 인간 로미오 그 자체로 보지 않고, 줄리엣을 인간 줄리엣 그 자체로 보지 않는 사람들 때문에 발생한다. 로미오와 줄리엣을 둘러싼 사람들은 두 사람을 원수 가문의 아들 로미오, 원수 가문의 딸 줄리엣으로 본다. 그래서 로미오가 아무리 자신의 진심을 전해도 줄리엣의 사촌 오빠인 티볼트는 로미오에게 칼을 겨누고, 엉뚱하게 로미오의 절친한 친구이자 영주의 아들인 머큐쇼가 둘의 싸움에 휘말려 죽는 비극이 발생한다. 결국 로미오는 분노한 나머지 티볼트를 죽이고 만다. 이 비극의 원인은 티볼트가 로미오를 원수 가문, 몬태규가의 아들로 본 탓이다. 이후 로미오는 티볼트를 죽인 죄로 시에서 추방당한다. 이어지는 이야기는 대부분의 사람이 알다시피 두 사람이 죽으면서 비극적인 결말을 맞이한다. 이렇게 로미오와 줄리엣은 죽음으로써 서로의 사랑을 지켜, 원수 가문의 자식이 아니라 사랑하는 남녀로 되돌아간다. 이런 일련의 이야기 흐름으로 볼 때 『로미오와 줄리엣』의 주제는 '사람은 본질적인 그 자체의 사람으로 보아야 한다.'라고도 볼 수 있다.

　물론 『로미오와 줄리엣』이 손꼽히는 고전인 만큼 작품에 대해서는 다양한 해석이 존재할 것이다. 그러나 여기서 강조하고 싶은 것은 다양한 해석을 존중한다 해도 연극, 즉 이야기로서 『로미오와 줄리엣』을 본다면 여기에는 삶의 통찰이 담긴 선명한 주제가 존재한다는 사실이다.

　주제는 이야기에서 주인공의 운명을 결정하는 가장 중심이 되는 뼈대라고 할 수 있다. 인체로 따지면 척추나 마찬가지다. 앞서 예를 든 두 작품도 그러하다. 〈인피니티 워〉와 〈엔드게임〉의 경우 주인공인 토니 스타크는 타노스에 의해 운명이 결정된 친구들을 잃는 아픔을 겪지만, 타노스와 맞서 싸우며 끝내 자신의 운명을 스스로 결정짓는 결말을 맞이한다. 『로미오와 줄리엣』의 경우, 로미오는 자신에게 덧씌워진 편견에 맞서서 줄리엣을 사랑하는 순수한 자기 자신을 보여주려고 했지만 결국 원수 가문의 자식으로만 로미오를 보려는 캐플릿가의 시선을 극복하지 못한다. 그러나 죽음으로써 사랑을 이루고, 두 가문을 화해시킨다.

이상의 예에 비춰 보면 주제는 극중 인물이 도달하고자 하는 최종 가치이자 동시에 그런 가치를 막아서는 세력과 갈등을 빚는 중심 문장이다. 이에 근거하면 주제가 될 수 없는 것들도 짐작할 수 있다. 첫 번째, 적어도 이야기에서는 하나의 단어로는 주제를 표현할 수 없다. 앞서 설명했듯 주제에 따라 주인공의 운명이 결정된다. 그러나 '사랑', '우정' 같은 단어로는 주인공의 운명이 어디서 어떻게 시작해서 어떻게 끝나는지 가늠할 수 없다. 또 사랑이나 우정 같은 것은 추상적인 단어일 뿐, 극중 인물이 지향하는 선명한 가치를 담고 있다고 보기도 어렵다. 그러므로 그에 반하는 가치를 설정할 수 없고, 이에 따른 갈등을 그려낼 수도 없다. 사랑에도 수많은 종류가 있고, 우정에도 수많은 종류가 있다. 그 많은 종류의 사랑과 우정 중에 무엇을 의미하는지 정확히 정의 내려야만 이 추상적인 단어는 비로소 주제가 될 수 있다.

두 번째, 너무 당연한 문장은 주제가 되기 어렵다. 예를 들어 '사람은 나이가 들면 늙기 마련이다.', '남자와 여자는 서로를 사랑하도록 되어 있다.' 같은 문장이 그러하다. 사람은 누구나 나이가 드는 게 당연하다. 여기에 어떤 삶에 대한 가치가 녹아 있다고 보기 어렵다. 그저 자연의 섭리를 설명하는 문장이기 때문이다. 물론 갈등을 내포하기도 어렵다. 이 주제대로라면 주인공의 운명이란 젊어서 시작해서 늙어서 끝날 뿐이다. 늙어가는 것에 한탄이 있을 수 있지만, 자연적인 섭리를 두고 무엇과 갈등할지 알 수 없다. 이런 경우는 '늙음이란 무엇이다.'라는 정의를 내려야 한다. 그래야 주제로 성립할 수 있다. 『리어왕』에서 리어는 자신의 삶의 방식과 자신의 가치를 고집하면서 비극을 부른다. 여기서 늙음이란 아집을 부르는 말이기도 하다. 그러므로 리어는 자신의 결정으로 이미 변해버린 왕국의 환경을 도외시한 채, 자신의 삶의 방식을 지키고자 하면서 두 딸로 상징되는 세상과 갈등을 일으킨다.

'남자와 여자는 서로를 사랑하도록 되어 있다.'라는 문장도 마찬가지다. 남자와 여자가 이끌리는 것 역시 자연스러운 일이고 따라서 특별한 깨달음이나 갈등을 내포한다고 보기 어렵다. 이 주제대로라면 주인공은 사랑하지 않다가 이성을 만나서 사랑하게 되면 끝난다. 로맨스 장르의 이야기라면 주인공이 서로 사랑하는 것은 당연하다. 문제는 이 사랑을 이루기 위해 주인공이 어떤 갈등을 하고, 때로 희생하고, 그 자신을 바꾸는 성장을 이루는가이다. 그러므로 이런 경우, '사랑이란 무엇이다.'라고 정의 내리는 문장이 와야 한다. '사랑을 한다는 것은 자신의 삶을 온전히 바꾸는 것이다.'라는 문장을 보자. 이 문장을 보면 주인공의 갈등이 떠오른다. 주인공은 처음에 사랑에 빠지지만 곧 사랑하는 상대와 갈등을 빚을 것이다. 둘이 같이 여행을 떠나거나 동거를 하면 소소한 삶의 습관, 인생에 대한 가치관 등에서 충돌이 일어날 것이다. 이때 상대를 위해 작게는 삶의 습관, 크게는 인생에 대한 가치관 등을 바꾸지 않으면 두 사람은 끝내 그 차이를 극복하지 못하고 결별하게 될 것이다. 그러므로 주인공은 사랑하는 사람과 갈등에 갈등을 거듭하다가 절정에서 자신의 삶을 바꾸기로 하고, 그 바꾼 삶의 태도를 상대방에게 보여줌으로써 두 사람은 비로소 미래를 함께하게 될 것이다. 이렇듯 주제는 특별한 삶의 통찰 혹은 아포리즘을 담을 때 비로소 이야기를 이끌어 가는 뼈대가 된다.

　세 번째, 속담이나 격언도 주제가 되기 어렵다. 그렇다고 모든 속담이나 격언이 주제가 안 된다는 뜻은 아니다. 다만 대체로 그러하다. 예를 들어 "시간은 금이다."라는 격언을 주제로 삼았을 경우, 이 격언으로 주인공의 운명을 정하면 시간을 헤프게 쓰던 주인공이 시간의 소중함을 알게 되면 끝난다. 즉 교훈적인 동화 이상의 이야기를 전개하기 어렵다. "인생사 새옹지마"라는 사자성어 표현도 생각해보자. 인생은 예측한 대로 풀리지 않는다는 뜻인데, 이 주제에 따르면 주인공이 계획했던 일대로 운명이 전개되지 않고, 우연에 의해 운명이 자꾸만 틀어지는 이야기를 상상해볼 수 있다. 다시 말해 우연이 거듭되는 예측 불허의 전개가 되는 것이다. 물론 이런 종류의 이야기가 존재하기도 한다. 그런데 이런 이야기는 대부분 인간의 삶은 필연적으로 흘러가는 것이 아니라는 세계관을 뿌리에 두고 있으며, 인생의 그러한 부분을 반영하는 것이 오히려 리얼리즘에 더 가깝다는 예술관을 표현하기 위한 것이다. 그러나 대중적인 이야기에서는 주인공이 자신의 욕망을 추구하기 위해 노력하고 갈등을 빚으면서 '필연적'으로 그 결과를 성취해내는 것이 기본이다. 따라서 대중적인 이야기를 상정할 경우 "인생사 새옹지마"라는 문장도 주제가 되기 어렵다. 마지막으로 "너 자신을 알라."라는 유명한 격언도 한 번 생각해 볼 수 있다. 이 격언은 자신의 무지를 자각하고 진리 앞에 겸손하라는 뜻이다. 그렇다면 무엇인가를 잘 안다고 생각하던 교만한 주인공이 자신의 무지를 깨닫고, 그 무엇인가 앞에서 겸손해지는 이야기를 생각해 볼 수 있다. 전개가 이렇게 진행되면 지극히 도덕적이고 우화적인 세계가 그려질 수 있다. 하지만 이런 종류의 이야기를 작가 본인이 상정하는 관객, 시청자, 독자가 흥미롭게 지켜볼지 생각해봐야 한다. 격언 중에는 때로 주제가 될 수 있는 것도 있다. 하지만 이때는 그 문장에 대한 작가 본인의 깊은 공감이 전제되어야 한다. 주제는 작가가 작품을 통해 전달하고자 하는 메시지인 만큼 작가의 진정성이 담겨야 한다. 그러나 단지 격언이 그럴듯해서 주제로 차용하면 주제와 별개인 이야기를 전개하게 되거나 피상적인 이야기를 전개하게 될 가능성이 매우 높아진다.

네 번째, 비유적인 표현은 주제가 될 수 없다. 사실 앞서 예로 든 "시간은 금이다.", "인생사 새옹지마" 같은 문장들도 비유적이다. 그런데 여기서 비유적인 표현은 더 나아가 시적인 표현, 즉 비유적이면서도 함축적인 표현을 의미한다. 예를 들어 "별을 노래하는 마음으로 죽어가는 모든 것을 사랑해야 한다."라는 표현을 주제로 정하게 된다면, 별을 노래하는 마음이 무엇인지 정확히 알기 어렵다. 작가 자신도 '어떤 느낌'을 형상화했기 때문이다. 또한 이 문장으로 주인공의 운명을 결정하기도 어렵다. 죽어가는 모든 것을 사랑하지 못하던 주인공이 별을 노래하는 마음으로 죽어가는 모든 것을 사랑하게 된다는 주제 문장을 생각해 볼 수는 있으나, 이런 운명이 무엇인지 알기 어렵다. 주제는 이야기를 쓰기 위해 존재하는 것이지, 이야기에 직접적으로 드러내려고 존재하는 것이 아니다. 주제는 이야기를 통해 펼쳐지는 것이다. 그러므로 주제에 멋을 부릴 이유도, 그럴 필요도 없다. 주제는 그저 평이하고 직관적인 문장으로 서술하면 된다.

그렇다면 어떤 주제가 좋은 주제일까? 주제의 형식은 정할 수 있지만, 좋은 주제가 무엇인지 정하기는 어렵다. 다만 다듬고 다듬어서 하나의 문장으로 만든 나의 주제를 주변 지인들에게 보여줬을 때, 상대가 직관적으로 그 주제의 뜻을 알고 공감을 하면 좋은 주제일 가능성이 높다. 쉽게 말해 "듣고 보니 네 말이 맞는 거 같아.", "맞아. 나도 그런 생각을 했었어."와 같은 반응을 끌어낼 수 있으면 된다. 결국 이야기에서의 주제는 나를 위한 것이 아니라 이야기를 읽는 독자, 시청자, 관객의 공감을 사기 위한 것이기 때문이다.

공모전 심사에 참여할 때면 종종 주인공이 무엇을 하는지 모르고 사건에만 휘말리는 이야기를 볼 때가 있다. 사실 거의 모든 작품이 이러한데, 주제가 없기 때문에 이런 일이 초래되는 것이다. 주제가 없으니 주인공이 무엇을 향해 가야 할지 정할 수 없어서 생긴 결과다. 주제를 잡아야 이야기는 비로소 그 결말, 즉 주인공의 운명을 결정하는 방향으로 갈 수 있다는 점을 반드시 명심해야 한다.

이 책에서는 왜 주제를 잡아야 갈등이 생기고, 절정을 정하고, 결말을 지을 수 있는지 계속해서 설명할 예정이다. 그러나 지금은 이야기를 만들기 위해서는 주제가 반드시 필요하다는 점을 납득하고, 주제를 잡을 때는 서술어와 목적어로 된 단일한 문장으로 표현해야 한다는 것만 정확히 알고 넘어가면 된다.

한 줄 줄거리

한 줄 줄거리를 작성하는 일은 이야기를 구성할 때 흔히 쓰는 보편적인 방법은 아니다. 사실은 이야기를 쓰는 필자만의 방법이다. 하지만 알아두면 유용하다. 특히 내가 다듬어 놓은 주제가 이야기에 활용될 수 있을지, 소재와 조응할 수 있을지 판단하는 데 매우 유용하다. 또한 주인공의 운명이 주제대로 진행될 수 있는지도 가늠해볼 수 있다.

한 줄 줄거리는 주제와 마찬가지로 주어와 서술어로 된 한 줄 문장으로 완성된다. 주제와 다른 점은 이 한 줄 줄거리는 소재와 결합해서 줄거리의 모양을 갖춘다는 것이다. 예를 들어 뉴욕에서 작곡가로 성공하고자 하지만 무대 공포증이 있어서 자신의 음악을 직접 알릴 수 없는 시골뜨기 작곡가 지망생을 다룬 이야기라는 소재가 있고, 이 이야기의 주제를 '꿈을 이루기 위해서는 자신의 모든 것을 걸고 현실과 부딪쳐야 한다.'로 잡았다고 치자. 그렇다면 이 소재와 주제를 결합해서 한 줄 문장으로 만들면 그게 바로 한 줄 줄거리가 된다. 이 예시의 경우 한 줄 줄거리는 '무대 공포증이 있는 주인공이 음악을 하기 위해 뉴욕으로 와서 남자친구의 도움으로 현실에서 치열하게 부딪쳐 무대 공포증을 극복하고 자신의 꿈을 이룬다.'가 된다. 사실 이 줄거리는 영화 〈코요테 어글리〉의 내용을 한 줄로 간추린 것이다. 이 영화에서 바이올렛은 음악을

〈코요테 어글리〉, 무대에 선 바이올렛.

하기 위해 뉴욕으로 오지만, 뉴욕의 치열한 현실에 좌절을 경험한다. 그러다가 자신의 음악을 알리기 위해서는 직접 무대에 서야 한다는 것을 깨닫고, 무대 공포증을 극복하려고 노력한다. 여기에는 바이올렛으로 하여금 무대에 서게 하려는 남자친구의 조력도 한몫한다. 바이올렛은 무대에 서는 두려움과 이를 극복하고 꿈을 이루려는 욕망 사이에서 갈등하다가 결국 자신의 모든 것을 걸고 무대에 도전해서 꿈을 이룬다. 이처럼 한 줄의 줄거리로도 얼마든지 전체 영화의 핵심 내용을 표현할 수 있다.

한 줄 줄거리를 작성해 봄으로써 우리는 주제와 소재가

잘 결합할 수 있는지 미리 알게 되고, 이 주제로 이야기를 이끌어 나가기에 무리가 없는지도 예측할 수 있게 된다. 이야기를 쓰기 위해 잡아놓은 주제와 소재가 하나의 이야기로 구성되는지 시뮬레이션할 수 있는 것이다.

한 줄 줄거리는 반드시 한 줄로 표현되어야 한다. 여러 줄로 표현된다면 주제에 문제가 있거나, 주제가 소재와 잘 결합하지 않거나 쓰는 이 자신이 이야기에 대한 기본적인 생각을 정밀하게 다듬지 못했다는 방증일 수 있다. 또한 한 줄 줄거리에는 갈등이 예상될 수 있어야 한다. 〈코요테 어글리〉의 경우 "현실과 부딪쳐서 무대 공포증을 극복한다."라는 문장에서 현실과 부딪치는 것에 두려움을 가질 법한 주인공의 갈등이 어느 정도 예상된다.

이렇게 소재, 주제, 한 줄 줄거리에 대한 정리가 완벽하게 끝나면 사실상 글쓰기의 기본 토대는 마련된 것이나 다름없다. 개인적으로는 이 단계까지 오면 전체 글쓰기의 절반 이상이 진행되었다고도 생각한다. 건축으로 따지면 앞으로 건물이 올라갈 토대를 단단하게 다진 것이다. 지반이 단단하지 못하면 건물이 쉽게 허물어지거나 건물을 쌓는 일 자체가 불가능한 것과 마찬가지로, 소재, 주제, 한 줄 줄거리가 완벽하게 정리되지 않으면 이야기의 플롯을 짜는 일 자체가 불가능하다. 그러므로 본격적으로 이야기의 플롯을 구성하기 전에 반드시 이 세 단계를 거쳐야 한다.

사건

소재, 주제, 한 줄 줄거리 정리가 끝나면 플롯을 작성해봐야 한다. 하지만 플롯에 대해 생각하기 전에 이야기에서 쓰는 '사건'의 개념을 알아둘 필요가 있다. 대중적 이야기에서는 발단에서 사건이 발생하는 시점이 빠르면 빠를수록 좋다. 특히 요즘 웹소설이나 웹툰의 경우 1화 혹은 늦어도 5화 안에 사건이 발생할 정도로 그 시점이 빨라지는 추세다. 그렇다면 이 '사건'이란 대체 무엇일까? 이야기에서 사건을 사전적 의미로 해석하면 좀 곤란하다. 적어도 이야기에서는 어떤 일이나 다툼이 발생하는 것을 무조건 사건이라고 부를 수 없다는 뜻이다. 이야기에서 사건은 주인공에게 일어나거나 주인공의 운명과 관련되어 일어나는 일이라는 뜻으로 좁게 정의해야 한다.

생각을 해보자. 지금도 전 세계에서는 다양한 사건이 일어난다. 뉴스거리도 안 되는 사소한 일도 일어나지만 전쟁, 테러, 대규모 재앙이 일어나기도 한다. 이 사건들은 분명 엄청난 일이다. 그러나 내 삶에 비춰 보면 그날그날 보게 되는 뉴스의 일부에 지나지 않는다. 하지만 내가 길을 가다가 넘어져 무릎이 까지거나 어디엔가 부딪혀 멍이 들면 그 고통은 뉴스에서 보는 것에 비할 바가 아니다. 분명 뉴스에서 보는 일들의 고통이 더 엄청날 테지만 그런 사건들은 내게서 너무 멀리 떨어져 일어나는 일이기 때문에 제대로 관심을 두지 않게 된다. 하지만 무릎이 까지거나 멍이 들면 즉각적인 고통이 느껴지고, 곧장 구급함에서 약을 꺼내 정성스레 바르고 일회용 밴드를 붙인다. 아무리 사소해도 나에게 일어난 일이기 때문에 중요한 사건이 될 수밖에 없다.

이야기도 이와 마찬가지다. 우리는 주인공을 통해 그 이야기 속 세상을 경험한다. 그러므로 주인공은 이야기 속 나와 같다. 따라서 주인공에게 어떤 사건이 발생하거나, 주인공이 모르는 곳에서 벌어진 일이라 할지라도 주인공의 운명에 영향을 주는 일이 일어나면 우리는 그 사건에 관심을 가질 수밖에 없다. 바로 '나'에게 일어나는 일이기 때문이다. 이 논리에 따르면 조연에게 일어나는 일은 '남'에게 일어나는 일에 비견된다. 뉴스에서 보는 사건 같은 것이다. 그러므로 조연에게 아무리 큰 사건이 벌어져도 그 사건이 주인공에게 영향을 끼치지 못하면 아무 사건도 아닌 것이다.

즉 이야기에서 사건은 주인공에게 발생하거나, 주인공이 벌이거나, 주인공의 운명에 영향을 끼칠 만한 것이어야 한다. 그 외의 사건들은 좀 냉정하게 말하자면 원고를 수정할 때 잘라내는 게 좋다. 물론 제일 좋은 것은 플롯을 설계하는 단계에서부터 그런 사건을 넣지 않는 것이다.

그런데 주인공과 관련 없는 사건을 이야기에 집어넣는 사례는 생각보다 많다. 특히 미스터리의 경우, 많은 습작생이 주인공은 사건에 휘말리기만 하고 조연들이 결정적인 문제를 해결하는 이야기를 쓴다. 조연들이 아무리 사건을 멋지게 해결한다 해도 정작 주인공이 사건을 해결하지 못하면 그 미스터리는 진정한 의미에서 종결된 것이 아니다. 무기력한 주인공을 보고 싶어 하는 독자, 관객, 시청자는 없다. 주인공은 어떤 경우에라도 자신의 욕망을 위해 사건을 발생시키거나 사건에 뛰어드는 인물이라는 점을 반드시 명심해야 한다.

플롯

플롯은 한마디로 위에서 언급한 사건들의 연속이다. 그런데 사건은 주인공을 중심으로 발생하는 것이므로 결국 플롯은 주인공을 중심으로 짜야 한다. 이때 처음부터 끝까지 이야기의 전부를 설계해야만 한다. 다시 말해 플롯을 짠다는 것은 사실상 이야기 자체를 완성해보는 것이나 다름없다.

이렇게 플롯을 짜기 위해서는 앞서 언급한 주제와 한 줄 줄거리에서 시작해야 한다. 먼저 주제에 따라 한 줄 줄거리가 완성되어 있다면 발단과 결말을 잡을 수 있다. 한 줄 줄거리에 이미 발단과 결말이 암시되어 있기 때문이다. 영화 〈코요테 어글리〉의 줄거리를 다시 예로 들어보자. 앞서 정리한 〈코요테 어글리〉의 한 줄 줄거리에 따르면 이 영화의 시작은 무대 공포증이 있는 바이올렛이 음악을 하기 위해 뉴욕으로 올라오는 사건이다. 그리고 이 영화의 결말은 바이올렛이 무대 공포증을 극복하고 마침내 무대에 서서 자신의 음악을 알리는 것이다. 그러면 플롯에서 자연스럽게 처음과 끝이 정해진다. 이후에는 전개와 위기에 해당하는 사건을 채우면 된다. 예를 들면 아래와 같다.

❶ 자신이 작곡한 곡을 알리겠다는 생각으로 아버지의 반대를 뚫고 뉴욕으로 이사하는 바이올렛.

❷ 자신의 곡을 담은 데모 테이프를 음반사에 전하려고 하나 번번이 거절당하는 바이올렛.

❸ 거절에 지친 바이올렛이 클럽에 들렀다가 생활력 강한 케빈을 만남.

❹ 음반사 한 곳에서 자신의 음악을 알리려면 작은 무대에라도 직접 서라는 충고를 듣는 바이올렛.

❺ 용기를 내 작은 무대에 서보려고 했으나, 무대 공포증을 이기지 못하고 내려가 버리는 바이올렛.

❻ 집에 도둑이 들어 전 재산을 잃어버리는 바이올렛.

❼ 우연히 들른 파이 가게에서 하룻밤에 300달러도 벌 수 있다는 클럽 코요테 어글리를 알게 되는 바이올렛.

❽ 코요테 어글리의 보스 릴이 바이올렛에게 바 무대에 올라서 다른 바텐더들처럼 춤을 춰보라고 하고, 바이올렛은 망설이면서 코요테 어글리에서 내쫓길 위기에 처함. 이때 술에 취해 시비가 붙은 두 남자를 화해시키면서 다시 한번 기회를 얻게 되는 바이올렛.

❾ 바이올렛을 탐탁지 않게 보던 선임 바텐더 레이첼에게 속아, 클럽을 점검하러 온 소방 보안관에게 물을 뿌리는 바람에 위기에 처한 바이올렛. 릴은 클럽 운영 시간 안에 벌금 250달러를 마련하지 못하면 바이올렛을 내쫓겠다고 선고함. 때마침 바이올렛을 찾아 클럽으로 온 케빈을 이용, '케빈과의 데이트'를 클럽에 온 여성 손님에게 경매로 내놓아 250달러를 벌어서 위기를 모면하는 바이올렛.

❿ 그날 밤 케빈과 새벽까지 데이트를 하는 바이올

렛. 동시에 생활력 강한 케빈으로부터 뉴욕에서 살아남는 법을 배우는 바이올렛.

❶❶ 취객들의 싸움으로 난동이 일어나는 클럽. 모든 바텐더가 난동을 말리는 가운데, 릴이 바이올렛에게 클럽을 진정시켜줄 것을 요청. 당황하던 바이올렛은 마침내 마이크를 들고 무대 위로 올라가 노래를 부르면서 클럽을 진정시킴. 그리고 이로 인해 코요테 어글리의 일원으로 받아들여지는 바이올렛.

❶❷ 케빈과 사랑에 빠지는 바이올렛. 케빈은 바이올렛에게 무대 공포증이 있다는 것을 알고 극복하게 해주려고 노력함.

❶❸ 뉴욕에 온 바이올렛의 아버지가 클럽 무대에서 춤추는 딸을 보고 실망함. 친구의 결혼식에서 아버지와 만난 바이올렛. 아버지는 그녀가 부끄러워서 화가 났다는 진심을 전함. 아버지가 교통사고를 당함. 아버지를 간병하며 화해하는 바이올렛.

❶❹ 케빈이 자신이 아끼는 스파이더맨 만화책을 걸고 바이올렛의 음악을 알릴 수 있는 무대를 마련함. 그러나 바이올렛은 클럽 일이 바쁘다는 핑계

를 대면서 케빈이 마련해준 무대에 가지 않음.

❺ 바이올렛에게 실망한 케빈은 클럽에 와서 난동을 부리고, 바이올렛은 케빈을 클럽 밖으로 데리고 나감. 케빈은 바이올렛에게 이 클럽은 현실 도피의 장소라며 자신의 음악을 하라고 충고함. 이별하는 바이올렛과 케빈.

❻ 케빈과 이별하고 코요테 어글리에서도 쫓겨난 바이올렛은 꿈을 포기하고 다시 고향으로 내려갈 결심을 함.

❼ 아버지는 바이올렛이 무대 공포증을 물려받았다고 생각했던 어머니에게 사실은 무대 공포증이 없었으며, 그녀의 어머니가 꿈을 포기한 진짜 이유는 아버지 자신 때문이었다는 사실을 털어놓음. 아버지는 바이올렛에게 다시 꿈을 위해 도전해보라고 격려함.

❽ 뉴욕으로 올라온 바이올렛. 자신을 다시 고용하고 싶다는 릴의 제의도 뿌리치고 작곡한 곡을 공모전에 출품해서 당선됨.

❾ 모두의 응원 속에 무대에 서는 바이올렛. 그러나 무대 공포증 때문에 주저하는 가운데, 케빈이 나타나 불을 꺼주면서 공포를 덜어줌. 이에

마지막 용기를 내 무대에서 자신의 음악을 알리
는 바이올렛.

❷⓿ 마침내 자신이 만든 곡으로 음반을 내고 꿈을 이
루는 바이올렛.

실제 〈코요테 어글리〉의 러닝 타임은 두 시간 정도지만, 위의
사례에서 플롯은 스무 개 정도의 문장으로 구성된다는 것을
알 수 있다. 즉 적은 문장으로도 충분히 전체 이야기를 구성
할 수 있는 것이다. 또한 플롯은 처음과 끝, 그리고 중간의 전
개 과정을 모두 포함하되 간결하게 작성하는 것이 좋다. 전
체를 보면서 자신이 어디쯤 써나가고 있는지 짐작할 수 있도
록 해야 하기 때문이다.

　플롯은 작성 후 잊어버리는 것이 아니다. 집을 지을 때
설계 도면을 보고 짓듯이, 이야기도 설계 도면인 플롯을 보면
서 써나가야 한다. 간혹 이야기를 쓰다 보면 플롯대로 전개되
지 않을 때도 있다. 그러면 플롯을 무시하고 계속해서 이야기
를 쓸 것이 아니라, 플롯을 수정한 후에 다시 써나가야 한다.
이야기가 잘못 진행될 경우 이미 써놓은 분량을 지우고 수정
하기보다는 플롯에서 몇 가지 문장을 수정한 후에 이야기를
써나가는 것이 훨씬 경제적이다. 또 플롯을 보면 전체를 한
번에 조감할 수 있기 때문에 어떤 부분에서 문제가 생겼으며,

얼마만큼 수정해야 하는지 쉽게 알 수 있다.

　영화를 예로 들기는 했지만 소설의 플롯을 구성하는 방법도 크게 다르지 않다. 주제를 잡고 한 줄 줄거리를 써서 처음과 끝을 잡은 뒤 그 전개 과정을 채워 나가면 된다. 헤밍웨이의 『노인과 바다』를 예로 들어보자. 이 작품은 주제가 작품 안에 선명하게 서술되어 있다. "인간은 파괴될 수 있지만 패배하지 않아."라는 노인의 대사가 그것이다. 실제로 노인은 어마어마한 크기의 청새치를 잡아서 그것을 항구까지 끌고 오는 과정에서 그야말로 악전고투를 치른다. 이 과정에서 손바닥이 찢어지기도 하고, 체력은 한계 상황까지 몰린다. 즉 그의 육신이 파괴되어 가는 것이다. 하지만 노인은 상어 떼에게 물어뜯겨 뼈만 앙상하게 남은 청새치를 끝끝내 항구로 가져가는 데 성공한다. 사실 뼈만 남은 청새치는 아무짝에도 쓸모없지만, 이는 노인이 거친 자연과의 대결에서 끝내 패배하지 않았음을 보여주는 상징으로 읽힌다. 그러므로 『노인과 바다』의 주제는 대사를 그대로 옮기면 '인간은 파괴될지언정, 패배하지 않는 정신을 가지고 있다.'라고 볼 수 있을 것 같다.

　이 주제에 따라 한 줄 줄거리를 만들면 '노인은 바다로 나가 청새치를 잡아 귀환하는 과정에서 육신의 파괴를 경험하지만 끝내 패배하지 않고 항구로 돌아온다.'라는 문장으로 표현할 수 있다. 그리고 이 한 줄 줄거리에 의해 처음과 끝이 결정된다. 이미 생의 끝에 다다라 육신이 거의 한계에 이른 노인이 물고기를 잡기 위해 바다로 나가는 것이 발단이라면, 거친 자연환경에 맞서 패배하지 않고 청새치를 가지고 항구로 되돌아오는 것이 결말이다. 이 처음과 끝을 가지고 전개를 채워나가면 된다.

❶ 노인을 존경하고 사랑하는 소년의 응원을 등에 업고 바다로 나가는 노인.

❷ 청새치를 잡으면서 흑인과 팔씨름을 하던 장면 등 과거를 회상하는 노인.

❸ 며칠에 걸쳐 그의 인생에서 가장 큰 청새치를 잡는 노인. 청새치를 잡는 과정에서 손에 쥐가 나고 손바닥이 찢어짐.

❹ 상어 떼가 청새치에게 덤벼듦. 상어를 퇴치하는 노인. 그러면서 무기로 쓰던 칼날이 부러짐.

❺ 재차 상어 떼가 덤벼듦. 부러진 노와 몽둥이로 상어 떼를 퇴치하는 노인.

❻ 작살을 잃어버리고, 칼이 부러지고, 양손에는 상처가 가득한 데다 지칠 대로 지쳐서 절망적인 상황을 맞이하는 노인.

❼ 항구에 도착하기 전 자정 무렵 다시 상어 떼의 공
격을 받지만 포기하지 않고 상어 떼를 퇴치하는
노인. 그러나 상어 떼에게 청새치의 살점을 모
두 잃는 노인.

❽ 뼈만 앙상한 청새치를 가지고 항구로 귀환하는
노인.

❾ 청새치의 크기에 소년과 항구 사람들로부터 경
이로운 시선을 받는 노인.

『노인과 바다』는 중편 분량의 다소 짧은 소설인 데다 내면 서
술이 매우 많아서 뼈대를 이루는 사건 자체는 적다. 그래서
플롯도 짧아질 수밖에 없다. 그렇지만 영화 〈코요테 어글리〉
나 소설 『노인과 바다』 모두 플롯을 짜는 원리는 똑같다. 주
제에 맞춰 처음과 끝을 정하고, 전개를 채워나가는 것이다.

시퀀스

플롯을 작성할 때 더불어 알아두면 좋은 용어가 있다. 바로
시퀀스sequence다. 시퀀스는 보통 영화에서 사건의 단위를 지
칭하는 용어로, 대개 여러 개의 신scene으로 구성되어 있다.
앞서 언급한 〈코요테 어글리〉의 플롯에서 첫 번째 문장은 사

실 여러 개의 신으로 구성된 사건이다. 구체적으로는 피자 가게에서 일하던 바이올렛이 일을 그만두고 뉴욕에 가겠다고 가게 사장에게 통보하는 신, 바이올렛이 친구들과 환송회를 하는 신, 아버지가 뉴욕에 가는 바이올렛을 말리는 신, 그럼에도 불구하고 친구의 차를 타고 뉴욕으로 가 차이나타운에 자리 잡는 신이 모여 있는 것이다. 그런데 이 신들은 음악을 하겠다는 꿈을 안고 뉴욕으로 가는 바이올렛이라는 일관된 목적 아래 구성되어 있다. 그리고 이것을 '꿈을 안고 뉴욕으로 향하는 바이올렛'이라는 하나의 시퀀스로 명명할 수 있다.

우리는 영화나 드라마를 보고 나서 줄거리를 다른 사람에게 이야기할 때 신 단위로 설명하지 않는다. 그렇게 정확한 기억력을 가진 사람이 드물기도 하다. 대부분의 사람은 대체로 하나의 사건 단위로 줄거리를 요약한다. 기본적으로 시퀀스 단위를 사용하는 것이다. 줄거리를 대략적인 플롯이라고 하면, 플롯은 시퀀스 단위로 구성된다. 신 단위로 플롯을 구성하면 대본 혹은 완결된 이야기와 유사해진다. 간혹 대본을 쓸 때 각 신을 요약한 신 리스트를 쓰기도 하는데, 대개는 플롯을 구성한 후에 곧바로 대본 작업에 들어간다.

소설도 마찬가지다. 영화나 드라마처럼 정확히 신 단위로 구분되지는 않지만, 소설 역시 뜯어보면 개별적인 장소에서 펼쳐지는 작은 이야기 단위가 존재하고, 그것들이 모여 하나의 사건 단위를 구성한다. 따라서 소설 플롯을 쓸 때도 이 시퀀스 단위로 사고하면서 구성할 수 있다.

여기에 더해 소설, 영화, 드라마 등을 분석하고 복기할 때도 시퀀스를 활용하면 좋다. 창작을 위해 비슷한 소재의 작품들을 참고할 때는 주로 작품의 소재, 구성, 스타일, 주제를 살펴본다. 그러기 위해서는 참고 작품들의 이야기를 머리에 담고 고민을 해봐야 하는데, 대체로 시퀀스 단위로 생각하고 분석을 하게 된다. 그러므로 시퀀스는 플롯을 구성하고 다른 작품의 플롯을 재구성해 볼 때 매우 유용하다.

2. 이야기를 쓰는 습관

기본 용어들을 습득했고 이야기를 창작하는 데 각각을 어떻게 활용하는지 감을 잡았다면, 이제 이야기를 쓸 준비가 어느 정도 된 셈이다. 그런데 본격적으로 이야기 창작을 다루기에 앞서 언급하고 싶은 두 가지 습관이 있다.

첫 번째는 일정한 창작 시간을 정해두는 것이다. 소설이든 영화든 드라마든 이야기 장르는 기본적으로 분량이 길다. 순간적인 영감으로 한두 시간 안에 창작할 수 있는 것이 아니다. 장편 소설의 경우 적어도 한 달, 길게는 1년 이상의 시간이 소요되기도 한다. 특히 습작 시절에는 대부분 다른 일을 하면서 작가에 대한 꿈을 키운다. 그런데 일정 시간을 창작을 위해 할애하지 않으면 이야기 쓰는 일은 걸핏하면 다른 일에 밀리기 일쑤고, 끝내 미완인 채로 컴퓨터 하드 디스크에 고이 저장될 가능성이 매우 크다.

개인적으로는 창작을 위해 매일 일정한 시간을 할애하라고 조언한다. 그런데 이 '창작을 위한 시간'이 집필을 위한 시간을 의미하는 것은 아니다. 종일 일하다가 저녁 늦게 컴퓨터 앞에 앉아 뭔가를 쓰는 것은 결코 쉬운 일이 아니다. 결론부터 말하자면 안 써도 된다. 그러나 쓰고 있던 작품을 들여다보기는 해야 한다. 그래야 내가 현재 무엇을 쓰고 있고 어디까지 썼으며, 무엇을 고민해야 하는지 끊임없이 상기할 수 있다. 그뿐 아니라 이미 쓴 부분을 되짚어 읽으면서 수정할 곳을 발견하기도 한다. 하지만 일주일 내내 자기 작품을 들여다보지 않고 있다가 갑자기 하루 날 잡아서 쓰려고 하면 막막해진다. 게으른 자의 핑계일 수도 있지만 뇌도 워밍업이 필요하다. 어떤 일을 하다가 주말에 카페에 앉아 갑자기 이야기를 쓰려면 시간이 걸린다. 몇 시간에 걸쳐 인터넷 검색이나 몽상, 채팅 같은 걸 하면서 시간을 때우다가 가까스로 한두 문장을 쓰기 시작하는 것이다. 매일 자신의 작품을 들여다보면 그나마 이 워밍업 시간이 줄어든다. 작품을 보면서 어떻게 다음으로 이어갈지 자연스럽게 구상도 하게 되므로 이야기를 쓰기 위해 앉자마자 첫 문장을 곧바로 시작할 수도 있다. 이 때문에 꼭 쓰지 않더라도 매일 일정 시간을 창작에 할애하는 습관은 꼭 필요하다.

두 번째 습관은 첫 번째 습관보다 더 중요한데, 사고의 순서를 정해두는 것이다. 많은 습작생이 어떤 소재에 꽂히면 곧바로 집필을 시작한다. 이럴 경우 대개 처음에는 엄청난 작품을 쓸 것 같은 기대감에 신나서 쓰지만, 발단을 지나면서 막막해진다. 대체 전개를 어떻게 해야 할지 고심하다가 어디선가 본 듯한 장면을 떠올리면서 써나간다. 그렇게라도 초고를 완성하면 다행이지만, 많은 경우 전개를 써나가면서 급격하게 흥미가 떨어지고, 결국 작품을 미완인 채로 남겨두기도 한다. 원래 쓰고 싶은 소재를 발견했을 때의 설렘은 오래가지 못한다. 마치 불타오르는 사랑의 감정처럼 말이다. 그 시기가 지나면 이야기를 쓰면서 작품에 정이 들고, 책임감 또한 느끼면서 완성해나가게 된다. 이 기간을 견디기 위해서는 무작정 쓰기보다는 치밀한 계획을 세우고 자신이 그 계획대로 작품을 진행하고 있는지, 얼마를 더 쓰면 결말에 다다를 수 있는지 끊임없이 체크하는 게 좋다.

작품에 대해 계획을 세우고 진행 사항을 체크하기 위해서는 반드시 플롯이 필요하다. 즉 작품의 설계 도면이 있어야 하는 것이다. 그런데 플롯을 완성하기 위해서는 주제가 있어야 한다. 그래야 소재와 결합해서 한 줄 줄거리를 작성해 볼 수 있고, 그 결과 처음과 끝 그리고 핵심 갈등을 구성할 수 있다. 그러므로 글을 쓰고 싶은 소재를 찾았다면 그 다음에는 그 소재를 통해 어떤 메시지를 전달할 수 있을지 주제를 고민하고, 한 줄 줄거리를 작성한 후에 플롯을 작성하는 순서를 거쳐야 한다. 이야기 쓰기의 사고는 이 순서대로 진행하는 것이다. 정리하면 아래와 같다.

이야기 쓰기의 사고 순서

여기서 핵심은 소재를 발견한 후에 주제를 찾는 과정을 반드시 거쳐야 한다는 것이다. 많은 습작생이 전개에 이르면 어떻게 써야 하는지, 내가 잘 쓰고 있는지 막막해하는 이유도 소재를 발견한 후에 주제를 생각하지 않고 곧바로 집필에 들어가기 때문이다. 주제가 있어야 결말을 정할 수 있고, 핵심 갈등을 정할 수 있으며, 이 핵심 갈등에 따라 전개를 쓸 수가 있는데 결말과 핵심 갈등을 정하지 않고 이야기를 쓰기 때문에 발단이 지나고 나면 무엇을 써야 하는지 알 수 없게 되는 것이다. 그러므로 소재를 발견한 후에는 반드시 주제를 찾아야 한다.

주제를 찾는 일은 만만치가 않다. 깊이 고민하다 보면 소재를 발견했을 때의 설렘이 사라지기도 한다. 그러나 그런 소재라면 애초에 쓰지 않는 게 좋다. 필자의 경우 소재를 발견하면 곧바로 집필에 들어가지도 않고, 주제를 찾지도 않는다. 일단 소재를 발견했을 때 최대한 자세하게 아이디어를 메모해두기만 한다. 이후 새로운 작품을 써야 할 때가 되면 소재들을 메모해놓은 리스트를 들여다본다. 이때 어떤 소재에서 주제가 떠오른다면, 혹은 주제가 떠오를 가능성이 있다면 그것을 택한다. 그러니까 여러 소재 중에 발견했을 때의 설렘을 진정시키고 봐도 쓰고 싶고, 나의 메시지를 전달할 수 있는 것을 고르는 것이다.

세상에 소재는 많다. 가슴을 설레게 하는 소재는 계속해서 찾아온다. 그러니 소재에 너무 연연하지 말고, 소재에서 주제를 찾아내는 습관을 들여야 한다. 주제를 찾기 위해 몇 날이 걸릴 수도 있고 몇 달이 걸릴 수도 있다. 아무리 시간이 오래 걸리더라도 주제가 떠오르지 않는다면 아예 집필을 시작하지 않는 게 좋다. 모래 위에 집을 지어봐야 언젠가 허물어져 내리듯, 주제 없이 시작한 이야기는 발단을 어찌어찌 쓴다 해도 전개를 버티지 못하고 허물어져 내릴 가능성이 매우 크다.

필자는 써나가는 이야기 아래에 주제와 플롯을 명시해둔다. 주제를 명시해두는 이유는 내가 무엇을 위해 쓰고 있는지, 어떤 갈등을 그리고 있는지 잊지 않기 위해서고, 플롯을 명시해두는 이유는 내가 어디까지 썼으며 플롯대로 써나가고 있는지 체크하기 위해서다. 이렇게 하면 하루에 써야 하는 분량도 정할 수 있고, 언제쯤 초고를 탈고할 수 있을지도 예측할 수 있다. 무엇보다 막막해하지 않고 결말까지 작품을 완성할 수 있는 동력을 얻는다.

이야기를 쓰는 데는 습관이 중요하다. 첫째는 꾸준히 창작을 할 수 있는 습관을 기르고, 둘째는 막막한 상태로 쓰려고 하지 말고 주제를 찾고 플롯을 구성해서 계획적이며 체계적으로 써나가는 습관을 길러야 한다. 소설은 엉덩이 힘으로 쓴다는 말이 있다. 엉덩이를 의자에 붙이는 힘은 순간적인 설렘이 아니라 내가 들인 창작의 습관에서 나온다는 점을 명심할 필요가 있다.

2부

이야기 구성하기

1. 주인공

주인공이란?

주인공은 매우 중요한 극적 요소다. 주인공을 단순한 캐릭터라고 생각하면 오산이다. 어떤 관점에서 보면 주인공은 플롯 그 자체라고도 할 수 있다. 플롯이란 결국 주인공의 행보를 처음부터 끝까지 그려내는 설계 도면이기 때문이다. 플롯에는 묘사나 대사 등의 세부 요소들이 빠져 있기 때문에 더욱 주인공 중심으로 서술해야 한다. 그렇다면 주인공은 어떤 극적 요소일까? 주인공은 주제적 가치를 구현하는 인물이다. 대개의 이야기에서 주인공은 처음에 주제적 가치의 반대편에 있거나 주제적 가치와 무관한 삶을 산다. 하지만 자신의 욕망에 의해서든 우연한 계기에 의해서든 그는 본래의 삶에서 벗어나 새로운 삶으로 진입하게 되고, 수많은 갈등 끝에 주제적 가치를 구현하면서 마침내 목표한 바를 성취한다. 주인공의 욕망이 좌절되는 비극도 마찬가지다. 주인공이 비참한 운명을 맞이함으로써 주제를 구현하기 때문이다.

그래서 주인공은 변화하는 인물이다. 위에서도 언급했듯 주인공은 처음에는 주제적 가치와 동떨어지거나 무관하다가 결국 주제적 가치를 구현하기 때문에 변화할 수밖에 없다. 어벤져스 〈엔드게임〉에서 가족과의 행복을 위해 타노스와의 전쟁을 거절했던 토니 스타크, 즉 아이언맨은 결국 타노스와 맞서 싸우다가 지켜야 할 가치를 위해 자신을 희생한다. 『로미오와 줄리엣』에서 로미오는 처음에는 첫사랑의 실패로 실의에 빠진 청년이었지만, 원수의 가문이라는 편견에 맞서 끝내 죽음으로써 사랑을 지켜내는 인물이 된다. 〈코요테 어글리〉에서 바이올렛은 꿈을 이루기 위해 뉴욕으로 왔으나 음반 시장의 냉혹한 현실에 좌절하고 도피하려고 하지만, 결국 용기를 내 현실에 부딪쳐 무대에 서면서 성공을 거둔다. 『노인과 바다』에서 노인은 처음에는 젊은 시절이나 회상하던 초라한 늙은이였지만 사투 끝에 청새치를 잡고 상어떼와 맞서 싸우며, 끝내 앙상한 뼈만 남은 청새치를 가지고 항구로 귀환해 결코 패배하지 않는 인간 정신의 가치를 구현하는 위대한 인물이 된다. 이렇듯 이야기 속에서 주인공은 주제에 맞게 변화하는 인물이며, 역으로 말하면 이야기란 주인공의 변화를 그려내는 것이라고 할 수 있다. 그리고 이 주인공의 변화 과정이 바로 플롯인 것이다. 그러므로 플롯은 주인공의 행보 그 자체라고 생각해도 무방하다.

따라서 주인공을 단순하게 캐릭터라고만 생각해서는 절대 안 된다. 주인공을 창조할 때는 개성을 부여하는 것은 물론, 주인공이 어떻게 변화하고 그 변화는 주제와 어떻게 맞아떨어져야 하는지 총체적으로 고려해야 한다. 심지어 주인공의 개성, 직업, 성격 등도 이 변화에 적합하게 설계되어야 한다. 예를 들어 『노인과 바다』에서 주인공이 노인이 아니라 청년이었다면 결코 인간의 위대한 승리라는 주제를 구현해 내지 못했을 것이다. 청년이 거친 자연과 맞서 승리하는 것은 어렵지 않게 상상할 수 있다. 그러나 노인은 다르다. 노인은 파괴되기 쉬운 육체를 가진 약한 인물이기 때문에 청새치를 잡아서 항구로 되돌아오는 것만으로도 위대해지는 것이다. 즉 『노인과 바다』에서 노인의 연령대는 주제를 구현하기 위해 작가가 계산해놓은 요소다. 덧붙여 말하자면 『노인과 바다』에서 노인의 직업이 어부인 것도 마찬가지다. 노인이 어부이기 때문에 바다라는 배경이 자연스럽게 따라붙는다. 그래서 그는 자신의 육체적 한계를 훨씬 뛰어넘는 거대한 크기의 청새치를 혼신의 힘을 다해 잡아야 하며, 이를 위해서 바다라는 거친 자연환경과도 맞서야 한다. 다시 말해 어부라는 직업도 주제를 더욱 강화하기 위한 계산의 일부라고 볼 수 있다. 이처럼 주인공 캐릭터는 단순히 창조되는 것이 아니라 여러 가지 요소를 종합해서 철저한 계산 끝에 구성해야 한다.

주인공의 두 가지 욕망

주인공을 구성할 때 고려해야 하는 요소로 개성, 성격, 직업 같은 것만 있는 것이 아니다. 더 중요한 것이 있다. 바로 주인공의 욕망을 정확히 정하는 것이다. 그런데 이 욕망은 두 가지로 나뉜다. 첫 번째는 외적 욕망이다. 외적 욕망은 대체로 발단에 제시되며 겉으로 확연하게 드러난다. 지구를 구하겠어, 저 사람과 사랑을 이루겠어, 음악으로 성공하겠어, 이 연쇄살인 사건을 해결하겠어 같은 것들이다. 그런데 습작생의 작품 중에는 의외로 이 외적 욕망이 제대로 제시되지 않는 작품이 꽤 많다. 주인공이 사건에 그저 휘말리기만 하기 때문이다. 예를 들어 스릴러에서 주인공이 어떤 함정에 빠진 후 계속해서 함정에 빠지고 살아나기만 반복하다가 결말을 맞는 경우가 왕왕 있다. 이런 경우 대체 주인공이 무엇을 위해 움직이고 있는지 알 수가 없다. 반대로 처음에는 함정에 빠져도 그 이후에는 자신이 왜 함정에 빠졌으며, 자신을 함정에 빠트린 사람이 누군지 찾아 되갚아 주면서 함정에서 완벽하게 빠져나와야 한다는 목표가 제시된다면 독자나 관객은 주인공을 응원하게 된다. 이러한 외적 욕망은 가급적 발단에서 빠르게 제시되어야 한다. 사실 독자나 관객은 주인공 그 자체를 응원하는 것이 아니라 주인공이 하고자 하는 바를 응원하기 때문이다. 예를 들어 〈어벤져스〉 시리즈에서는 재벌인 토니 스타크를 응원하는 것이 아니라 지구를 구하고자 하는 아이언맨인 토니 스타크를 응원하는 것이다. 그러므로 발단에서 선명한 외적 욕망이 제시되지 않는 이야기는 독자나 관객의 몰입을 이끌어내는 데 상당한 어려움을 겪을 수밖에 없다. 그래서 이야기를 창작할 때는 자신이 쓰는 작품 속 주인공의 욕망이 무엇인지 자문해보는 과정이 꼭 필요하다. 만약 선뜻 답변이 떠오르지 않는다면 뭔가 잘못된 방향으로 쓰고 있는 게 아닌지 점검해야 한다.

내적 욕망은 주인공이 외적 욕망을 이룰 수 있는 사람이 되기 위해 스스로 변화하고자 하는 욕망이다. 이 욕망은 처음부터 제시되지 않는다. 사실 주인공 자신도 어떤 사람으로 변화해야 하는지 잘 모르는 경우가 대부분이다. 그러나 갈등하고 좌절을 겪으면서 목표를 이루기 위해서는 자기 자신을 특정한 방향으로 변화시켜야 한다는 것을 알게 된다. 그제야 비로소 독자와 관객 역시 주인공의 내적 욕망이 무엇인지 정확하게 알게 된다. 예를 들어 영화 〈코요테 어글리〉에서 바이올렛은 처음에는 자신의 내적 욕망이 무엇인지 모른다. 하지만 자신의 꿈을 이루기 위해서는 무대 공포증을 극복하고 무대에 서야만 한다. 바이올렛이 위기에 몰렸을 때 비로소 그녀는 용기를 내 현실에 더 치열하게 부딪치려고 한다. 즉 자신의 가장 큰 공포 대상인 무대에 서는 것이다. 사실 바이올렛은 뉴욕에 올라왔을 때부터 치열하게 현실과 부딪쳐 나간다. 그런데 그녀가 예상했던 것보다 현실은 더 냉혹했다. 그래서 바이올렛은 현실과 부딪치는 강도를 점점 높여야만 했던 것이다. 데모 테이프를 주요 음반사에 돌리고, 새벽에 생선 나르는 일을 하며, 클럽 코요테 어글리에서 춤을 추고 노래를 부르기도 한다. 그러나 결국 무대에 설 타이밍에 머뭇거리던 바이올렛은 무대를 회피하면서 위기를 자초하고 나서야 자신이 어떻게 변화해야 하는지 명확하게 알게 된다. 미뤄왔던 무대 공포증 극복을 위해서는 지금까지보다 한층 치열하게 현실에 부딪쳐야 한다. 그러므로 이 내적 욕망은 주인공의 변화와 관련이 있으며, 동시에 주인공의 갈등과 관련이 있다. 그리고 주인공의 변화와 관련이 있다는 점에서 내적 욕망은 결국 주제와 관련이 있다.

덧붙여 말하자면 외적 욕망은 소재와 관련이 있다. 원수 집안의 그녀와 사랑을 이루고 싶어한다든지, 타노스라는 최강의 적과 맞서서 우주의 질서를 회복하고 싶어 한다든지, 시골뜨기가 뉴욕에서 음악으로 성공하고 싶어 한다든지, 노인이 자신의 몇 배가 되는 청새치를 잡으려고 한다든지 하는 것은 모두 소재와 관련된 욕망인 것이다.

주인공의 욕망

그런데 이 외적 욕망과 내적 욕망은 분리된 것이 아니다. 외적 욕망을 이루기 위해서는 반드시 내적 욕망을 이뤄야 한다. 즉 내적 욕망을 이룸으로써 외적 욕망을 획득할 자격을 얻는 것이다. 이 외적 욕망과 내적 욕망의 상관관계는 다이어트로 설명해볼 수 있다. 다이어트의 목표는 선명하다. 체중 감량이다. 이것은 외적 욕망에 해당한다. 그리고 이 목표를 달성하기 위해서는 운동과 식단 조절이 필요하다. 그런데 정해진 시간만큼 운동을 하고 저칼로리 음식을 먹으면 살이 빠지는 것을 알면서도 많은 사람들이 다이어트에 번번이 실패한다. 혹은 성공을 하더라도 그 무용담을 자랑할 정도로 매우 힘겨운 과정을 거친다. 왜 그런 것일까? 다이어트에 성공하기 위해서는 나 자신이 먼저 변화해야 하기 때문이다. 매일 꾸준히 운동을 할 만큼 부지런한 사람이 되어야 하고, 고칼로리 음식의 유혹을 이겨낼 만큼 자제력 강한 사람이 되어야 한다. 그래야만 체중 감량에 성공한다. 이때 부지런하고 자제력이 강한 사람이 되는 것이 바로 내적 욕망이라고 볼 수 있다. 다시 말해 부지런하고 자제력 강한 사람이 되어야만 비로소 체중 감량이라는 목표를 획득할 자격이 주어지는 것이다.

체중 감량이라는 목표는 부지런하고 자제력 강한 사람이 되어야 한다는 내적 욕망을 추동한다. 그러니 외적 욕망 없이 내적 욕망이 일어나는 것은 아니다. 정리하자면 외적 욕망은 내적 욕망을 추동하며, 내적 욕망을 달성했을 때 비로소 외적 욕망을 달성하게 된다. 그러므로 외적 욕망과 내적 욕망은 불가분의 관계에 놓인다. 다만 작가는 주인공의 외적 욕망이 무엇이며, 그 외적 욕망을 달성하기 위해서 내적 욕망에 따라 어떤 인물에서 어떤 인물로 변화해야 하는지를 정확하게 알아야 한다. 주인공의 두 가지 욕망은 불가분의 관계에 있지만 완전히 동일한 것이 아니기 때문에 작가는 이 두 가지를 정확히 설정한 후에 이야기를 써야 하는 것이다.

그렇다고 해서 외적 욕망과 내적 욕망을 별도로 설계하라는 뜻은 아니다. 소재를 정하면 자연스럽게 외적 욕망이 설정되는 것이고, 그 소재에서 주제를 정하면 자연스럽게 내적 욕망이 설정된다. 그리고 플롯을 구성하면서 이 두 가지 욕망의 조화를 이루는 것이다. 대체로 발단에서 주인공의 외적 욕망을 제시하고, 이 외적 욕망을 이루려는 전개 과정을 거쳐 자신이 어떻게 변해야 하는지 명확하게 알게 되는 위기와 절정 사이의 지점에서 내적 욕망이 명확해진다.

『노인과 바다』를 예로 들자면 거친 바다에서 거대한 청새치를 잡기 위해 사투하는 늙은 어부라는 소재에서 주인공의 외적 욕망이 드러난다. 즉 기록에 남을 정도로 거대한 청새치를 잡는 것이 노인의 외적 욕망이다. 그런데 노인은 청새치를 잡고 이 포획물을 항구로 가지고 오는 과정에서 갖은 고생을 한다. 그때마다 노인의 육신은 파괴되고, 체력은 바닥이 난다. 노인은 청새치를 항구로 가져가 자신을 우상처럼 바라보는 소년에게 보여주고 싶다는 욕망과 그만 포기하고 바다라는 환경에 패배하고 싶은 마음 사이에서 갈등한다. 그러나 노인은 뼈만 앙상하게 남은 청새치를 기어코 항구로 가져간다. 패배하지 않고 승리하는 인간이 되는 선택을 하는 것이다. 이때 패배하지 않는 인간이 되는 것이 바로 노인의 내적 욕망이라고 볼 수 있다.

영화 〈알라딘〉에서도 이 외적 욕망과 내적 욕망의 관계를 알아볼 수 있다. 알라딘은 뒷골목을 누비는 좀도둑이었다. 하지만 우연히 거리에 나온 재스민 공주를 만난 후에 그녀와의 사랑을 이루고 싶다는 욕망이 생긴다. 그리고 이 욕

〈알라딘〉, 가짜 왕자 알라딘.

망 때문에 알라딘은 뒷골목 좀도둑의 삶에서 벗어나 새로운
모험을 시작한다. 그는 램프의 요정 지니의 도움으로 가짜 왕
자로 변신해 재스민 공주의 곁으로 가서 그녀의 마음을 얻는
데 성공하지만, 그것은 알라딘의 본래 정체를 감추고 얻어낸
거짓된 성공이다.

　이후 왕국을 빼앗으려는 음모를 꾸미는 자파에게 램프
의 요정 지니를 빼앗긴 알라딘은 그 본모습이 드러나고 만다.
재스민 공주는 알라딘이 자신을 속였다는 사실에 화를 내고,
그와 결별한다. 신하인 자파에 의해 왕국은 위기에 빠지고,
알라딘도 죽을 위기에 처한다. 이때 알라딘은 비록 초라하더
라도 자신의 진짜 모습 그대로 떳떳하게 공주 앞에 나타나 진
심을 전할 결심을 한다. 그래서 그는 공주와의 결혼이 보장

〈알라딘〉, 알라딘과 재스민.

되어 있지 않은 상황에서도 목숨을 걸고 자파와 맞서서 왕국과 왕실을 구해낸다. 이때 알라딘의 내적 욕망이 드러난다. 그는 정체를 숨겨야 하는 뒷골목의 좀도둑이 아니라 자신의 마음을 내보일 수 있는 떳떳하고 진실한 사람이 되고 싶었던 것이다. 그리고 지니의 도움 없이도 이 내적 욕망을 이루었을 때 비로소 재스민 공주와의 사랑이라는 외적 욕망을 성취하게 된다. 정리하자면 재스민 공주를 만나 그녀와의 사랑을 이루고 싶다는 외적 욕망이 알라딘에게 생기고, 그로 인해 모험에 나서면서 그녀 앞에 떳떳하게 나설 수 있는 사람이 되고 싶다는 내적 욕망이 추동된다. 그리고 위기에 처했음에도 불구하고 진실하고 떳떳한 사람이 되었을 때 재스민 공주와의 사랑을 이루게 되는 것이다.

　이상에서 살펴봤듯 작품에서 주인공은 매우 중요한 극적 요소다. 때문에 주인공은 영감이 떠오르는 대로 창조해서는 안 된다. 소재와 주제를 고려해서 주인공의 외적 욕망과 내적 욕망을 명확히 하고, 이러한 욕망들을 달성할 수 있도록 주인공의 개성, 직업, 성격, 배경 등을 구성해야만 한다. 그리고 나서 플롯을 통해 이 모든 요소를 융합함으로써 완벽한 주인공이 탄생하게 되는 것이다.

2. 갈등

갈등이란?

갈등을 단순히 캐릭터들 간의 다툼이나 전쟁 같은 것으로 생각하면 안 된다. 눈을 휘어잡는 액션은 갈등이 아니라 스펙터클이다. 즉 볼거리에 불과하다. 게다가 이런 외적으로 보이는 다툼만을 갈등이라고 한다면 내적 갈등은 설명하기 어렵다. 다들 알고 있지만 간과하기 쉬운 사실 중 하나가 갈등은 외적 갈등과 내적 갈등을 모두 포괄한다는 것이다. 그리고 상당히 예외적인 경우가 아니면, 하나의 이야기에 두 가지 이상의 갈등이 공존하기 마련이다.

간혹 갈등을 아예 그리지 않은 습작을 보기도 한다. 대개 동화처럼 따뜻한 세계를 그리고 싶어 할 때 이런 경향을 보인다. 그러나 동화라고 해서 갈등이 없을까? 신데렐라만 해도 엄청난 갈등을 겪는다. 몰락해버린 신데렐라가 신분 상승을 꿈꾸며 무도회에 가려고 할 때나, 왕자가 유리 구두를 들고 신데렐라를 찾아올 때를 생각해보면 그녀가 계모와 얼마나 첨예하게 부딪치는지 알 수 있다. 동화의 세계에도 갈등은 존재한다. 동화 세계의 따뜻함은 결론적인 따뜻함이지, 전개의 따뜻함을 의미하지 않는다. 결말 전까지 이야기는 언제나 부딪힘, 즉 갈등이 있어야 한다.

재미있는 이야기에는 항상 갈등이 있다. 게다가 그 갈등은 보통 사람이 평생 한 번 겪어보지도 못할 것들이 대부분이다. SF나 전쟁물은 물론이거니와 로맨스, 심지어 실화를 바탕으로 한 작품들도 매우 드라마틱한 갈등을 내포한다. 예를 들어 영화 〈국제시장〉은 한국 전쟁부터 현대에 이르기까지 덕수라는 인물의 인생 역정을 다룬다. 이 영화는 한국의 아버지들이 어떤 희생을 치르면서 살아왔는지를 보여주고 있다지만, 주인공 덕수가 겪은 일들은 생사를 넘나드는 것이 대부분이다. 우선 전쟁을 겪었고, 전쟁 통에 가족과 이별을 겪었다. 독일에 광부로 가서는 갱도가 무너져서 갇히기도 하고, 베트남 전쟁에서는 다리에 총을 맞아 장애를 입게 된다. 뒤이어 이산가족 찾기 방송을 통해 헤어진 가족을 다시 만나기도 한다. 되짚어 보자. 한 사람이 인생에서 이렇게 많은 일을 겪는 것이 가능할까? 실제로 각각을 겪은 사람이 있을 것이고 개중 한두 개를 경험한 사람도 있겠지만, 이 모든 것을 다 경험한 사람이 몇이나 있을까? 물론 덕수라는 인물은 한국 현대사를 대표하기 때문에 이 모든 일을 대리해서 겪었다고 볼 수 있지만, 결국 이 말도 덕수라는 인물이 이야기의 주인공이기 때문에 이런 엄청난 사건을 모두 겪게 되었다는 뜻이나 마찬가지다.

때로 잔잔한 이야기를 하고 싶어 하는 이도 있다. 그러나 잔잔한 이야기라고 해서 갈등이 없는 것은 아니다. 대부분의 잔잔한 이야기도 갈등의 폭은 우리의 일상적인 삶에 비해 매우 크다. 다만 그 갈등을 묘사하거나 연출하는 방식이 갈등 상황을 짐작케 하거나, 내면의 갈등에 집중하는 것으로 대체되기 때문에 잔잔하게 느껴지는 게 아닌지 살펴봐야 한다.

결론적으로 말하면 갈등은 있어야 하고 그 폭은 우리가 일상에서 흔히 겪는 수준 이상으로 커야 한다. 그것은 이야기의 속성 때문이기도 하다. 우리가 이야기를 보는 것은 갈등 때문이다. 그리고 굳이 이야기를 통해서 다른 이의 삶을 들여다보려고 하는 이유는 그가 겪는 갈등의 폭이 우리의 일상에서 보기 어려울 만큼 크기 때문이다. 생각해보라. 우리가 매일의 삶에서 흔히 겪는 정도의 갈등을 보려고 시간과 돈을 투자해서 이야기를 보려는 사람이 몇이나 있을까? 그러므로 갈등이 없는 이야기는 애초에 생각하지 말아야 한다.

그렇다면 이야기에서의 갈등이란 무엇일까? 우선 이야기에서의 갈등은 두 가지 특성을 갖는다. 첫 번째는 주제에서 비롯된다는 것이다. 앞에서 언급했듯 주제는 주인공이 지향하고자 하는 가치다. 그런데 그 가치에 무난하게 도달한다면 갈등이 생길 리 없다. 다이어트를 하는데 시작하자마자 부지런한 생활 습관이 몸에 배고 인내심이 생기면서 쉽게 체중 감량에 성공한다면 다이어트만큼 간단한 것도 세상에 없을 것이다. 다이어트를 하면 힘든 운동을 피하고 싶고, 맛있는 걸 먹고 싶은 유혹에 시달린다. 즉 내가 도달하고자 하는 근면함과 인내심이라는 가치에 반하는 것들이 다이어트를 방해하는 것이다. 여기서 갈등의 성격을 짐작해볼 수 있다. 갈등은 주제적 가치에 반하는 반주제적 가치와의 충돌이 그 핵심이다.

갈등

이야기 속 갈등의 두 번째 특성은 내적 갈등, 외적 갈등 등 갈등의 종류와 상관없이 단일하고도 일관된 갈등이라는 것이다. 이야기에서 제시하는 주제와 그에 반하는 가치 사이의 갈등 이외의 갈등은 이야기를 산만하게 만들 뿐이다. 하나의 이야기에서 다양한 사건이 벌어질 수 있지만, 이 사건들은 주제적 가치와 반가치라는 단일한 갈등 아래 있어야 하고, 이 갈등이 일관되게 절정까지 이어져야 한다.

예를 들어 『노인과 바다』에는 거친 바다에 맞서 패배하지 않으려는 노인과 그를 자꾸만 지치게 하는 바다 환경과의 갈등이 계속된다. 청새치, 상어 떼 등은 모두 노인을 패배시키려고 하고, 노인은 이에 맞서 손바닥이 찢기고 체력이 바닥나더라도 굴복하지 않는다. 이 과정에서 노인은 그만 패배하고 싶은 마음과 승리하고 싶은 욕망 사이에서 끊임없이 갈등한다.

〈코요테 어글리〉도 마찬가지다. 이 영화에서 주제는 현실에서 꿈을 이루기 위해서는 현실과 치열하게 부딪쳐야 한다는 것이다. 처음에 주인공 바이올렛은 꿈을 좇지 말고 집에 있으라는 아버지와 갈등한다. 아버지의 반대를 뚫고 뉴욕에 왔을 때는 그녀의 꿈을 좌절시키는 냉혹한 음악 비즈니스의 현실과 갈등을 일으킨다. 바이올렛은 이 현실에 좌절하지만, 클럽 코요테 어글리에 자리 잡으면서 다시 이 현실과 맞선다. 그러나 그녀는 코요테 어글리에서 벌어들이는 적당한 수입과 적당히 춤추고 노래 부르는 현실에 안주하고 싶은 마음에, 진짜 자신의 음악을 할 수 있지만 그만큼 냉혹한 세상으로 나아가기를 주저한다. 즉 〈코요테 어글리〉는 성공하기 위해 현실에 치열하게 부딪치고자 하는 가치와 현실에 안주하려는 욕망 사이에서 끊임없이 갈등하는 주인공을 보여주는 영화라고 해도 지나치지 않다.

때로 한 작품이 두 개 이상의 주제를 포함할 때도 있다. 대개 긴 분량의 소설, 러닝 타임이 긴 영화 혹은 8부작, 12부작, 16부작 등의 포맷을 가지는 드라마가 그러하다. 물론 간혹 두 시간 정도의 영화 중에도 두 개의 주제를 가지는 작품이 있다. 이럴 경우 이야기 전개 속도가 빠르다. 16부작 드라마 〈이상한 변호사 우영우〉를 예로 들어보면, 이 드라마에는 크게 세 가지의 주제가 녹아 있는 것으로 생각된다. 그 첫 번째는 '법은 따뜻하다.' 로 보인다. 이 드라마에서 주인공 우영우는 자폐 장애를 가진 인물이자 자신과 같은 약자의 편에 서서 법을 해석하려는 성향을 가진 인물이다. 그런데 이를 위해 법이나 법정의 분위기를 교묘하게 이용하려고 하면 우영우는 위기를 맞이한다. 이 드라마 1부에서 우영우는 어려서 그녀가 세 들어 살던 집주인 할머니의 변호를 맡는다. 평소 의처증 증세를 보이는 남편을 할머니가 다리미로 때리는 바람에 그가 상해를 입고 쓰러진 사건이다. 이 사건은 할머니의 잘못이 명백해 보이므로 유죄이나, 정상을 참작해 집행유예를 받을 것이 거의 확실해 보인다. 하지만 우영우는 무죄를 주장한다. 그녀가 검사보다 더 법을 따뜻하게 해석하기 때문이다. 그런데 피해자인 할아버지가 증인으로 출석한 재판에

〈이상한 변호사 우영우〉, 법정에 선 우영우.

서 우영우는 시니어 변호사의 뜻에 따라 할아버지의 화를 돋워, 그가 법정에서 소란을 일으키게 한다. 이 때문에 할머니가 할아버지의 괴팍한 성격과 의처증 증세로 오랜 세월 고통받아 왔다는 심증이 더욱 굳어진다. 하지만 이 여파로 할아버지는 뇌출혈 증세로 죽게 된다. 그러자 검사는 상해치사가 아니라 살인으로 공소장을 변경해 우영우 측의 어려움은 오히려 가중된다. 즉 그녀가 법을 차갑게 이용하는 순간 오히려 그녀에게 위기가 닥치고, 갈등은 증폭된다.

이 드라마의 두 번째 주제는 '사람은 완벽할 수 없으므로 함께 살아야 한다.'로 보인다. 우영우는 서울대 로스쿨 수석 졸업에 변호사 시험에서 1,500점 이상 받은 데다 아이

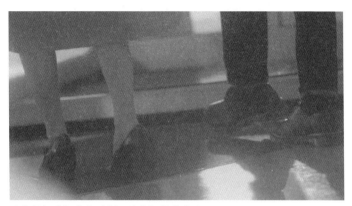

〈이상한 변호사 우영우〉, 회전문 통과하기.

큐가 160이 넘을 정도로 천재다. 그러나 그녀는 자폐 장애를 가지고 있기 때문에 변호사로서는 뛰어나지만 타인의 도움 없이 일상적인 삶을 영위하는 것이 쉽지 않다. 그래서 홀로 무엇인가를 할 때 갈등을 겪는다. 1부에서 우영우는 입사해야 하는 로펌이 있는 건물의 회전문조차 제대로 통과하지 못한다. 그러나 출근길에는 이준호의 도움으로, 퇴근길에는 최수연의 도움으로 회전문을 통과하는 데 성공할 뿐 아니라 이준호가 가르쳐 준 요령으로 혼자 회전문을 통과하기도 한다. 우영우가 주변으로부터 도움을 받은 건 회전문 통과만이 아니다. 그녀는 고등학교 시절 친구들에게 괴롭힘을 당하지만, 자폐 장애로 제대로 대응하지 못한다. 그러나 같은 반 동그라미와 친구가 됨으로써 이 위기에서 벗어난다. 이처럼 우영우는 일상적인 삶에서 홀로 뭔가를 하려고 하거나 고립되면 갈등이 증폭되고, 동료나 친구와 함께하며 그 갈등을 극복해나간다.

　세 번째 주제는 '장애로 사람을 판단하는 것은 편견에 불과하다.'로 보인다. 우영우는 완벽한 스펙에도 불구하고 자폐 장애로 인해 변호사로의 업무 능력을 의심 받지만, 법률에 대한 해박한 지식 외에도 창의적인 법 해석으로 위기를 돌파해서 승소한다. 이 때문에 처음에는 우영우의 자폐 스펙트럼 장애만을 바라보던 주변 사람들과 의뢰인은 재판이 진행되면서 비로소 우영우의 진가를 알아본다. 1화에서 우영우가 변호한 할머니는 그녀와 인연이 있음에도 우영우의 자폐 스펙트럼 장애 때문에 미심쩍어한다. 하지만 우영우가 승소해서 남편을 살해했다는 혐의에 대해 무죄를 이끌어내자, 그녀를 안아주면서 "변호사 선생님"이라고 칭한다. 우영우를 유능한 변호사로 인정한 것이다. 이처럼 우영우는 사람들이 그녀의 진가를 알아보지 못할 때 갈등을 빚는다. 그러나 법률에 대한 해박한 지식과 창의적인 법 해석, 무엇보다 약자를 위하는 마음으로 자신에 대한 오해를 불식하고, 타인의 진심을 이끌어내면서 갈등을 극복해나간다.

　〈이상한 변호사 우영우〉에서 주제는 크게 세 가지로 보이지만, 이 각각의 주제는 여러 화에 걸쳐서 단일하고도 일관되게 반복된다. 즉 법정에서는 첫 번째 주제가, 일상생활에서는 두 번째 주제가, 의뢰인이나 주변인들과의 관계에서는 세 번째 주제로 인한 갈등이 단일하게 반복되는 것이다. 이 때문에 이 드라마는 매회 각기 다른 에피소드로 구성되어 있음에도 불구하고 단일한 이야기로 보인다.

정리하자면 갈등은 단순히 다툼을 묘사하는 것이 아니라 이야기의 심층에서 작동한다. 주제적 가치와 반주제적 가치의 대립이며, 이 대립은 다양한 사건을 통해 단일하고 일관되게 반복되면서 전체 이야기의 통일성을 유지한다. 그리고 이 단일하고 일관된 갈등은 이야기 전체의 절정까지 계속해서 이어져야 한다.

갈등의 두 종류

갈등에 외적 갈등과 내적 갈등 두 가지 종류가 있다는 것은 널리 알려진 사실이다. 외적 갈등은 겉으로 보이는 갈등이고, 내적 갈등은 인물의 내면에서 벌어지는 정신적인 갈등이다. 그런데 외적 갈등이 성립하기 위해서는 주인공과 그 반대 세력이 부딪혀야만 한다는 조건이 있다. 주인공은 지구에만 있고 그 반대 세력은 화성에만 있는 SF를 떠올려 보자. 이렇게 배경이 나누어져 있으면 이 둘은 외적 갈등을 일으키기 매우 어렵다. 통신 수단을 이용해서 겨우 말로 주고받는 갈등이 전부일 것이다. 외적 갈등을 일으키기 위해서는 주인공과 그 외의 캐릭터가 부딪힐 수 있는 조건을 만들어주어야 한다. 첫 번째 조건은 주인공과 갈등을 일으킬 캐릭터를 같은 배경에 놓는 것이다. 시트콤의 경우, 거실이나 특정한 아지트같이 주인공들이 모일 수 있는 공간을 설계해놓는다. 그래야 이들이 빈번하게 서로 만나며 부딪히게 되고 이를 통해 갈등을 보다 수월하게 창조할 수 있다. 영화〈코요테 어글리〉에서는 클럽 공간이 주된 배경이다. 여기서 주인공은 사람들과 충돌하고 갈등한다.〈알라딘〉에서는 술탄의 왕궁에 알라딘을 비롯한 모든 인물이 모여서 갈등한다.〈이상한 변호사 우영우〉는 로펌 사무실과 법정에서 인물 간 갈등이 벌어진다.『노인과 바다』에서는 노인이 바다라는 공간에서 청새치와 상어 떼 같은 거친 자연환경의 구성 요소들과 갈등 관계에 놓인다. 즉 갈등할 수 있는 주요한 배경을 설정해둔 것이다. 배경은 생각나는 대로 떠올리는 것이 아니라, 갈등을 위해 선택되어야 한다.

외적 갈등을 일으키는 두 번째 조건은 같은 배경을 공유하는 것과 비슷한 형태라고 볼 수 있는데, 주인공과 갈등을 일으킬 캐릭터가 같은 여정을 공유하는 것이다. 영화〈슈렉〉에서는 주인공인 슈렉과 말하는 당나귀 동키가 함께 모험을 떠나면서 티격태격한다. 또 영화 〈국제 시장〉에서도 주인공 덕수와 그의 친구 달구가 함께 독일과 베트남으로 떠나 갈등을 겪는다. 그렇다고 덕수와 달구의 관계가 슈렉과 동키처럼 티격태격하는 관계는 아니지만, 달구가 곁에 있어줌으로써 덕수의 갈등이 내적 독백에만 그치지 않고 구체화된다.

외적 갈등을 일으키는 마지막 조건은 같은 목표를 두고 경쟁하는 것이다. 〈알라딘〉에서 알라딘은 재스민 공주와 램프의 요정 지니를 두고 자파와 경쟁한다. 〈어벤져스〉 시리즈의 〈엔드게임〉은 우주를 놓고 어벤져스 집단과 타노스 집단이 경쟁한다. 정리하자면 외적 갈등은 배경, 여정, 목표 중에서 적어도 한 가지 이상은 공유하고 있어야 그려내기가 쉽다.

그런데 이야기에서 외적 갈등은 내적 갈등과 밀접한 상관관계를 맺는다. 앞서 언급했듯 이야기는 결국 주인공이 주제적 가치를 달성하는 방향으로 그 변화를 그려낸다. 이 과정에서 갈등이 발생하는 것이다. 주인공이 궁극적으로 변화하려면 결국 내적인 변화가 일어나야 한다. 비겁한 자가 용기 있게 되거나, 오만한 자가 겸손해지거나, 이기적인 자가 이타적인 자가 되는 등 주인공의 변화에는 내면의 변화가 필수다. 하지만 외적 갈등 그 자체로는 이런 주인공의 궁극적인 변화를 이끌어 내기 어렵다. 외적 갈등은 결국 주인공의 내적 갈등을 촉발하고, 그 내적 갈등의 변화 끝에 주인공은 인격적인 변화를 하게 된다.

예를 들어 알라딘은 자파로 인해 수많은 외적 갈등을 겪지만, 재스민 공주 앞에 자기 모습을 있는 그대로 드러내기 위해 내적 갈등을 겪는다. 그리고 그 내적 갈등이 종료되었을 때 비로소 재스민 공주 앞에 다시 모습을 드러내고 자파와 맞서게 된다. 그러므로 외적 갈등은 반드시 주인공의 내면 변화에 수렴되도록 설계되어야 한다.

내적 갈등은 주인공 내부에서 홀로 일어나지 않는다. 우리가 간혹 경험하는 이런저런 고민이 전형적인 내적 갈등이라고 볼 수 있는데, 이 고민은 외부적 환경의 변화 혹은 외부 요소와의 부딪힘 때문에 생기는 것이다. 예를 들어 나를 설레게 하는 사람을 만났다면, 그에게 내 마음을 표현할까 말까 하는 고민이 생긴다. 고백해서 사랑을 얻고 싶은 욕망과 고백에 실패해서 관계가 더 어색해지거나 부끄러워질까 하는 두려움 사이의 갈등이 내부에 생겨나는 것이다. 그런데 이 고민이 왜 생겨났을까 따져보면, 평화롭던 나의 일상에 나를 설레게 하는 사람이 나타났기 때문이다. 즉 외부 요소와 부딪혔기 때문에 내적 갈등이 촉발되었다고 볼 수 있다. 이야기 속 주인공이 하는 내적 갈등도 마찬가지다. 주인공에게 내면의 성숙이나 변화를 촉발하는 외부적 요인이 있었기 때문에 그가 내적 갈등을 하게 되는 것이다. 〈코요테 어글리〉에서 바이올렛은 고향에서 평화롭고 따분하게 지내던 삶을 뒤로하고 뉴욕으로 올라와 꿈을 이루려고 했기 때문에 치열한 현실에서 도피하려던 성격을 극복하고 현실에 정면으로 부딪치는 내면의 성숙을 이루게 된다. 그러므로 내적 갈등을 단순히 주인공의 내부에서만 일어나는 갈등 정도로 치부해서는 안 된다. 순수하게 주인공 내부에서 갈등이 일어난다면 그 갈등은 개연성이 떨어질 수도 있고, 심하면 주인공의 정신이 분열된 것처럼 보이기도 한다.

내적 갈등과 외적 갈등을 단순하게 갈등의 두 가지 종류로만 생각해서는 안 된다. 이 두 가지 갈등은 서로 자연스럽게 이어져 있다. 외적 갈등은 내적 갈등으로 수렴되고, 내적 갈등은 외부적 요인으로 인해 촉발되기 때문이다. 따라서 인물의 내적 독백에만 의존하면서 내적 갈등을 그리려는 특별한 의도가 있는 작품이 아니라면 이 두 가지 갈등은 하나의 이야기에서 적절하게 공존해야 한다. 특히 대중적인 이야기의 습작에서 종종 나타나는 것이 주인공의 내면 증발 현상이다. 주인공이 시종일관 외적 갈등에만 매몰되면서 내적인 변화를 제대로 그려내지 못하기 때문에 생기는 문제다. 이야기는 외적 갈등으로 내적 갈등이 촉발되고, 이 내적 갈등의 극복으로 주인공이 다른 삶을 향해 한걸음 더 나아가며, 이 한

걸음이 또 다른 외적 갈등을 불러오는 식으로 전개되기 마련이라는 점을 명심해야 한다. 사건 이전에 내면이 있어야 한다. 사건은 주인공의 내면 변화가 야기한 행동으로 촉발되기 때문이다.

갈등의 발생과 발전

갈등이 발생하고 발전하는 것은 주인공의 욕망과 관련이 있으며, 이와 관련한 갈등은 크게 두 가지밖에 없다. 하고 싶은데 하지 못하는 갈등과 하기 싫은데 해야 하는 갈등. 전자의 경우 주인공은 성취, 소유, 극복 등의 강력한 욕망을 가지지만 이를 방해하는 세력과 갈등을 겪게 된다. 후자의 경우에는 떠맡기 싫은 책임, 어쩔 수 없이 해야만 하는 임무, 받아들이고 싶지 않은 운명 등의 상황에 내몰리고 주인공은 이를 감당해나가면서 갈등을 겪는다. 그러나 전자의 경우든 후자의 경우든 주인공은 이야기가 시작되면 선명한 욕망을 가지게 되고, 욕망의 성취를 방해하는 세력과 갈등을 겪는다.

여기서 주인공의 욕망을 방해해서 갈등을 일으키는 존재를 '세력'이라고 칭하는 이유는 주인공의 욕망을 방해하는 존재 혹은 그 주체가 다양하기 때문이다. 보통 주인공을 프로타고니스트protagonist, 주인공의 욕망을 방해하는 존재를 안타고니스트antagonist 라고 말한다. 그런데 빌런만이 안타고니스트가 되는 것이 아니다. 주인공의 가족, 연인, 나아가 사회 구조나 자연환경도 주인공의 욕망을 가로막는다. 〈코요테 어글리〉에서 바이올렛의 아버지는 딸이 위험한 뉴욕에 가지 않고 자신과 함께 고향에 남아 살기를 원한다. 이때 아버지는 딸의 욕망을 방해하는 안타고니스트다. 그러나 정작 바이올렛이 자신의 꿈을 포기하려고 할 때는 그녀가 꿈을 이룰 수 있도록 격려하면서 조력자로 변신한다. 이렇듯 안타고니스트는 이야기 내내 고정된 형태로 존재하는 것이 아니다. 영화 〈하이 눈〉에서 주인공 케인은 결혼과 동시에 보안관 배지를 던지던 날, 마을을 위협하는 빌런들이 열두 시 열차를 타고 마을로 오고 있다는 소식을 듣게 된다. 그는 보안관의 임기가 하루 남은 만큼 다시 총을 들고 빌런들과 맞서기를 원한다. 하지만 퀘이커교도인 아내 에이미는 자신의 종교적 신념에 따라 케인이 총을 들고 목숨을 건 싸움을 벌이는 것을 반대한다. 이때는 가족이자 연인이 안타고니스트가 된다. 동명의 소설을 원작으로 하는 영화 〈도가니〉에서 주인공 인호는 학교 교장과 선생들이 장애아들을 성폭행하는 끔찍한 현실을 고발한다. 그러나 교장과 선생은 물론, 이들이 사실상 지배하는 학교의 이사회, 나아가 교회, 법원 등 지역의 기득권이 주인공의 내부 고발을 무마하려 든다. 이때 안타고니스트는 각 인물의 형태로 드러나기도 하지만, 이 인물들은 사실 지역 기득권을 대표하는 성격을 동시에 지닌다. 그러므로 〈도가니〉에서 안타고니스트는 사회 구조라고 볼 수 있다. 『노인과 바다』에서 노인의 욕망을 방해하는 것은 청새치, 상어 떼 등 자연환경이다. 그러므로 이 소설에서 안타고니스트는 자연환경이라고 볼 수 있다. 이러한 예들로 미뤄볼 때 안타고니스트는 다양한 형태로 나타날 수 있고, 또 고정된 캐릭터로 존재하는 것도 아니기 때문에 '세력'이라고 생각해야 하는 것이다.

갈등은 주로 주인공의 욕망이 이 안타고니스트에 의해 가로막히면서 발생한다. 발단에서 주인공은 자신의 욕망을 드러내고, 이 욕망을 이루기 위한 움직임을 시작한다. 그러나 주인공이 욕망을 성취하기 위해 노력하면 노력할수록 안타고니스트는 이에 맞서 주인공을 더욱 깊은 위기에 몰아넣는다. 그래서 이야기의 어느 지점에 이르면 주인공은 자신이 할 수 있는 모든 것을 거는 최후의 선택을 해야만 한다. 예를 들어 로맨스 이야기라면 사랑을 위해 목숨을 걸거나, 자신이 가진 모든 것을 내려놓거나, 상대방을 위해 자신의 삶의 방식을 전환해야 하는 선택의 순간이 오는 것이다. 그리고 바로 이 순간까지 갈등은 계속되어야 한다.

여기에 더해 갈등은 절정까지 계속해서 증폭되어야 한다. 사람은 자극에 점점 둔감해지는 특성이 있다. 같은 자극이 반복

〈도가니〉, 안타고니스트.

되거나 이전에 비해 자극이 축소되면 별 감흥을 느끼지 못한
다. 갈등도 마찬가지다. 같은 갈등이 반복되거나 앞선 갈등
보다 뒤따라오는 갈등의 폭이 작을 경우 흥미를 잃을 수밖에
없다. 그러므로 작가는 발단에서 절정에 이르기까지 점점 갈
등이 증폭되도록 필요한 사건의 개수를 계산해서 플롯에 배
치해놓아야 한다. 그리고 절정에서의 갈등은 이야기 내에서
가장 큰 갈등이어야 하고, 이 갈등을 극복할 경우 주인공의
운명은 새로운 전환점을 맞이해야만 한다. 특히 대중적인 이
야기에서는 절정을 지나면 주인공이 새로운 운명을 맞이하
는 것 외에 다른 선택의 여지가 없어야 한다. 그래야 이야기
에서 제기된 갈등이 모두 종식되었다고 볼 수 있기 때문이다.

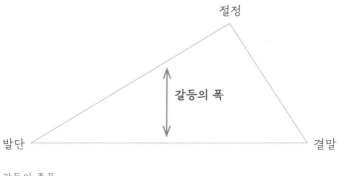

갈등의 증폭

전체 이야기에서 갈등의 정도를 도형으로 표현하면 위처럼 보일 것이다. 절정이 있는 꼭짓점을 기준으로 삼각형의 양쪽 윗변은 발단에서 시작해서 결말까지 갈등의 정도를 나타낸다. 갈등은 발단에서 아예 없는 채로 시작해 계속 상승하다가 절정에서 최고점을 찍고 결말까지 급격히 하강하며 종식된다. 사실상 절정이 지나면 갈등은 사라진다고 봐야 한다.

갈등은 그 전개 과정이 복합적으로 드러난다. 매우 예외적인 경우를 제외하고는 외적 갈등 혹은 내적 갈등 어느 한 가지만으로 존재하지 않는다. 앞서 언급한 대로 외적인 변화가 내적 갈등을 추동하고, 주인공은 이 내적 갈등을 극복한 뒤에 행동에 나서며 이 행동이 또 다른 외적 갈등을 불러오고 이 외적 갈등은 다시 주인공의 내적 갈등으로 이어진다. 그리고 주인공은 내적 갈등을 극복한 후에 외적 갈등을 극복할 다음 행동에 나서는 것이다. 이 과정을 정리하면 아래와 같다.

❶ 외적인 상황 변화

❷ 내적 갈등과 극복

❸ 주인공의 행동

❹ 주인공의 행동에 따라 발생하는 더 큰 외적 갈등

❺ 외적 갈등에 따른 더 큰 내적 갈등과 극복

❻ 이어지는 주인공의 행동

❼ 주인공의 행동에 따라 발생하는 더욱더 큰 외적 갈등

❽ 외적 갈등에 따른 더욱더 큰 내적 갈등과 극복

❾ 이어지는 주인공의 행동

❿ 주인공의 행동에 따라 발생하는 한층 더 큰 외적 갈등

⓫ 외적 갈등에 따른 한층 더 큰 내적 갈등과 극복

⓬ 이어지는 주인공의 행동

⓭ 주인공의 행동에 따라 발생하는 가장 큰 외적 갈등

⓮ 위기 상황 속 마지막 내적 갈등과 이에 따른 최후의
   선택

⓯ 절정에서의 외적 갈등과 극복

⓰ 결말

물론 위처럼 일정하게 내적 갈등과 외적 갈등이 번갈아 가면

서 일어나는 것은 아니다. 때로 외적 갈등 후에 또 다른 외적 갈등이 이어지기도 하고, 그 반대의 경우도 있다. 또는 외적 갈등과 내적 갈등이 같은 사건에서 동시에 일어날 수도 있다. 그러나 외적 갈등과 내적 갈등은 일반적으로 교차 반복하면서 일어나고, 주로 외적 갈등 때문에 발생한 내적 갈등을 극복하는 과정에서 주인공은 어떤 선택 혹은 결정을 내리게 되며, 이 선택을 행동으로 옮기면서 제기된 외적 갈등을 극복하지만 이 때문에 더 강력한 외적 갈등을 불러오면서 새로운 갈등 양상으로 옮겨가는 것이 일반적이다.

예를 들어 〈도가니〉에서 주인공 인호는 학교의 끔찍한 실상을 알고 이를 고발할 것인지 말 것인지를 두고 내적 갈등을 일으킨다. 결국 아이들을 위해 고발할 결심을 하고(내적 갈등을 마무리 짓고), 지역의 인권 운동가와 접촉하는 행동을 하게 된다. 그러나 이 사실을 알게 된 학교 측이 인호를 회유하려고 들면서 학교 측과 인호 간 외적 갈등이 새로운 양상으로 전개되고, 인호는 학교 측의 다양한 회유 시도 때문에 더 큰 내적 갈등을 겪는다. 그러나 인호는 끝내 아이들과 함께 재판을 받는다. 그러자 학교 측은 재판에서 승소하기 위해 인호를 또 다시 압박하고, 피해 아이들의 부모를 돈으로 회유하려고 한다. 즉 더 강력하고 새로운 외적 갈등이 계속해서 이어지는 것이다.

이렇게 외적 갈등과 내적 갈등이 교차 혹은 동시에 일어나는 것은 어떻게 생각하면 당연한 일이다. 처음에 주인공은 자신이 생각한 정도의 행동만 하면 갈등이 해결될 것으로 예상한다. 하지만 주인공이 맞닥트리는 현실은 그렇지 않다. 만약 주인공이 계획한 대로 일이 풀린다면 이야기가 재미없어질 것이 자명하다. 로맨스 이야기인데 주인공이 고백하자마자 상대방이 그 고백을 받아들이고 둘이 결혼해서 행복하게 살다 끝나는 이야기를 떠올려보면 그런 이야기가 얼마나 재미없을지 충분히 예측할 수 있다. 이 때문에 이야기에서 주인공이 마주해야 하는 안타고니스트는 그가 생각한 것보다 훨씬 강력하다. 그러므로 주인공은 이런 상황을 맞이하면 언제나 앞으로 더 나아갈 것인가, 아니면 여기서 멈출 것인가 혹은 되돌아갈 것인가를 고민하기 마련이다. 버거운 외적 갈등을 목전에 두고 내적 갈등이 앞서는 것은 인간이라면 너무나 당연한 심리다.

이런 내적 갈등 없이 주인공이 무턱대고 외적 갈등을 극복하려 들고 또 극복해낸다면 다음 갈등에서 독자나 관객은 전혀 긴장하지 않을 것이다. 주인공이 무난하게 갈등을 극복할 것이 너무나 분명하기 때문이다. 주인공이 막강한 안타고니스트 앞에서 망설이고 두려워하며 회피하려고 할 때 이야기의 긴장은 고조되고, 몰입감 역시 높아진다. 그리고 그럴 때 비로소 독자와 관객은 주인공이 안타고니스트와 맞서기를 응원하면서 일체감을 느낀다. 그러므로 이야기를 쓸 때 항상 내적 갈등과 외적 갈등이 복합적으로 그려지도록 고려해야 한다.

차이와 극복

주인공은 자신의 욕망을 위해 첫발을 내디딜 때 어떤 '차이'를 실감하게 된다. 즉 그가 마주하게 되는 안타고니스트 혹은 냉혹한 현실이 그의 기대를 웃도는 것이다. 이 차이에 주저앉으면 이야기는 더 이상 이어지지 않는다. 알라딘이 우연히 시장에서 마주친 여성이 공주 신분임을 알고 그 차이 앞에 좌절한다면 영화〈알라딘〉이라는 이야기는 더 이상 발전하지 않을 것이다. 그러나 이 차이를 실감하면서도 극복하려고 도전할 때 비로소 이야기는 진전한다. 알라딘은 공주 앞에 서기 위해 목숨을 걸고 마술 램프를 찾으러 들어가, 이야기의 발단에서 발생한 차이를 극복하려고 노력한다. 그러므로 바로 이 '차이'가 곧 이야기를 발전시키는 원동력이 된다.

발단에서 시작된 차이는 단편 소설이나 단편 영화가 아닌 이상 한두 가지 사건으로 극복되지 않는다. 극복하면 또 다른 차이가 나타나고, 그 차이를 극복하면 또 다른 차이가

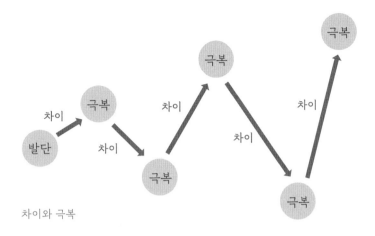

차이와 극복

나타난다. 그렇게 해서 절정에 다다라서야 비로소 이 차이는 극복된다. 그리고 그제야 주인공은 발단에서 시작된 차이를 극복하기 위해서 어느 정도까지 노력해야 하는지를 알 수 있다. 그 정도는 주인공이 할 수 있는 '모든 것'이다. 차이가 발생하지 않으면 이야기는 동력을 상실한다. 그리고 이 차이는 점점 더 벌어져야 한다. 그래야 지속해서 이야기를 발전시켜 나갈 수 있다.

　예를 들어보자. 『노인과 바다』는 발단에서 노인이 드리운 낚싯줄을 청새치가 문다. 그러나 노인은 처음에 그 청새치가 얼마만한 크기인지조차 제대로 가늠하지 못한다. 청새치가 얼마나 큰지, 어느 정도의 노력을 기울여야 잡을 수 있을지 경험에 비추어 그저 짐작할 뿐이다. 그러나 청새치는 그가 생각한 것보다 훨씬 크고, 잡기 위한 노력 또한 몇 날 며칠을 낚시에만 매달려야 할 정도다. 즉 노인이 청새치를 처음 낚게 되었을 때 차이가 이미 나타나지만 이야기가 전개되면서 그 차이는 처음에 생각했던 것보다 더 벌어지는 것이다. 이 차이는 노인이 청새치를 잡음으로써 마무리되는가 싶지만, 항구로 되돌아가려고 할 때 더 크게 벌어진다. 청새치보다 위험한 상어 떼의 습격을 받는 것이다. 상어 떼와 노인의 싸움은 상어 떼에게 일방적으로 유리하다. 노인은 온 힘을 다해 상어를 상대해 보지만 상어 떼에게 청새치가 물어뜯기는 것을 모두 막을 수는 없다. 즉 청새치를 낚아 올리는 것과 차원이 다른 차이가 발생한 것이다. 노인이 일차적으로 상어 떼를 물리쳤다고 해서 그 차이가 줄어들지 않는다. 상어는 다시 습격해 오고, 노인의 상황은 더욱 열악해진다. 손바닥은 찢기고, 체력은 고갈된다. 이후 상어를 쫓던 칼이 부러지고 노까지 부러지면서 차이는 더욱 벌어진다. 하지만 노인은 이 모든 차이를 불굴의 의지로 끝끝내 극복해낸다.

〈코요테 어글리〉에서도 마찬가지다. 처음에 바이올렛은 뉴욕에 와서 자신이 작곡한 음악이 든 데모 테이프만 돌리면 성공할 수 있을 거라고 생각한다. 하지만 뉴욕의 음반사들은 그녀의 데모 테이프를 받아줄 의사 자체가 없다. 음악 비즈니스의 냉혹한 현실은 차이를 발생시킨다. 이를 극복하기 위해 그녀는 무대에 서려고 한다. 자신의 음악을 직접 알리기 위해서다. 그러나 바이올렛은 무대 공포증 때문에 무대에 서는 것을 견디지 못한다. 차이는 극복이 불가능해 보일 정도로 더욱 벌어진다. 하지만 바이올렛은 일단 뉴욕에서 버티기 위해 클럽 코요테 어글리에서 일한다. 그리고 결국 사람들 앞에서 춤추고 노래할 수 있게 된다. 그러나 그 정도로 그녀의 꿈을 이룰 수는 없다. 바이올렛은 언젠가 자신만의 음악을 알릴 무대에 서야 하기 때문이다. 그런데 그러기 위해서는 작은 성공을 거두었던 코요테 어글리 클럽에서 일하는 것을 포기해야 한다. 이는 일생일대의 모험이다. 불확실한 미래를 위해 안정적인 수입처를 포기할 것이냐, 안정적인 수입을 위해 평생 가져온 꿈을 포기할 것이냐를 결정해야 하기 때문이다. 이때 차이는 더욱 벌어진다. 그러나 바이올렛은 결국 꿈을 위해 코요테 어글리의 무대를 포기하고 재도전해서 마침내 자신의 음악을 하게 된다.

〈도가니〉에서 인호는 처음에 학교에서 벌어지는 장애 아동에 대한 학대의 낌새를 눈치챈다. 이후에 윤자애 선생이 여자아이의 머리를 세탁기에 집어넣는 장면을 보고 학교장에게 보고하지만 학교장은 무마하려고 든다. 부조리를 개선하려고 했지만 오히려 차이가 발생하는 것이다. 그는 이를 극복하기 위해 학대 사실을 지역 인권 운동가에게 알리고 경찰에 신고한다. 그러나 이번에는 경찰이 사건을 무마하려고 한다. 차이가 더 크게 발생하는 것이다. 게다가 아이들이 성폭행을 당했음이 밝혀지고 가해자가 학교장임이 밝혀지면서 차이는 더욱 커진다. 이후 차이를 극복하기 위해 인호는 교육청에 이 사실을 진정하나 교육청은 시청으로 사건을 넘기려고 하고, 시청은 다시 교육청으로 사건을 넘기려고 하면서 무마를 시도한다. 지방 자치 단체가 책임을 방기하면서 차이는 더욱 커지는 것이다. 결국 인호는 이 사건을 법정으로 끌고 간다. 차이를 극복하려는 시도다. 하지만 학교장 측은 전관 변호사를 내세우고, 학교 관계자들의 허위 증언을 이끌어 내 재판에서 유리한 고지를 점한다. 차이는 더욱 벌어진다. 그럼에도 불구하고 아이들의 증언으로 재판이 팽팽해지자, 학교 측은 인호에게 서울의 대학 교수 자리를 제안하며 회유를 하기도 한다. 인호는 그 제안을 거절하면서 차이를 극복하고, 재판에서도 피해 아동 중 한 명인 연두가 결정적인 증언을 하면서 재판을 매우 유리하게 만든다. 그러나 이번에는 학교 측이 피해 아이들의 부모를 회유해서 상황을 반전시킨다. 이제 차이는 메우기 힘들어 보일 정도로 벌어졌다. 게다가 검사마저 학교 측과 결탁하여 이 사건은 최종적으로 인호의 패배와 피해 아동의 비극적인 죽음으로 종결된다. 〈도가니〉는 비극이라고 볼 수 있는데, 이처럼 비극에서도 차이와 극복은 존재한다.

결론적으로 작가는 주인공이 자신의 욕망을 이루기 위해 첫발을 내디딜 때 안타고니스트와의 부딪힘 속에서 차이를 발생시켜야 한다. 이 차이를 극복하려고 할 때 이야기의 동력이 발생한다. 그리고 절정까지 차이는 반복해서 발생하며, 그 폭도 커진다. 이야기는 주인공이 이 차이들을 극복하면서 발전해나가는 것이다.

많은 습작생이 이야기를 쓸 때 전개 부분 구성을 매우 어렵게 생각한다. 아무런 계획 없이 전개를 쓰고자 한다면 막막할 수밖에 없다. 그러나 전개란 기본적으로 갈등을 만들어나가는 것이고, 이는 차이와 극복이 반복되는 몇 가지 시퀀스들로 구성된다. 이 점을 잘 이해하고 플롯 단계에서 사건들을 배열해놓는다면 매우 효과적으로 전개를 구성할 수 있다.

3. 갈등의 세 가지 양상

세상에는 많은 이야기가 있고, 이야기의 수만큼 다양한 갈등이 있다. 그런데 다양한 인물이 벌이는 갈등의 표면이 아니라 그 속성을 관찰해보면 몇 가지로 일정하게 수렴되는 것을 볼 수 있다. 특히 대중적인 이야기에서는 이러한 현상이 더욱 두드러지는 것 같다. 그도 그럴 것이, 우리가 살면서 겪는 갈등의 속성이 그리 다양하지 않다. 사랑에 있어서라면 용기를 내느냐 마느냐의 고민이 대부분이다. 고백을 하느냐 마느냐, 저 사람과 일평생 함께해야 하느냐 마느냐 이런 것들. 일에서도 마찬가지다. 용기를 내 이직을 하느냐 마느냐, 새로운 사업을 시작하느냐 마느냐, 본인이 속한 조직의 부조리를 밝히느냐 마느냐 이런 것들. 즉 내가 이루고 싶은 것을 이루기 위하여 용기를 내느냐 마느냐가 삶의 고민에서 많은 부분을 차지한다. 또 인간관계에서는 외톨이로 있느냐 함께 있느냐의 고민이 많다. 사람은 살면서 혼자 할 수 있는 일보다 같이 할 수 있는 일이 더 많다. 그러나 내가 내성적인 성격의 소유자거나 사람들에게 상처 받은 경험이 있다면, 혹은 낯선 사람들 속에서라면 누군가와 함께 어떤 일을 해나가는 것이 쉽지 않다. 이럴 때 우리는 고민을 하게 된다. 마지막으로 내가 오해 받는 상황이 있을 수도 있다. 혹은 내가 타인을 오해할 수도 있다. 이때는 이 오해를 어떻게 벗고 어떻게 진실을 밝힐 것인가 혹은 내가 타인을 잘못 본 것을 어떻게 받아들여야 할까를 고민하게 된다.

이처럼 우리 삶 속 갈등들의 속성을 추려서 생각해보면, 앞서 열거한 세 가지 범주에서 크게 벗어나지 않는다. 이야기도 마찬가지다. 모두 알다시피 이야기는 사람의 삶을 모방한다. 심지어 곤충이나 동물이 주인공이라도 이들은 의인화된 일종의 인간 캐릭터일 뿐이다. 따라서 이야기 속 캐릭터가 겪는 갈등도 결국은 대부분의 사람이 겪는 갈등의 범주에서 크게 벗어나지 않는다. 그러므로 이야기의 갈등은 대개 앞서 언급한 세 가지 범주에서 다룰 수 있을 것으로 생각된다.

용기 VS 비겁

용기와 비겁은 쉽게 말해 삶의 문제를 해결하거나 성취하고자 하는 욕망을 이루기 위해 용기를 내 맞서거나 도전하느냐 아니면 회피하거나 현실에 안주하느냐의 갈등이다. 이 속성의 갈등은 상당히 많은 이야기에서 차용하고 있다. 사실 현실에서 용기를 내기는 쉽지 않다. 누군가에게 사랑을 고백하거나, 새로운 삶을 위해 기존의 안식처를 떠나거나, 조직의 부조리에 맞서기란 매우 어렵다. 하지만 우리는 이야기 속에서라도 그러한 일들이 이루어지기를 원한다. 특히 대중적인 이야기에는 사람들의 판타지를 채우고자 하는 면이 있다. 그래서 대중적인 이야기의 주인공들은 여러 가지 삶의 문제나 부조리 앞에 망설이지만 결국은 용기를 내어 맞서고, 마침내 자신의 욕망을 성취해내는 경우가 많다.

〈코요테 어글리〉에서 바이올렛은 용기 있게 뉴욕에 올라오기는 했지만 곧바로 마주한 냉혹한 현실에 의기소침해진다. 그러나 이 현실에 맞서 용기를 내지 않으면 자신의 꿈을 이룰 수 없다. 그래서 그녀는 클럽 코요테 어글리 무대에 서기까지 조금씩 용기를 내고, 이 클럽에 안주하지 않고 떠나기 위해 또 한 번 용기를 낸다. 그리고 마지막에는 무대에 서기 위해 일생일대의 용기를 낸다. 즉 바이올렛은 현실을 회피하고자 하는 마음과 꿈을 이루기 위해 용기를 내 현실과 맞서고자 하는 마음 사이에서 갈등한다.

〈도가니〉도 용기와 비겁의 갈등이다. 인호는 처음에 용기를 내 아동 학대 사실을 학교 당국에 알리지만 학교 당국은 묵살한다. 그래서 지역 인권 운동가와 연대하여 법정에 서지만 끊임없이 회유와 협박에 시달린다. 심지어 인호의 어머니까지 아픈 딸을 돌보지 않고 장애 아동 편에 서서 다윗과 골리앗의 싸움을 이어나가는 인호를 탓한다. 이런 압박들은 인호를 비겁하게 만든다. 그러나 인호는 이에 맞서 용기를 내면서 현실의 부조리에 끊임없이 대항한다.

영화 〈알라딘〉도 용기와 비겁의 갈등이라고 볼 수 있다. 알라딘은 초라한 자신의 본모습을 재스민 공주에게 내보일 용기가 없다. 그래서 그는 지니의 도움을 받아 마법으로 거짓 왕자가 된다. 그렇게 재스민 공주에게 다가가지만 자파에 의해 본모습이 탄로 나자 위기를 맞는다. 하지만 이때 알라딘은 무력하고 보잘것없으나 재스민 공주에 대한 마음만은 진심인 자신의 본모습을 용기 있게 드러냄으로써 마침내 왕국을 구하고, 공주와의 사랑도 이루게 된다.

사실 용기와 비겁 사이의 갈등은 누구나 한 번쯤은 겪는 것이다. 실패의 두려움, 압도적인 상대, 알 수 없는 미래 등은 언제나 우리를 비겁하게 하고, 이에 맞서 용기를 내는 것은 쉽지 않다. 이야기 속 주인공도 이야기가 전개되는 동안에는 사람이다. 이들도 두려운 존재 앞에서는 당연히 달아나고 싶고 회피하고 싶은 것이다.

이야기의 재미는 갈등을 겪는 존재가 그 갈등을 극복하는 데 있다. 그런데 간혹 이런 갈등 없는 주인공을 그리려고 하는 습작생도 있다. 주인공이 나약하고 비겁해 보이면 비호 감이 된다는 이유로 말이다. 혹은 나약하고 비호감인 주인공 에게 독자나 관객이 감정을 이입하지 못할까 봐 걱정이 되어 서 갈등 없는 주인공을 그리려고 할 때도 있다. 하지만 독자 나 관객은 나약하고 비겁한 존재가 용기를 내 갈등 끝에 자 신의 문제를 극복하려고 할 때 몰입한다. 이미 갈등이 끝나 버린 완성된 존재가 아닌, 미완성이지만 갈등을 통해 완성된 존재로 나아가려는 주인공을 응원하고 싶어지기 때문이다.

연대 VS 고립

삶의 문제는 관계에서 발생하기도 한다. 대중적인 이야기에 서는 대체로 연대를 통한 문제의 해결을 선호한다. 이는 고립 되어서 존재할 수 없으며, 무리 지어 삶을 살아갈 수밖에 없 는 인간의 본성에 기인하는 것일 수도 있다. 그래서인지 뱀 파이어, 마녀, 늑대 인간, 귀신 등 인간과 대립되는 괴물 같은 존재를 고립되어 사는 것으로 묘사하는 경우도 많다.

연대와 고립 사이의 갈등 양상은 대개 주인공이 고립되 어서 그에게 삶의 문제가 발생했을 때 나타나며, 주인공은 연 대를 통해 이 문제를 극복해나간다. 천재적인 두뇌의 소유자 혹은 육체적으로 뛰어난 능력을 지닌 사람이라 할지라도 그의 모난 성격이나 타고난 약점 때문에 타인과 함께 문제를 해결해나가는 것이다. 이런 경우 고립되면 갈등이 커지고 다른 사람과 손을 잡으면 갈등이 해결되면서 이야기가 진전한다.

영국 드라마 〈셜록〉의 주인공 셜록은 자신을 "고기능 소시오패스"라고 정의한다. 그러나 이 드라마를 본 이들은 알겠지만, 이 대사는 셜록이 공감 능력이 전혀 없는 무시무시한 괴물임을 의미하는 것이 아니다. 셜록은 오만하고 괴팍한 성격의 소유자이기는 하지만 언제나 자신의 이익보다는 정의를 위해 활약하는 히어로이며, 왓슨을 비롯해 주변인이 위험에 처하면 자신의 목숨을 돌보지 않고 뛰어드는 면모를 가진 이다.

그렇다면 "고기능 소시오패스"라는 이 대사의 진짜 뜻은 무엇일까? 이 드라마의 1화를 보면 셜록이 사건 현장에 나타나자 주변에 있는 경찰 관계자들이 모두 탐탁지 않게 생각한다. 셜록은 범죄를 해결하는 데 천재적인 두뇌를 가지고 있지만, 남들보다 몇 수 앞서는 그의 언행을 이해하지 못하는 사람들을 무시하기 때문이다. 그런데 셜록 역시 자신을 바라보는 주변의 시선을 모르지 않는다. 그래서 그는 자신이 고기능 소시오패스라고 말하면서 주변인의 싸늘한 시선을 무시하고 동시에 주변인의 접근 역시 차단해버린다. 소시오패스에게 접근할 사람은 없다. 소시오패스의 무서움을 직간접적

〈셜록〉, 고기능 소시오패스.

으로 알고 있는 형사나 경찰이라면 더욱 그러하다. 그러므로 "고기능 소시오패스"라는 대사는 셜록 자신이 주변인을 향해 쳐둔 언어적 울타리다. 쉽게 이야기하면 개도 없는데 '개조심'이라고 써놓은 푯말 같은 것이다.

하지만 셜록은 이 울타리로 인해 외롭다. 울타리를 쳐둔 덕분에 주변 사람들의 싸늘한 시선에도 불구하고 상처를 덜 받거나 안 받을 수는 있다. 그러나 그에게 다가올 친구도 없어지는 것이다. 그런데 이런 셜록에게 다가오는 사람이 있다. 바로 그와 많은 사건을 함께 해결해나갈 왓슨이다. 왓슨은 군의관 출신 의사로 위험을 감수할 줄 아는 인물이다. 이 때문에 셜록이 누비는 위험한 사건 현장을 함께할 수 있다. 물론 그도 곧잘 셜록에게 무시를 당한다. 왓슨 역시 엘리트인데도 말이다. 그럼에도 불구하고 왓슨은 셜록 곁에 끝까지 있어준다. 1화 마지막 부분에서 셜록은 자신을 노리는 연쇄 살인범을 찾아내지만 함정에 빠지고 만다. 왓슨은 셜록을 위해 목숨을 걸고, 그를 함정에서 구해내려고 한다. 왓슨은 셜록이 원하는 것을 먼저 보여준다. 그것은 '우정'이다. 마침내 셜록은 고립을 탈피해 연대를 얻어내는 것이다. 그래서 〈셜록〉 1화 마지막에서 셜록은 왓슨에게 베이커가의 하숙집에서 같이 지내자고 제안한다.

드라마 〈퀸스 갬빗〉도 연대와 고립의 갈등을 다룬다. 이 드라마는 약물과 술에 중독된 천재 체스 소녀, 베스의 성공기를 다룬다. 베스는 처음부터 고립된 존재다. 어머니는 자살로 죽고 베스만 살아남아 보육원으로 보내진다. 아버지가 있었지만 새로운 가정을 꾸린 상태인 데다 어머니가 살아 있을 때 재결합하자는 아버지의 간청을 뿌리쳤었기 때문에 아버지 역시 베스를 돌보기가 어려운 형편이다. 그럼에도 불구하고 베스는 보육원에서 졸린이라는 친구를 얻으며 고립에서 탈피한다. 하지만 졸린으로 인해 약물을 알게 되고 결국 약물에 중독되고 만다. 약물 중독은 베스를 고립 상태로 만드는 중요한 요소다. 그녀는 삶이 곤경에 처하거나 체스가 잘

〈퀸스 갬빗〉, 베스와 중독.

풀리지 않을 때 약물과 술에 의존한다. 하지만 그럴수록 그녀는 고립된다. 약물과 술에 취해 있는 동안에는 힘든 현실에서 도피할 수 있고 타인의 따뜻한 손길이 필요하지 않기 때문이다. 즉 베스는 졸린과의 연대로 보육원에서의 삶에 적응하지만, 약물 때문에 고립되고 갈등이 증폭되는 것이다.

　어려서부터 약물에 중독된 그녀를 구원해준 것은 체스다. 보육원 관리인 윌리엄은 체스에 관심을 보이는 베스에게 체스를 가르쳐줄 뿐 아니라 곧 그녀의 천재적인 재능을 알아보고 체스 대회에 나갈 수 있도록 참가비를 줄 정도로 적극적인 조력자가 되어준다. 윌리엄으로 인해 베스는 보육원에서의 삶을 버틸 희망을 얻는다. 하지만 체스는 그녀를 세상에서 고립시키기도 한다. 고아원에서는 취침 시간에는 체스를 두지 못하게 했고, 베스는 혼자 머릿속으로 상상하며 체스를 둔다. 즉 윌리엄과의 연대로 체스라는 희망을 얻지만, 머릿속으로 체스를 둘 정도로 타고난 천재성 때문에 그녀는 다시 고립된다.

이후 베스는 중산층 가정으로 입양되지만 양아버지가 양어머니와의 이혼을 택하고 모녀를 떠나면서 베스는 다시 고립될 위기를 맞는다. 그러나 베스는 체스 대회에 나가 상금으로 생계를 이어나가고, 양어머니가 먼저 베스에게 매니저가 되어 주겠다고 자청함으로써 두 사람은 가족으로서 함께 지낼 수 있게 된다.

그런 양어머니마저 죽자 베스는 다시 술과 약물에 의존한다. 이때 방황하는 그녀를 다시 체스의 세계로 이끌어 준 인물은 그녀의 라이벌이었던 베니다. 베니는 그녀의 친구이자 연인이 되어주고, 친구들도 소개해 준다. 이들로 인해 베스의 체스 실력은 눈에 띄게 발전한다. 다시 말해 양어머니의 죽음으로 고립되어 위기를 맞았던 베스는 베니와의 연대로 위기를 극복하는 것이다.

결국 베스는 세계 챔피언 결정전에 오르고, 소련(냉전 당시의 러시아)으로 간다. 그러나 냉전 시대를 배경으로 하는 만큼 미국인인 베스에게 소련은 철저하게 낯선 곳이다. 여기서 베스는 고립될 수밖에 없다. 게다가 상대는 이전에 베스에게 패배를 안겨줬던 세계 챔피언. 그리고 이 세계 챔피언은 소련인으로 홈그라운드에서 경기를 치르는 유리한 상황을 맞이한다. 접전 끝에 두 사람은 하나의 수를 두고 하루를 넘기게 된다. 이 시간 동안 세계 챔피언은 동료들과 상의해서 묘수를 생각해내고 베스를 곤경에 빠트린다. 베스는 고립으로 인해 위기를 맞고, 그녀의 상대는 연대를 통해 그녀를 위기에 빠트리는 것이다.

그러나 베스를 취재하러 온 미국인 기자를 통해 그녀는 베니를 비롯한 동료들과 전화로 연결되고, 결국 체스 동료들과의 연대를 통해 세계 챔피언을 물리친다. 이후 새로운 세계 챔피언이 된 베스는 모스크바 시내를 거니는데, 이방인인 그녀를 모스크바 시민들은 반갑게 맞아준다. 다시 말해 고립되어 보육원으로 보내졌던 베스는 결국 머나먼 이국 땅에서조차 환대 받는 사람이 되는 것이다. 〈퀸스 갬빗〉을 갈등 중심으로 단순하게 축약해서 서술하기는 했지만, 이 드라마는 철저하게 연대와 고립 사이의 갈등을 다루고 있음을 알수 있다. 주인공 베스가 고립되면 갈등이 커지고, 그녀가 가족, 친구와 손을 잡으면 그 갈등을 극복하는 전개로 구성되어 있는 것이다.

〈퀸스 갬빗〉, 엔딩 장면.

영화〈명량〉역시 연대와 고립의 갈등을 다룬다. 영화 시작부터 왜군은 300척의 배를 집결시켜 이순신을 위협한다. 이에 이순신은 조정에 원군을 요청하지만 묵살 당하고 오히려 수군을 해체해서 육군에 합류하라는 말을 듣는다. 결국 이순신은 조정에서 고립된다. 심지어 이순신의 아들까지 그에게 전장에서 이탈하라고 간청한다. 그러나 이순신은 백성에 대한 의리를 지키는 쪽을 택한다. 조정으로부터 고립된 이순신이 백성과의 연대를 택하는 것이다. 백성들은 스스로 간자가 되어 왜군의 동향을 파악해서 이순신에게 정보를 알리기도 하고, 그 때문에 참수를 당하기도 한다.

이후 일본군의 압박이 심해지자 군영 내부에서도 이탈자가 발생하며 다시 고립이 시작된다. 하지만 이순신은 그들을 처단하면서 내부를 다지고, 인근 백성들의 도움을 받아 지형을 파악하면서 왜군에 맞설 작전을 짜나간다.

그러나 두려움은 이순신 진영의 내부에도 있다. 그는 꿈에서 죽은 전우들을 보고, 그들이 자신을 떠나는 모습을 목격한다. 이 꿈을 꾸는 동안 이순신은 습격을 받는데, 자객들 중 한 명은 우수사의 부장이다. 이순신은 아군 내부로부터도 고립되는 것이다. 여기에 더해 거북선이 불타는 위기까지 찾아온다. 하지만 백성들이 목숨을 걸고 계속해서 정보를 이순신에게 제공하면서 희망의 불씨를 살린다.

이후 명량에서 해전이 벌어지고, 두려움 때문에 모두 물러나는 상황에서 이순신의 배 한 척만이 고립된다. 이순신이 맞서 싸우자 다른 배들도 연대하며 함께 싸우지만 그럼에도 전황은 불리하다. 이렇게 위기가 닥칠 때마다 이순신을 비롯한 지휘부에서부터 노를 젓는 사공들까지 연대해서 위기를 극복해나가는 신이 반복된다. 이후 울돌목에서 물살을 이용한 작전을 펼치면서 왜선을 격파하지만, 이순신의 배도 물살에 휩쓸려 갈 위기에 처한다. 그런데 이때 어선을 이끌고 온 백성들이 합심해서 배를 끌어내 그를 위기에서 구한다.

〈명량〉은 〈퀸스 갬빗〉만큼 철저하게 고립으로 인한 갈

〈명량〉, 백성들의 연대.

등 그리고 연대를 통한 극복의 순서로 인과관계를 맺으며 플롯이 짜여 있는 것은 아니다. 하지만 전체적으로 볼 때 이순신은 조정에 의해 그리고 압도적인 규모의 왜선에 대한 내부의 두려움으로 끊임없이 고립된다. 그러나 이순신은 그를 믿고 따르는 수군 및 사공들을 비롯해 백성과 연대하며 고립으로 인한 갈등을 극복해낸다. 즉 이 영화에서 그 유명한 해전, 명량대첩은 이순신과 수군 그리고 백성들이 연대하여 쟁취해낸 승리인 것이다.

이처럼 연대와 고립의 갈등은 연대를 긍정 가치로 두고 고립을 부정 가치로 둔 후에 연대를 통해 고립을 극복하는 순서로 전개하는 것이 보통이다. 사람은 홀로 완벽하지 않으며, 삶의 문제나 사회적 문제 역시 혼자보다는 같이 극복해나가는 것이 효과적이다. 특히 전쟁 같은 사회 문제의 경우 홀로 극복할 수 있는 방법이 없다. 그렇기에 사람은 사람과 손 잡으며 문제를 극복해왔다. 이야기 역시 이러한 문제 해결 방법을 모방하기 마련이다. 연대와 고립이 이야기에서 가장 보편적인 갈등의 한 양식이 될 수 있었던 것도 그래서가 아닐까.

진실 VS 오해

우리는 살면서 가끔 억울한 상황을 겪는다. 내 잘못이 아닌데 잘못을 뒤집어쓰기도 하고, 나는 그런 사람이 아닌데 편견 때문에 오해를 받기도 한다. 그리고 마침내 진실이 밝혀지면서 극적인 화해를 하기도 하고, 그간 당했던 설움에 눈물이 나기도 한다. 진실과 오해는 바로 이런 갈등을 다룬다. 주인공의 진심은 계속해서 외면 당하고 주인공은 그로 인해 고난에 빠지지만 결국 그의 진심이 드러나고 오해가 걷히면서 고난에서 벗어나게 되는 이야기가 대체로 이런 갈등을 차용한다.

그런데 여기서 진실과 오해는 앞의 두 가지 갈등과는 다른 특징이 하나 있다. 그것은 주인공의 변화 유무다. 용기 VS 비겁의 경우 대체로 주인공은 두려운 존재 혹은 버거운 현실 때문에 비겁해지지만 마침내 용기를 내 자신이 극복해야 하는 것과 맞서는 인물로 변화한다. 연대 VS 고립 갈등에서는 사람에 대한 상처로 혹은 자기 세계에 갇혀 고립되어 있던 주인공이 갈등을 극복하기 위해 주변 사람과 손잡는 인물로 변화한다. 이런 종류의 갈등을 다루는 모든 이야기가 그런 것은 아니지만, 대체로 그러하다. 하지만 진실 VS 오해 구도에서는 대개 주인공이 변화하지 않는다. 주인공은 자신이 가진 미덕을 지키며, 고난을 견뎌낸다. 그래서 진실과 오해의 갈등 상황에서 외부와 격렬한 갈등을 겪는 경우가 많다. 이때 주인공 내부의 변화를 대체하는 것은 주인공에게 드리워진 오해와 편견이 걷히는 순간이다. 그럼으로써 주인공은 다시 주변에 받아들여지는 존재로 변화하는 것이다. 따라서 진실과 오해의 갈등에서 중요한 것은 주인공에게 특정한 미덕을 주고, 외부에서 어떤 고난을 주더라도 끝까지 그 미덕을 지키게 하는 것이다.

〈오징어 게임〉에서 주인공 기훈은 무능한 인물이다. 어머니의 돈을 훔쳐 경마장에서 돈을 따지만 그마저도 쫓아오던 사채업자에게 걸려서 모두 잃고 만다. 여기에 더해 하나 있는 딸도 건사하지 못해서 다른 남자와 재혼한 전 아내에게 보내기로 되어 있는 인물이다. 그러나 기훈의 무능함과 별개로 그는 착한 사람이다. 나쁘게 말하면 오지랖이 넓은 인물이기도 하다. 기훈은 무능하고 비겁한 구석도 있지만, 자신보다 못한 처지의 사람을 보고 그냥 지나치지 못한다. 자신도 가난하면서 더 가난해 보이는 이를 보면 주머니를 털어서 뭐라도 쥐어주는 유의 인물인 것이다.

이런 기훈의 성격은 목숨을 건 게임을 하는 순간에도 계속해서 드러난다. 어떤 게임을 할지 모르는 상황에서 승리에 가장 보탬이 되지 않을 것처럼 보이는 할아버지를 외면하지 못하고 그를 파트너로 선택하는 것이 가장 대표적인 예다. 다행히 게임은 할아버지와 구슬치기를 해서 구슬을 따면 이기는 것이었고, 할아버지는 치매 증상을 보인다. 기훈이 마음만 먹으면 얼마든지 속임수로 할아버지를 이길 수 있다. 실제로 기훈은 그렇게 할 생각을 품지만, 모질지 못해 끝내 자신의 생각대로 하지 못한다.

이런 기훈의 성격은 〈오징어 게임〉 전체를 통틀어서 계속 유지된다. 그는 언제나 게임을 하기에 불리한 조건을 지닌 외국인, 여성, 할아버지 등 약자를 지나치지 못한다. 그리고 그의 이런 성격은 게임을 자꾸만 위기로 몰아넣는다. 그래서 그와 함께 게임을 하는 상우에게 핀잔을 듣기도 한다. 하지만 기훈을 고난에 빠트리는 것은 상우의 핀잔만은 아니다. 승리를 위해 이기적으로 행동해야만 하는 게임을 계속해서 이어나가야 하는 상황 그 자체가 기훈의 인간성을 끊임없이 시험한다. 이렇게 기훈이 자신의 미덕을 유지하기 힘들게 하는 요인은 외부에 있다. 하루하루 새로운 게임을 제시하는 주최 측은 사람들로 하여금 게임에서 이기기 위해 이기적으로 행동하도록 하고, 기훈은 이런 상황에서 내적 갈등을 겪지만 천성대로 어이없게 불리한 선택을 함으로써 자신의 미덕을 지켜낸다.

이런 기훈의 성격이 가장 잘 드러나는 것은 마지막 회다. 공교롭게도 기훈은 지금껏 게임을 하면서 가장 크게 의지해 왔던 동네 친구이자 형제와도 같은 상우와 대결해야 한다. 그런데 기훈은 게임에서 이기기 위해 동료를 배신하는 행위를 서슴지 않았던 상우에 대한 원망이 쌓일 대로 쌓인 상태다. 상우는 마지막 오징어 게임을 할 때조차 비열한 행위를 하지만, 결국 기훈이 최종적으로 승리를 거둔다. 확실한 승리를 위해 기훈은 상우를 죽여야 한다. 하지만 그러지 못한다. 대신 어마어마한 상금을 포기하고, 상우에게 살아서 같이 여기를 나가자고 말한다. 마지막 순간에 자신의 미덕을 시험 받지만 끝내 그 시험에 넘어가지 않고 미덕을 지켜내는 것이다. 그러자 상우가 칼로 자신을 찔러 기훈의 선택을 대신해준다. 하지만 기훈은 승리의 기쁨에 취하는 대신 상우의 죽음을 애통해하며 울부짖는다. 자살을 택한 상우의 행위는 기훈을 위한 배려이자 동시에 그의 미덕을 알아주는 행위이기도 하다.

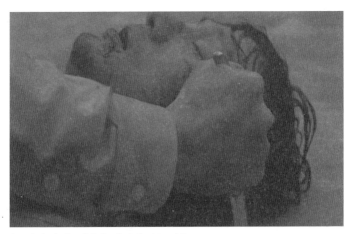

〈오징어 게임〉, 상우를 죽이지 않는 기훈.

어떤 의미에서 상우는 오징어 게임의 주최 측이 설계한 세상을 대표하는 인물이다. 이기기 위해 수단과 방법을 가리지 않는 영민함을 갖추었기 때문이다. 이런 그가 기훈의 진심을 알아준다는 것은, 경쟁 위주의 사회에서 대책 없는 착함은 무능함에 불과하다는 기훈을 둘러싼 편견과 오해가 걷혔음을 의미하는 것이기도 하다.

영화 〈국제시장〉 속 갈등도 진실과 오해의 갈등이다. 주인공 덕수는 한국 전쟁 당시 피난을 가면서 동생을 잃어버리고 만다. 덕수의 아버지는 동생을 찾기 위해 이미 올라탄 피난선에서 내리기로 한다. 그러면서 덕수에게 이제 그가 가장이라고 말한다. 이 때문에 덕수는 어린 나이에 가족을 부양하는 짐을 짊어져야 하는 운명에 처한다.

〈국제시장〉은 부산으로 피난 온 덕수가 아버지를 대신해 가장으로서 한 가족을 온전히 책임지는 이야기다. 물론 덕수는 이 임무에 성공하지만 가장이 되기 위해 해양대에 진학해서 선장이 되고 싶었던 자신의 꿈을 접어야 했다. 가족을 위해 꿈을 희생한 것이다. 그러나 가족들은 이런 덕수의 노고를 제대로 알아주지 못한다. 그래서 덕수는 위기에 처할 때마다 아버지를 호명한다. 그에게 가장의 짐을 지운 아버지가 역설적으로 덕수의 진심을 알아줄 유일한 사람이기 때문이다. 하지만 아버지는 그의 상상 속에만 존재할 뿐 현실에 나타나지 않는다. 그래서 덕수는 서럽다.

영화 마지막에 이르면 덕수와 가족들은 고모가 남겨준 가게 '꽃분이네'를 두고 갈등을 빚는다. 덕수의 가족들은 이제 그가 일을 그만하고 편안한 노후를 보내기를 바란다. 때맞춰 꽃분이네를 팔라는 제안도 들어온다. 하지만 덕수는 고집스럽게 가게를 팔지 않는다. 그가 왜 그렇게 꽃분이네를 팔지 않으려 했는지는 나중에야 밝혀진다. 고모의 꽃분이네는 덕수가 전쟁 당시 헤어졌던 아버지와 만나기로 한 장소였기 때문이다. 그는 아버지와 다시 만나서 완전한 가족을 이루고자 했던 것이다. 하지만 덕수는 가족을 위해 그 마지막

〈국제시장〉, 아버지의 유품을 안고 오열하는 덕수.

염원까지 포기한다. 어렸던 그는 노년이 되었고, 아버지가 되돌아올 리 없다는 현실을 받아들이고 가게를 팔라는 가족의 성화를 들어준다. 〈국제시장〉의 주인공 덕수는 마지막까지 가족을 위해 자신의 삶을 온전히 희생하고자 했던 그 미덕을 잃지 않는다.

그런데 이 미덕을 정작 가족은 알아주지 않는다. 희생하며 키워낸 동생과 자식들에게 그는 고집불통 노인네로만 인식된다. 즉 덕수의 미덕이 오해로 가려지는 것이다. 하지만 영화의 결말에 가서 덕수는 아버지를 상상 속에서 다시 불러내 그에게서 위로를 받는다. 아버지의 위로는 덕수의 노고를 알아주고 수고했다는 말을 건네는 것이 전부이지만, 이로써 덕수는 자신을 둘러싼 오해와 편견을 불식하는 것과 같은 감정을 얻게 된다. 이 감정이 관객에게 전달되는 것은 물론이다. 게다가 덕수의 이런 마음을 알아주는 이는 상상 속에 존재하는 덕수의 아버지만은 아니다. 오랜 시간 그와 함께해온 아내는 덕수가 자신의 꿈이 무엇이었는지 이야기할 때 손을 잡아줌으로써 그를 위로한다. 이는 오랜 시간 간직해 온 덕수의 미덕이 드러나는 순간이기도 하다.

진실과 오해의 갈등으로 두 가지 사례를 들었는데, 이 두 작품은 멜로드라마로 볼 수 있다. 멜로드라마는 하나의 이야기 공식이 있는 장르라고 정의하기는 어렵다. 대신 몇 가지 특징을 지니는데, 첫 번째, 대체로 주인공의 운명이 급변하며 두 번째, 주인공은 고난 속에서도 미덕을 잃지 않고 세 번째, 주인공의 미덕이 뒤늦게 밝혀져 억눌렸던 감정이 폭발하게 되는 것 등이다. 〈오징어 게임〉이나 〈국제시장〉 모두 주인공은 예상치 못한 환경의 변화에 따라 운명이 급변하게 되는데, 단지 큰돈이 필요했던 기훈은 목숨을 건 게임을 하게 되고 덕수는 전쟁 통에 아버지와 헤어지면서 가장이 된다. 그러나 이런 가혹한 환경에서도 기훈과 덕수는 자신의 미덕을 잃지 않는다. 기훈은 착한 성품을 잃지 않고, 덕수는 자신의 꿈을 포기해가면서 가족들 뒷바라지에 일생을 보낸다. 그렇지만 이들의 진심이 밝혀지는 순간은 너무 늦어서 참았던 감정이 뒤늦게 폭발한다. 기훈이 믿고 의지했던 상우는 죽고, 덕수의 진심을 알아줄 아버지는 돌아오지 않는다. 이렇듯 진실과 오해 사이의 갈등은 대체로 멜로드라마 장르에서 잘 드러나는 갈등이며, 이야기를 통해 감정의 격동을 일으키고자 할 때 효과적이다.

복합 갈등

지금까지 설명한 세 가지 갈등은 하나의 이야기에 하나씩만 쓰이는 것은 아니다. 분량이 긴 작품의 경우 대체로 두 가지 이상의 주제와 두 가지 이상의 갈등이 복합적으로 펼쳐지기도 한다. 드라마 〈싸이코지만 괜찮아〉는 '용기 VS 비겁' 그리고 '연대 VS 고립'의 갈등을 복합적으로 내포한다. 이 드라마에서 주인공 고문영은 어려서 어머니에게서 학대를 받고 자란 캐릭터다. 그녀의 어머니는 딸이 자신의 뜻대로 자라기를 강요한다. 후에 어머니가 사라진 뒤에도 고문영은 여전히 어머니와 관련된 악몽을 꿀 정도다. 성인이 된 고문영은 동화 작가로 성공하지만 매우 공격적인 성격을 가지게 된다. 그녀의 이런 면모는 어려서 받은 학대와 관련이 있으나, 고문영은 자신의 성격이 어디서 기인하는지 정확히 알지 못한다.

이런 고문영에게 보호사 문강태가 나타난다. 문강태에게 반한 그녀는 그를 차지하고자 하지만 다가갈수록 관계는 어긋나기만 한다. 고문영의 과도한 공격성이 문제가 되는 것이다. 그녀는 이 공격성을 누그러트리고, 자기 삶의 균형을 찾아야만 문강태와의 사랑을 이룰 수 있다.

그런데 드라마를 보다 보면 고문영이 가진 공격성이 사실은 자기방어임을 알게 된다. 우선 그녀는 화려한 옷을 고집하는데 이는 독이 있는 식물이 오히려 더 화려하듯, 자신을 드러내는 것이 아니라 화려함으로 자신을 부풀려 방어하고자 하는 욕망에서 비롯된다. 같은 차원에서 고문영이 가진 공격성도 사실은 위협적인 면모를 부풀려서 자신을 지키기 위해서 생겨났던 것이다.

그렇다면 고문영은 무엇을 방어하기 위해서 공격성을 보였을까? 그것은 그녀가 간직한 미성숙하고 여린 자아다. 고문영은 어머니에게 철저하게 조종 당하면서 자랐다. 가장 가까운 어머니의 폭력에 시달렸기 때문에 보호해줄 사람이 없었고, 어머니에게는 순종하지만 다른 대상에게는 참았던 분노를 드러내는 공격성을 내보이면서 스스로의 자아를 방어할 수밖에 없었다. 이 지나친 자기방어 때문에 미성숙한 자아를 지닌 채로 어른이 될 수밖에 없었고, 어른이 되어서도 공격성으로 자신의 영역을 보호하려고 든다. 불균형한 어른

이 되어버린 것이다.

그러므로 고문영이 삶의 균형을 찾기 위해서는 그 불균형의 근원인 어머니와 마주해야 한다. 하지만 고문영에게 어머니는 공포스럽게 각인되어 무의식에 남아 있기 때문에 회피하고 싶은 존재다. 따라서 고문영에게 어머니를 마주하고 넘어서는 것은 용기가 필요한 일이 아닐 수 없다. 이처럼 〈싸이코지만 괜찮아〉는 무의식 속에 숨겨놓은 어머니와 대면하려는 용기와 공포스러운 어머니에게서 달아나고자 하는 비겁 사이의 갈등을 다룬다.

고문영이 혼자 어머니와 맞서는 일은 어렵다. 그래서 그녀는 어떤 의미에서는 무의식적으로 자신을 제어해서 삶의 균형을 찾아줄 존재를 갈망한다. 그런 고문영 앞에 문강태가 나타난다. 그는 정신병동 보호사이자 어려서부터 자폐 스펙트럼 장애를 가진 형을 돌보면서 살아온 사람이다. 무엇보다 이러한 환경 속에서 문강태는 자신의 욕망을 제어하고 남(특히 형)을 위해 헌신하고자 하는 성격이 두드러지게 되었다. 따라서 분노를 잘 조절하지 못하는 고문영에게 문강태는 매우 필요한 존재다. 고문영은 문강태를 보자 "탐나."라고 말한다. 이 대사는 사랑해서 소유하고 싶은 마음의 표현이라기보다, 근원적으로 문강태가 그녀의 존재에 꼭 필요함을 의미하는 것으로도 보인다. 이는 고문영이 문강태를 "안전핀"이

〈싸이코지만 괜찮아〉, 문강태를 소유하려는 고문영.

라고 칭한다는 사실로도 뒷받침된다. 문강태는 자신을 제어
해 삶의 균형을 찾아줄 인물이라는 뜻이다.

그래서 고문영은 문강태와 가까워지고 그와 호감을 쌓
아나갈수록 삶의 균형에 한 발짝 더 다가서지만, 반대로 문강
태와 갈등 관계에 놓이면서 그와의 관계가 멀어지면 삶의 균
형 또한 흔들린다. 그러므로 〈싸이코지만 괜찮아〉는 고문영
과 문강태의 관계를 중심으로 보면 연대와 고립 사이의 갈등
을 함께 다루고 있다는 것을 알 수 있다. 즉 이 드라마는 '용
기 VS 비겁' 그리고 '연대 VS 고립'이라는 복합 갈등을 동시
에 차용하고 있는 것이다.

드라마 〈갯마을 차차차〉는 '연대 VS 고립' 그리고 '진실 VS 오해'의 갈등을 차용한다. 주인공 윤혜진은 치과 의사로 과잉 진료를 하지 않는, 나름 직업의식도 철저한 사람이다. 반면 값비싼 명품 쇼핑을 즐기고 강남에 자신의 병원을 개업하고자 하는 허영심을 지닌 인물이기도 하다.

　　이런 윤혜진에게는 아픔이 있다. 어려서 어머니를 잃은 것이다. 게다가 아버지와의 관계는 데면데면한 편이다. 어머니에 대한 그리움을 간직한 그녀는 일하던 치과의 원장과 갈등이 생겨 병원에서 쫓겨나게 생겼을 때, 어머니와의 추억이 있는 공진이라는 조그마한 어촌 마을의 바닷가에서 위로를 받으려고 한다. 이 장면은 윤혜진에게 따뜻한 사랑에 대한 결핍이 있다는 점을 드러내는 것으로 보인다.

　　윤혜진은 우여곡절 끝에 공진에 치과를 개업한다. 그러나 아무런 연고도 없는 곳에서 치과를 성공적으로 운영하기는 매우 어려운 일이다. 그래서 마을 사람들의 마음을 얻어야 한다는 과제가 윤혜진 앞에 놓인다. 하지만 본래 허영심이 있는 윤혜진은 공진을 돈을 벌어서 다시 도시로 떠나기 위한 발판으로만 생각하고 있는 데다가, 시골 사람들을 가볍게 보는 시선까지 있어서 적응하기가 쉽지 않다. 그런 그녀 앞에 홍두식이 나타난다. 그는 이 마을의 통장 노릇을 하는 한편 마을 사람들의 허드렛일을 도와주면서 자유롭게 살아가는 인물이다. 홍두식은 오지랖이 넓은 성격이라 어려움에 처한 윤혜진을 외면하지 못하고 도와주기 시작한다. 윤혜진 역시 그런 홍두식에게 의지하며 두 사람은 호감을 키워나간다.

홍두식의 도움으로 윤혜진은 공진에 천천히 정착하며 마을 사람들과 친해진다. 그리고 시골 사람들의 순박함과 정을 알아가며, 결핍되었던 따뜻한 사랑을 채워나간다. 반면 윤혜진이 마을 사람들이나 홍두식과 불화하면 갈등 상황에 빠지고 치과는 어려워진다. 혹은 그녀의 삶이 위기에 처하기도 한다. 따라서 윤혜진의 성공적인 공진 정착기라는 관점에서 보면 이 드라마는 연대와 고립 사이의 갈등을 차용하고 있다.

그런데 〈갯마을 차차차〉는 로맨스 드라마이기도 하다. 윤혜진은 비교적 일찍 홍두식에게 이끌린다. 하지만 자신 같은 치과 의사가 시골 통장과 맺어질 수 없다는 허영심 때문에 처음에는 그 마음을 경계한다. 게다가 홍두식은 윤혜진의 호감 표시를 무시하려고 노력한다. 친구 이상의 관계로 발전하기를 원하지 않는 것이다. 이 드라마에서 윤혜진과 홍두식의 로맨스를 어렵게 하는 장애물은 윤혜진의 마음을 거절하는 홍두식의 철벽 같은 태도에 있다.

홍두식을 중심으로 두 사람의 로맨스를 살펴보면, 그는 사실 자신을 학대하는 캐릭터다. 한때 잘나가는 애널리스트

〈갯마을 차차차〉, 윤혜진에게 안겨 눈물을 흘리는 홍두식.

였지만 투자를 권유한 경비원이 과도하게 욕심을 내는 바람에 전 재산을 잃고 자살하는 사건이 발생한다. 여기에 더해 홍두식을 데리고 경비원의 장례식에 가던 선배가 교통사고로 사망하는 사고까지 일어난다. 친형처럼 아껴줬던 선배의 죽음에 양심의 가책을 느낀 그는 행복해지기를 포기하고 시골에서 홀로 살아가고 있었던 것이다. 그러나 홍두식의 한결같은 마음을 마을 사람들과 윤혜진이 알아주고, 선배의 아내까지 그를 용서해주면서 비로소 홍두식은 행복해질 결심을 한다.

홍두식의 관점에서 〈갯마을 차차차〉를 살펴보면 진실과 오해 사이의 갈등이 보인다. 홍두식은 사람을 향한 따뜻한 마음이라는 미덕을 지니고 있고, 선배와 경비원의 죽음으로 자학하며 고난을 겪지만 끝까지 미덕을 잃지 않는다. 그리고 마을 사람들의 응원과 윤혜진의 사랑, 선배 아내의 용서를 받으면서 그를 둘러싼 갖가지 오해가 걷힌다. 따라서 〈갯마을 차차차〉는 윤혜진의 관점에서 보면 '연대 VS 고립'의 갈등을, 또 다른 주인공인 홍두식의 관점에서 보면 '진실 VS 오해'의 갈등을 그려내고 있는 것으로 보인다.

앞서 〈이상한 변호사 우영우〉는 세 가지 주제가 있고, 이에 따라 갈등도 세 종류로 전개된다고 설명한 바 있다. 이를 다시 갈등의 세 가지 양상에 비춰 보면, 이 드라마는 '용기 VS 비겁', '연대 VS 고립', '진실 VS 오해'의 갈등을 모두 포괄한다고도 할 수 있다. 첫 번째 '법은 따뜻하다.'라는 주제와 관련한 갈등은 용기와 비겁 사이의 갈등에 해당한다. 1화의 에피소드에서 우영우는 다리미로 남편을 가격한 할머니에 대해 무죄를 주장한다. 그러나 이 주장에 맞서 다양한 압력이 발생한다. 먼저 로펌 내부에서는 이 사건에 대한 형을 집행유예로 받아서 잘 무마하는 쪽으로 마무리하라고 한다. 하지만 우영우는 이에 굴하지 않고 자신의 주장을 고수한다. 이어 우영우 측에서 무죄를 주장하자 검사 역시 강력하게 맞대응하면서 집행유예로 무마할 수 없는 상황에 처한다. 이것이 2차 압력이다. 게다가 우영우가 할머니의 남편을 도발하면서 그가 죽고, 검사는 살인죄로 바꿔 기소한다. 3차 압력이 발생한다. 그럼에도 우영우는 끝까지 자신의 주장을 굽히지 않고, 살인죄에 대한 무죄 판결을 이끌어낸다. 정리하자면 〈이상한 변호사 우영우〉1화는 첫 번째 주제와 관련하여 용기와 비겁 사이의 갈등으로 이야기가 전개되는 것이다.

두 번째 '사람은 완벽할 수 없으므로 함께 살아야 한다.'라는 주제는 '연대 VS 고립'의 갈등에 해당한다. 우영우는 자폐 스펙트럼 장애를 가지고 있다. 그래서 혼자서 일상적인 삶을 살아가는 데 어려움을 겪는다. 그럴 때마다 우영우는 타인과의 연대를 통해 그 어려움을 극복한다. 그녀는 학창 시절 장애 때문에 따돌림을 당한다. 하지만 성격이 매우 당찬 동그라미를 친구로 둔 덕분에 무사히 학창 시절을 보낼 수 있었다. 이후 우영우는 로펌에 취직했지만, 회전문조차 통과하기가 어렵다. 그러나 로펌 동료들 덕분에 회전문을 통과하는 요령을 배운다. 이처럼 우영우는 다른 사람들과 연대함으로써 자폐 스펙트럼 장애로 인한 고립을 탈피해나간다.

세 번째 주제 '장애로 사람을 판단하는 것은 편견에 불과하다.'는 '진실 VS 오해'의 갈등에 해당한다. 우영우는 그녀의 장애로 인해 좋은 변호사가 되지 못할 것이라는 편견을 받게 된다. 그녀가 처음 로펌에 입사했을 때 시니어 변호사인 정명석은 로펌의 대표를 찾아가 항의를 하기도 한다. 하지만 우영우가 탁월한 법 해석을 하면서 재판을 유리하게 이끌자 자신의 편견을 수정한다. 그뿐 아니라 1화에서 피고인이었던 할머니 역시 처음에 우영우를 봤을 때 자신의 집에 세 들어 살던 꼬마로 그녀를 기억해서 반갑게 맞이하기는 하지만, 그렇다고 변호사로서 신뢰를 하지는 못한다. 하지만 우영우가 재판에서 할머니에게 씌워진 살인죄에 대해 끝내 무죄를 이끌어내자 그녀를 좋은 변호사로 인정한다. 이처럼 우영우는 자신이 가진 자폐 스펙트럼 장애로 인해 종종 오해에 휩싸이지만 약자를 변호하는 한결같은 마음으로 그 오해를 걸어나간다. 따라서 〈이상한 변호사 우영우〉의 세 번째 주제는 우영우라는 사람이 가진 진실과 그녀의 장애를 둘러싼 갖가지 오해 사이의 갈등을 그려낸다고 볼 수 있다.

지금까지 설명한 것처럼 세 가지 갈등 양상 중 두 가지 이상을 복합적으로 활용하면서 이야기를 전개해나가기도 한다. 대체로 긴 분량의 이야기에서 한 가지 갈등으로 충분히 전개를 이끌어나가기 어려워 보조 갈등을 추가하거나 다채로운 갈등을 녹여냄으로써 전개를 보다 속도감 있게 제시하기도 한다. 이처럼 세 가지 갈등의 양상을 잘 이해하고 이야기에 적용하면 더 효과적이고 다양한 전개를 구성하는 데 도움이 된다.

4. 이야기의 기본 구성 원리

지금까지 주제, 플롯, 주인공 그리고 갈등에 이르기까지 이야기의 기본적인 사항들을 설명했다. 이제 이 모든 요소를 종합해서 이야기가 어떻게 구성되는지 전체적으로 한 번 간결하게 정리해보고자 한다. 얼핏 복잡해 보이는 이야기의 구성 원리를 한눈에 파악하기 위해서다. 그리고 원칙을 가지고 이야기를 쓰려면 필요한 사항은 간결하게 정리해서 외워두는 게 좋다. 머릿속에 필수 사항이 없으면 주제로부터 시작해서 완결된 이야기로 확장해 나가는 순서를 제대로 지키기가 쉽지 않다.

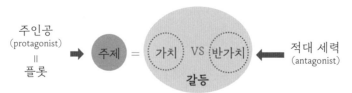

이야기의 구성 원리

지금까지 설명한 것을 간단히 정리하면 위와 같다. 위 그림에서 가장 중요한 것은 주제다. 주제는 단순한 문장이 아니라, 작가가 작품을 통해 전하고자 하는 메시지를 담은 문장이며 주인공이 이야기를 통해서 도달하고자 하는 가치를 지닌 문장이다. 그러므로 주제는 곧 가치다. 논리적으로 생각할 때 갈등은 주인공이 도달하고자 하는 가치의 반대되는 것들에 의해 발생한다. 그러므로 갈등은 주제적 가치와 그것에 대항하는 반가치 사이에서 발생한다. 앞서 설명한 용기와 비겁, 연대와 고립, 진실과 오해 등을 떠올려 보면 쉽다.

이런 가치와 반가치의 대립을 통한 갈등은 추상적인 것이다. 때문에 이를 구체적으로 구현하는 존재가 필요하다. 주제적 가치를 구현하는 것은 바로 주인공이며, 흔히 프로타고니스트라고도 한다. 그리고 반가치를 구현하는 것은 적대세력이며 안타고니스트라고도 한다. 프로타고니스트는 대체로 캐릭터로 구현되지만 안타고니스트는 캐릭터로 구현될 수도 있고 주인공을 곤경에 빠트리는 자연재해, 사회 조직, 운명 등 다양한 형태로 드러날 수 있다. 따라서 주인공에 맞서는 '세력'으로 생각하는 것이 더 정확하다.

플롯은 주인공이 자신의 욕망에 따라 주제적 가치를 이루기 위해 적대 세력과 갈등하는 양상을 구현한 것이다. 그래서 플롯은 주인공의 행보를 구현한 것이라고도 말할 수 있다. 여기에 더해 주인공이라는 캐릭터는 사건을 통해서만 드러나므로, 어떤 의미에서 플롯은 주인공과 동의어에 해당한다고 볼 수 있다. 따라서 플롯은 철저하게 주인공의 행보를 중심으로 구성해야 한다.

그간 길고 자세하게 설명한 것을 줄이면 이렇게 간단한 흐름이 된다. 이 흐름은 이야기를 구성하는 기본 원리이며, 이 원리를 잘 이해하고 이야기를 쓰는 게 좋다. 많은 습작생이 이야기를 쓴다는 행위를 막연하게 생각한다. 그 때문에 소재를 잡자마자 설레는 마음에 발단을 써놓고, 그 다음에 전개를 조금 끄적거리다가 막막해지면 손을 놓는다. 혹은 자신이 쓰던 이야기에서 흥미를 잃어버리기도 한다. 그러나 어떤 예술이든 핵심은 구체화에 있다. 음악은 세상에 떠도는 수많은 소리 중에 정확한 음을 잡아 구체화하는 것이고 미술은 세상에 존재하는 수많은 형상 중 일부를 구체화하는 것이라면, 이야기는 세상에 떠도는 다양한 이야깃거리를 구체화하는 것이라고 볼 수 있다. 그러려면 창작과 창작 행위의 전반이 구체화되어야 한다. 따라서 소재에서 주제를 구체화하고, 주제에서 갈등을 구체화하고, 이 갈등을 구현해줄 주인공과 그 적대 세력을 구체화한 후에 플롯을 통해 이야기 전체를 구체화하는 '구체적인' 순서에 따라 이야기를 창작해나갈 필요가 있다.

3부

대중적인 이야기란 무엇인가

1. 대중적인 이야기의 속성

최근에는 여러 콘텐츠 플랫폼의 발달로 이야기를 창작하고
자 하는 지망생도 부쩍 늘어났다. 그러나 안타깝게도 많은
지망생이 정작 자신이 쓰고자 하는 분야에 대해 충분한 정보
나 지식을 가지고 접근하는 것 같지는 않다. 특히 대중적인
이야기는 본인이 어려서부터 익히 봐왔기 때문에 그간 본 작
품들과 비슷하게 쓰면 된다고 생각하는 경향이 있다. 그러나
대중적인 이야기의 속성을 어느 정도 체계적으로 알고 써야
만 이야기의 소비자인 대중이 바라는 작품에 근접할 수 있다.

　학창 시절에는 위대한 문호의 작품을 교육받기 마련이
고, 이런 작품들은 천재의 오롯한 영감만으로 탄생한다는 착
각에 배움 없이 자신의 힘만으로 작품을 창작해보려는 경향
이 매우 짙은 것도 현실이다. 하지만 작품은 어떤 의미에서
공동 창작에 가깝다. 이전에 본 작품을 토대로 자기 작품을
써나가는 것이지, 순전히 작가의 영감만으로 탄생하는 작품
은 없다. 하나의 작품이 탄생하기 위해서는 과거의 수많은

작품들로 뒷받침되어야 하는 것이다. 그렇지 않다면 우리는 아직 전래 동화 수준의 구전 설화에 가까운 이야기만 즐기고 있을 것이다. 소설이든 연극이든 이야기 장르는 서사학의 시초인 아리스토텔레스의『시학』이 쓰여지던 시대를 기준으로 해도 이미 약 2,300여 년 전부터 고도화되기 시작했다. 오늘날 우리가 대중 매체를 통해 즐기는 이야기들은 바로 이러한 역사의 산물임을 깨달아야 한다. 이야기에 대해 배우고, 그속성을 알아야 하는 이유도 여기에 있다. 기존의 성과를 알고 있을 때 최소한 그와 비슷하거나 진일보한 이야기를 창작해낼 수 있는 것이다.

진부함 속의 새로움

그렇다면 대중적 이야기의 가장 큰 속성은 무엇일까? 그것은 진부함이다. 진부한 것은 나쁘다는 인식이 있어서, 창작을 하고자 하는 사람들은 이 점을 외면하려는 경향이 있다. 그러나 진부함은 대중적인 이야기, 특히 장르를 결정짓는 핵심 요소다. 이는 장르 영화의 발달 과정을 보면 쉽게 알 수 있다. 장르 영화는 할리우드가 생성되면서 발전하기 시작한다. 영화는 연극과 달리 복제가 가능했고, 이 장점 덕분에 널리 배급할 수 있었다. 덩달아 영화 관람료도 저렴해졌다. 그 결과 영화는 20세기 초 대중의 저렴한 오락거리로 자리 잡을 수 있었고, 그 수요 역시 폭발했다. 수요의 확대는 필연적으로 공급의 확대를 초래한다. 미국의 영화 제작자들은 공급을 비약적으로 늘리기 위해 외부 환경에 관계없이 일정한 속도로 영화를 찍으려고 스튜디오를 만들었다. 영화를 제품처럼 찍어내는 일종의 공장을 건설한 것이다. 그러나 영화는 하드웨어로만 구성되지 않는다. 시나리오, 즉 이야기라는 소프트웨어도 필요하다. 이 시나리오도 대량으로 공급할 필요가 있었다. 그래서 영화 제작자들은 이전에 흥행했던 영화의 시나리오를 교범으로 삼아 비슷한 이야기들을 만들어내게 된 것이다. 예를 들어 이전에 서부의 총잡이가 악당을 물리치는 이야기가 흥행했다면 그와 비슷한 시나리오를 써내기 시작했고, 이를 바탕으로 영화를 찍어 공급하면서 자연스럽게 서부극이라는 장르가 형성, 발전되어 온 것이다. 상업적인 이야기에서 장르란 대체로 이렇게 탄생해서 발전했다. 그래서 대중적인 이야기는 늘 이전에 있던 성공적인 이야기에 빚을 지고 있는 것이다. 이전에 성공했던 이야기의 뼈대, 즉 플롯을 답습하는 것이 바로 진부함의 핵심이다.

그렇다면 대중적인 이야기는 진부한 것인가? 그렇다. 진부하다, 이 점을 먼저 받아들여야 한다. 그렇다면 진부하기만 한가? 아니다. 똑같은 이야기를 반복해서 보고자 하는 관객이나 독자는 없다. 물론 정도의 차이는 있겠지만, 값을 지불해가면서 똑같은 이야기를 수도 없이 반복해서 볼 사람이 몇이나 될까? 이야기가 대중에게 널리 보급되기 위해서는 분명히 신선한 요소가 있어야 한다. 이전에 보지 못했던 새로움이 가미되지 않으면 사람들은 외면할 게 뻔하다. 여기에 형용 모순이 생기는 것 같다. 진부한데 새로워야 하기 때문이다. 그래서 대중적인 이야기는 창작하기가 쉽지 않다. 비유하자면 남들이 이미 만들어놓은 그릇의 형태에 자신만의 내용물을 채워 넣어야 하는 일이다. 대중적인 이야기를 쉽게 접할 수 있다고 해서 창작 역시 쉽게 할 수 있다고 생각하면 안 되는 이유가 여기에 있다.

그렇다면 대중적인 이야기를 창작하면서 이 형용 모순을 어떻게 해결해야 할까? 우선 진부함과 새로움의 요소를 구분해야 한다. 진부함의 요소의 핵심은 대개 플롯에 있다. 생각해보자. 로맨틱 코미디를 보러 갔는데, 발단에서 남녀 주인공이 서로 티격태격하지도 않고, 결말에 가서 헤어진다면 우리는 그것을 로맨틱 코미디 장르라고 할 수 있을까? 이 영화를 로맨틱 코미디로 홍보해서 관객을 모아 놓고 로맨틱 코미디와 다른 흐름의 이야기를 보여준다면 관객의 기대를 정면으로 배신하는 결과를 초래하게 될 것이다. 그러므로 대중적인 이야기를 하려면 우선 본인이 쓰고자 하는 장르의 일반적인 이야기의 흐름, 즉 플롯을 어느 정도 답습하면서 쓸 생각을 해야 한다.

그러나 대중적인 이야기를 보는 사람들은 전체적인 이야기의 흐름과 결말은 예측할 수 있지만 부분적으로 어떻게 이야기가 이어질지는 예측하기 어렵다. 로맨틱 코미디를 예로 들자면, 주인공 남녀가 서로 티격태격하다가 눈이 맞아 사랑하게 되지만 그 성격이나 가치관의 차이로 인해 헤어지고, 다시 서로를 그리워하다가 한쪽이 용기를 내 화해를 시도해서 사랑을 이루게 되리라는 것은 관객이 충분히 예측할 수 있다. 하지만 저렇게나 서로 다른 두 사람이 어떻게 사랑을 하게 되고, 대체 무엇 때문에 이별하게 되며, 서로의 바닥까지 본 사이가 어떻게 다시 만나 사랑을 이루게 될지는 모른다. 즉 부분적인 사건의 발생과 그 연결은 예측하기 어렵다. 그러므로 전체적인 흐름이 진부함의 영역에 있다면 부분적인 사건의 발생과 연결은 새로움의 영역에 있는 것이다.

이 부분적인 사건의 발생과 연결, 즉 새로움은 몇 가지 요소에 의해 좌우된다. 첫 번째는 소재다. 플롯은 진부할 수 있지만 소재는 새로운 경우가 많다. 예를 들어 영화〈에일리언〉은 언제나 외계인이 외부에서 지구나 우주 함선을 침공한다는 생각을 바꿔서, 주인공의 뱃속에서 외계인이 튀어나오게 만들었다. 이러한 발상의 전환이 소재에 신선함을 더한다. 두 번째는 주제다. 사랑에 대한 이야기는 많다. 하지만 사랑에 대한 정의는 제각각일 수 있다. 예를 들어 로맨스를 쓰고 싶은 작가라면 사랑이 무엇인지 주제적으로 정의 내릴 수 있어야 한다. 이전에 없던 주제는 이전에 없던 새로운 이야기를 창조할 수 있는 바탕이 된다. 마지막은 캐릭터다. 물론 억지로 개성을 꾸며놓은 캐릭터를 창조하라는 뜻은 아니다. 뒤에 설명하겠지만 캐릭터는 주제와 플롯을 뒷받침하기 위해 충분히 계산되어야 한다. 그렇게 하면서도 캐릭터에 신선함을 부여할 수 있다. 〈이상한 변호사 우영우〉는 어떻게 보면 흔한 법정물이지만, 변호사라는 직업에 자폐라는 캐릭터를 부여함으로써 새로운 형태의 주인공을 창조해냈다. 이야기의 흐름을 해치지 않는 범위 내에서 이전에 볼 수 없었던 새로운 캐릭터를 창조하면 진부함에 신선함을 불어넣을 수 있는 것이다.

정리하자면 대중적인 이야기를 쓰고자 하는 이는 우선 자신이 쓰고자 하는 장르의 특성을 충분히 파악해야 한다. 그 장르의 진부함을 잘 알아야 하는 것이다. 하지만 그것만으로는 충분하지 않다. 이 진부함에 어떤 새로움을 가미할 것인가를 놓고 끊임없이 고민하면서 이야기를 창작해나가야 한다.

장르의 세 가지 요소

대중적인 이야기는 대부분 장르 스토리다. 로맨스, 로맨틱 코미디, 히어로, 미스터리, 스릴러, 호러 등등. 그러므로 대중적인 이야기 속의 장르 역시 진부함을 포함하는데, 이때의 진부함이란 정확히 말하자면 장르의 구성 요소다. 다시 말해 특정한 구성 요소들이 장르를 장르답게 하는 것이다. 장르의 구성 요소는 크게 세 가지다. 그것은 이야기 공식formula, 관습적 장면convention 그리고 도상iconography이다. 사실 장르의 이 세 가지 요소는 할리우드 영화에서 주로 활용되는 것들이다. 하지만 장르 현상이 나타나는 대중적인 이야기에도 적용되기 때문에 알아두면 매우 유용하다.

장르의 세 가지 요소

∘ 이야기 공식

대중적인 이야기에 대해 설명할 때, 독자나 관객은 전체적인 이야기의 흐름을 어느 정도 예측할 수 있다고 언급한 바 있다. 이때 이야기의 흐름은 사실 대략적인 플롯이며, 이 플롯이 공식처럼 반복되는 것이 바로 각 장르의 이야기 공식이 된다. 예를 들어 로맨틱 코미디의 경우 1. 서로 상반된 남녀가 티격태격하다가 2. 서로 사랑하게 되고 3. 그러나 갈등을 이기지 못하고 헤어지지만 4. 서로 그리워하다가 5. 대체로 서브 커플의 어떤 충고나 행동에 깨달음을 얻고 6. 이별의 원인이 되었던 자신의 문제를 고치고 화해하면서 다시 결합한다는 이야기 공식을 가지고 있다.

또 시리즈 영화도 이야기 공식을 가질 때가 많다. 〈어벤져스〉 시리즈의 경우 1. 외계의 침공이 가시화되고 2. 퓨리 국장 등 국가의 요청으로 어벤져스가 구성되고 3. 어벤져스가 외계의 침공을 막는 과정에서 내분이 발생하고 4. 팀워크가 깨지면서 위기가 찾아오고 5. 주로 토니 스타크 즉 아이언맨 캐릭터의 각성을 시작으로 다시 하나의 팀이 되면서 어벤져스는 극적으로 부활하고 7. 마침내 외계의 침공을 물리친다는 이야기의 흐름으로 구성된다. 이는 앞서 언급했듯 할리우드 장르 영화가 생겨날 때 전범典範이 된 영화의 플롯을 뒤이은 영화들이 따르기 시작하면서 장르가 성립했기 때문인데, 시리즈의 모태가 되는 영화가 성공하면 뒤이은 영화들이 해당 영화의 플롯을 모방하기 때문에 일어나는 현상이다. 물론 이런 장르 현상은 회귀, 빙의, 환생이 반복되는 웹소설 등 대중적인 이야기에서 지금도 널리 나타난다. 그러므로 이 이야기의 공식은 일종의 성공 공식으로서 재활용되는 것이라고 생각하면 좋다.

◦ 관습적 장면

관습적 장면은 어떤 장르에 반복해서 드러나는 장면을 의미한다. 대개는 결정적인 장면이나 하이라이트에 해당하는 장면이다. 가장 대표적으로 알려진 관습적 장면은 서부극의 일대일 결투 장면이다. 요즘에는 서부극이 많이 제작되지는 않는 것 같고 제작이 된다 하더라도 한국에는 잘 수입이 되지 않는 편인데 유튜브 영상을 찾아보면 총잡이 주인공과 악당의 보스가 황야나 술집에서 일정한 거리를 두고 마주 서서 속사로 총을 뽑아 서로를 향해 쏘는 장면을 확인할 수 있다. 주인공이 당당하게 결투를 해서 상대편을 쓰러트릴 때 관객은 쾌감을 얻는다. 서부극이라면 의례적으로 등장하는 하이라이트 장면이다. 로맨틱 코미디나 로맨스 영화에도 과거에는 주인공이 연인을 찾아 달려가는 장면이 항상 있었다. 자신의 잘못을 후회하고 용기를 내는 것이다. 그리고 두 사람은 마주 보고 포옹과 키스를 하면서 사랑을 이룬다. 이는 주로 절정에서 나오는 장면이다.

꼭 절정이 아니더라도 관습적 장면은 나올 수 있다. 이를테면 갱스터 무비에서 총기를 난사하는 장면은 시시때때로

〈배드랜드〉, 일대일 결투.

나온다. 공포 영화나 소설에서 미지의 존재가 나타나 인간을 죽이는 장면은 발단에서 많이 묘사되기도 한다. 이런 관습적 장면은 사실 관객이나 독자가 꼭 보았으면 하고 기대하는 극적 장면이다. 그러므로 창작자는 이런 관습적 장면을 염두에 둘 필요가 있다.

◦ **도상**

도상은 간단히 말해 이 장르, 하면 떠올리게 되는 이미지다. 예를 들어 서부극, 하면 카우보이 복장에 권총을 떠올린다. 보안관 배지를 떠올릴 수도 있다. 갱스터 무비, 하면 검은색

세단에 기관단총, 검은 슈트를 입은 사나이들을 떠올린다. 히어로물은 히어로를 상징하는 슈트를 많이 떠올린다. 아이언맨 슈트를 한 번도 입지 않는 토니 스타크를 상상하기는 어렵다. 분명 토니 스타크와 아이언맨은 같은 캐릭터지만, 관객들은 토니 스타크를 괴짜 천재 재벌, 아이언맨을 지구를 지키는 히어로의 일원으로 분리해서 생각하는 경향이 있을 정도다. 스파이더맨도 마찬가지다. 스파이더맨 슈트를 입지 않는 피터 파크를 생각하기는 어렵다. 영화 〈스파이더맨〉 시리즈를 보러 가는 관객이라면 거미 문양의 슈트를 입은 히어로를 보고 싶어 하기 마련이다. 로맨틱 코미디 같은 장르에도 도상이 있을 수 있다. 대표적으로는 러블리한 여자 주인공이다. 매릴린 먼로는 스크류볼 코미디(재치 있는 말재간을 주고받는 코미디 영화의 한 장르) 시대의 스타다. 또 맥 라이언은 90년대 로맨틱 코미디를 대표하던 스타였다. 이들의 러블리한 외모와 스타일은 각 장르의 도상이었다.

영화에만 이런 도상이 있는 것은 아니다. 셜록 홈스, 하면 떠오르는 그림이 있다. 모자를 쓰고 파이프를 물고 있으며, 롱 코트를 입은 어떤 탐정의 옆모습 말이다. 오늘날 웹소설 장르에서 로맨스 판타지는 화려한 드레스를 입은 여자 주인공이 표지의 핵심이다. 이처럼 소설에서도 도상은 작가가 묘사하기에 따라 얼마든지 드러날 수 있으며, 설령 작가가 묘

맥 라이언과 스파이더맨.

사하지 않았다 하더라도 같은 장르라면 독자들은 이전에 읽었던 작품에 묘사된 주인공을 대입해서 그 이미지를 떠올리게 된다. 그러므로 텍스트를 중심으로 하는 소설에서도 도상은 충분히 고려해야 하는 중요한 요소 중 하나다.

　　지금까지 대중적인 이야기의 주류를 차지하는 장르 스토리의 세 가지 요소에 대해 알아보았다. 그런데 여기서 한 가지 꼭 명심해야 할 것이 있다. 장르 영화나 드라마를 볼 때마다 반복되는 이 요소들은 진부하다고 해서 변형하거나 바꾸려고 들 게 아니라, 가장 먼저 고려해야 하는 것이라는 점이다. 생각해보자. 이런 요소가 반복해서 등장하는 것은 관객이나 독자가 원하기 때문이다. 로맨틱 코미디를 보러왔는데 로맨틱 코미디의 흐름대로 이야기가 전개되지 않으면 관객이나 독자는 배신감을 느낄 수밖에 없다. 두 사람의 사랑이 극적으로 이루어지는 장면을 기대하고 왔는데 아무런 임팩트도 없이 밋밋하게 지나가 버리면 이야기가 아무리 흥미로워도 김이 빠지게 마련이다. 또 스파이더맨 슈트를 입지 않는 피터 파크, 결정적인 순간에 아이언맨으로 변신하지 않는 토니 스타크를 보고 싶은 관객은 아무도 없다. 다시 강조하자면 장르의 이 세 가지 요소는 관객이나 독자가 원했기 때문에 생겨났고 반복되는 것이다. 그러므로 대중적인 이야기가 관객이나 독자의 욕망을 충족하기 위해 창작되는 것이라는 점을 고려한다면 이 세 가지 요소는 진부하다고 해서 지울 게 아니라 오히려 반영하기 위해 노력해야 하는 것들이다.

대중적인 이야기는 관객이나 독자의 기대를 채우기 위해 시작되었다. 그리고 이 기대를 배반하지 않기 위해 극적인 요소를 개발하다 보니 나온 창의력의 산물이 바로 장르의 세 가지 요소인 것이다. 그러므로 대중적인 이야기를 창작하려는 작가가 자신의 예술적인 자의식을 전면에 드러내려는 욕망을 이기지 못해 기존의 관습을 비틀거나 부수려고 드는 것은 매우 조심하고 경계해야 하는 일 중 하나다. 대중적인 이야기를 창작하는 것은 대중이 바라는 바를 충족하면서 또 그 기대를 조금 어긋나게 해야 하는 매우 섬세하고 어려운 일이라는 것을 반드시 명심해야 한다.

장르의 세 가지 요소는 모든 대중적인 이야기에 적용되는 것은 아니다. 예를 들어 SF 장르는 사실 하나로 묶기에 매우 광범위하다. 스페이스 오페라, 사이버 펑크, 퍼스트 콘택트, 시간 여행, 히어로물, 안드로이드, 사이보그, 디스토피아 등 다양한 하위 장르가 있다. 그래서 이 모든 것을 하나로 묶는 SF 장르의 이야기 공식, 관습적 장면, 도상은 사실상 존재하지 않는다. 다만 SF 장르의 하위 장르를 세분화해서 들어가 보면 각 장르를 아우르는 이야기의 관습, 관습적 장면, 도상이 발견될 수 있다. 앞서 예로 들었던 〈어벤져스〉는 SF 장르 중에서도 히어로물에 해당하며 히어로물의 세 가지 구성 요소가 모두 드러난다. 그러므로 작가는 자신이 쓰고자 하는 장르를 자세히 학습하고, 어떤 구성 요소가 있는지 정확히 파악한 다음에 그것들을 고려해서 쓸 필요가 있다.

　　마지막으로, 그렇다고 해서 장르의 세 가지 요소가 고정불변하는 것은 아니다. 장르도 변화한다. 기존의 관습 위에 작가가 창의력을 더하다 보면 이야기의 전개 방식이 조금 변할 수도 있고 새로운 캐릭터가 나올 수도 있으며, 새로운 극적 장면이 창작될 수도 있다. 그리고 시간이 흘러 이러한 변화가 쌓이면 기존의 장르가 없어지기도 하고 새로운 장르가 탄생하기도 한다. 그러나 이 모든 것이 작가에 의해 탄생한다 하더라도 시대와 관객 혹은 독자라는 환경에 의해 선택되는 것이기 때문에, 작가 혼자 이 모든 것들을 무시하고 마치 외계에서 온 것 같은 아예 새로운 대중적 이야기를 창작하는 것은 거의 불가능하다. 다만 각 장르를 쓰기 위해 알아야 하는 이 세 가지 구성 요소는 반드시 지켜야 하는 법칙이라기보다는 작가가 이야기를 창작하기 위해 활용하는 도구라고 생각하는 편이 좋다.

2. 대중적인 이야기의 두 가지 기본 패턴

대중적인 이야기, 특히 장르는 이야기 공식을 가진다고 했다. 그런데 장르 공식이 아니라도 대중적인 이야기에서 많이 차용하는 이야기 패턴이 있다. 차용한다는 표현에서 알 수 있듯, 여기서 소개할 두 가지 이야기의 패턴은 대중적인 이야기뿐 아니라 예술적인 이야기에도 많이 쓰인다. 그러므로 이 두 가지 기본 패턴을 외워두면 다양한 이야기 쓰기에 활용할 수 있다. 다만 여기서는 대중적인 이야기를 쓰는 방법에 대해 설명하고 있으므로, 문학 작품보다는 대중적인 영화나 드라마를 예로 들어 설명할 예정이다.

성장 플롯[1]
가장 많이 쓰이는 이야기의 패턴 중 하나는 성장 플롯이다. 여기서 말하는 성장이란 물리적으로 키가 크는 게 아니라 정신적인 성숙을 의미한다. 이 정신적인 성숙을 다르게 표현하면 한 인간의 질적인 변화다. 이야기 속에서는 비겁한 자가 용기를 가지게 되거나, 홀로 고립되어 있던 자가 타인과 손을 잡을 줄 알게 되거나, 오만한 자가 삶 앞에 겸손해지거나, 고집불통인 자가 고집을 꺾고 새로운 것을 받아들이기도 한다. 즉 주인공이 이야기 속에서 이런저런 사건을 만나 새로운 사람으로 거듭나는 것이다.

그런데 이야기에서 주인공이 성숙한 인격을 가진 사람으로 변화할 때는 일정한 패턴을 따른다. 자세한 설명을 하기 전에 우선 그 패턴을 소개하자면 다음과 같다.

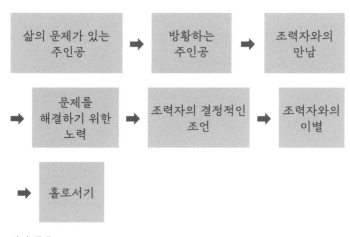

성장 플롯

첫 번째, 성장 플롯에서 가장 먼저 언급되는 삶의 문제는 대개 주인공 자신의 정신 혹은 심리에 깃든 문제를 의미한다.

사람은 외상을 입으면 고통을 느끼고, 환부를 치료하려고 든다. 그러나 내면의 문제는 다른 양상을 띠는 것 같다. 사람은 내면의 약점을 외면하려고 드는 경우가 많다. 예를 들어 비겁한 자는 자신의 비겁함을 감추려고 오히려 용기 있는 척 허세를 부리기도 하고, 자존감이 낮은 자는 자존심을 내세우며 낮은 자존감을 감추려고 한다. 하지만 이런 자기방어는 사실 본인 스스로도 잘 인식하지 못한다. 다시 말해 자신이 비겁하다거나 자존감이 낮다고 생각하지 않는 것이다. 오히려 허세와 자존심으로 자신의 문제를 대체하면서 자신에게조차 감추려고 든다. 그래서 타인이 지적해주기 전까지는 자신의 문제를 잘 모르는 경우가 많다. 성장 플롯은 인간의 이러한 속성을 전제로 한다.

두 번째, 성장 플롯의 주인공에게는 분명 삶의 문제가 있지만 욕망 또한 있다. 주인공은 자신의 욕망을 이루려고 하지만 그가 가진 삶의 문제로 인해 방해를 받는다. 하지만 앞서 설명했듯, 주인공은 자신의 문제가 정확히 무엇인지 잘 모르기 때문에 욕망을 이루고 싶어도 그 방법을 찾지 못해 방황하게 된다.

---

1 조동선, 『소설을 꿈꾸다』, 아마존의나비, 2019, 209~213쪽에서 참조.

세 번째, 스스로 자신의 문제를 알지 못하면 당연히 누군가의 도움이 필요하다. 나 자신도 모르는 나의 문제를 가족이나 친구가 지적해주는 경험을 할 때가 있다. 이야기 속 주인공도 마찬가지다. 그에게도 자신이 의식하지 못하거나 회피하고자 하는 문제를 파악하고, 그것을 극복하는 데 도움을 줄 조력자가 필요하다. 성장 플롯에서 갈등은 이 조력자와의 사이에서 발생하는 경우가 많다. 왜냐하면 조력자는 변화를 거부하는 주인공을 변화시키려는 캐릭터기 때문이다. 나의 생활 습관을 바꾸려는 잔소리와 충고가 듣기 싫은 것과 마찬가지다. 그래서 사춘기 시절에는 부모님과 자주 다투지 않는가. 물론 이때의 조력자는 안타고니스트가 아니다. 오히려 이때의 안타고니스트는 변화를 거부하는 주인공 자신이거나, 주인공으로 하여금 변화하지 못하게 하는 외부의 환경 혹은 주인공을 안주하도록 유혹하는 캐릭터일 수 있다. 조력자는 주인공이 주제적 가치를 달성할 수 있도록 도와주는 인물이므로, 비록 갈등이 벌어지기는 하나 프로타고니스트의 편에 서는 캐릭터라고 볼 수 있다. 그리고 조력자는 대개 주인공이 이루고자 하는 주제적 가치를 달성한 인물일 때가 많다. 그래야 자신의 가치대로 주인공을 이끌어줄 수 있기 때문이다. 물론 그렇다고 해서 조력자가 주인공보다 연배가 많은 선배, 스승, 부모 같은 캐릭터일 필요는 없다. 연인, 친구,

설령 주인공보다 어린아이라 할지라도 주인공의 변화를 주제적 가치에 합당하게 이끌어낼 수 있다면 성장 플롯의 조력자가 될 수 있다.

네 번째, 주인공은 조력자와 함께 자신의 욕망을 이루기 위해 노력한다. 이때 주인공과 조력자는 주인공이 가진 문제가 무엇인지 함께 깨달아간다. 성장 플롯에서 이 네 번째는 전개의 전부라고 해도 과언이 아니다. 주인공은 변화하기 위해 노력하고, 자신이 할 수 있는 대부분의 노력을 경주한다. 그리고 이런 점이 독자나 관객에게 충분히 전달되어야 이후 주인공이 결정적인 변화에 움츠러들고 두려워하는 것이 이해될 수 있다.

다섯 번째, 주인공은 자신의 욕망을 이루기 위해 또 자신을 변화시키기 위해 노력을 다하지만, 최후의 순간에 머뭇거릴 수 있다. 왜냐하면 이 변화는 자신이 가진 모든 것을 걸어야 비로소 이루어낼 수 있는 것이기 때문이다. 변화 직전에 머뭇거리거나 다시 본래의 삶으로 되돌아가려고 할 때, 주인공은 욕망이 좌초될 위기에 빠진다. 이 상황에서 조력자는 주인공으로 하여금 자신의 문제를 되돌아보고 이 위기에서 진정으로 빠져나오게 하기 위해 냉철한 말 한마디를 그에게 해줄 수 있다. 주인공의 문제를 정확히 지적하는 것이다. 어쩌면 조력자는 이 한마디를 위해 존재하는 것일 수도 있다. 물론 조력자가 해주는 조언은 말이 아니라 행동일 수도 있다. 주인공이 자신의 문제에 대해 깨닫게 할 수 있다면, 말이든 행동이든 상관없다. 중요한 것은 조력자가 이야기를 관통하는 주인공의 문제를 통찰하고 그 통찰을 바탕으로 주인공의 변화를 촉발하는 메시지를 던지는 것이다.

여섯 번째, 조력자가 주인공의 결정적인 변화를 촉발하는 메시지를 던질 때 가르치는 듯한 말투나 뻔한 충고가 되지 않도록 조심해야 한다. 그런 충고로 변하는 사람은 드물다. 오히려 갈등 속에서 불쑥 던지는 진정 어린 한마디 말이나 행동이 주인공에게 더 뼈저린 메시지가 될 수 있다. 그렇다고 주인공이 자신의 문제를 정확히 지적하는 말에 곧바로 감동을 받아 변하는 경우는 흔치 않다. 우리 삶을 돌아봐도 그렇지 않은가? 누군가의 한마디에 자신의 문제를 드라마틱하게 수정하는 사람은 드물다. 예를 들어 누군가와의 갈등 끝에 "너는 현실을 도피하는 거야.", "너는 자존심만 세지 자존감은 너무 낮아.", "옆에 있는 친구도 못 알아보는 게 문제야." 등의 이야기를 듣는다고 생각해보자. 그걸 쉽게 수용할 사람이 어디 있을까? 그 말이 내가 의식적으로나 무의식적으로 회피하고 숨기고자 했던 문제와 정확히 일치한다면, 오히려 화를 낼 때가 더 많을 것이다. 그래서 이런 상황이 오면 주인공은 조력자와 다투고 이별하게 될 수 있다. 때로는 다투지 않은 채 이별하게 되

기도 한다. 조력자가 마지막 말을 남기고 죽는다든지 하는 것
이다. 성장 플롯에서 조력자와의 이별이 꼭 필요한 이유는 간
단하다. 문자 그대로 주인공이 성장해야 하기 때문이다. 옆에
서 계속 누군가가 도와준다면 성장하기 어렵다. 조력자와 이
별하고 스스로 자신이 처한 삶의 문제를 해결할 때 비로소 성
장이라고 부를 수 있다.

　　일곱 번째, 조력자와 헤어진 이후에야 주인공은 비로소
그의 말이 맞았음을 깨닫는다. 주인공은 조력자가 말을 하기
이전부터 자신의 삶이 한계에 봉착했으며, 욕망을 이루기 위
해서는 문제를 극복해야만 한다는 것을 알고 있을 수 있다.
그러나 자신이 가진 모든 것을 버리거나 자신의 잘못을 인정
하고 대면하기 싫은 것을 대면하는 등의 일을 하려면 두려움
이 앞서기 마련이다. 그래서 애써 결정적인 변화를 거부할
수도 있다. 어쩌면 조력자의 결정적 한마디는 그런 주인공
을 각성시키는 것일 수 있다. 이는 새끼 새가 알에서 나오는
것과 비슷하다. 새끼 새는 알을 깨고 나오지 않으면 죽는다.
그러나 익숙한 알을 깨고 바깥세상으로 나오는 것이 두려워
알 속에 안주하려고 들 수도 있다. 이때 어미 새가 밖에서 한
두 번 알을 콕콕 쪼아주기도 한다. 그러면 새끼 새는 자신의
힘으로 알을 깨고 밖으로 나와 새로운 삶을 시작한다. 조력
자의 결정적 한마디는 어미 새가 알을 쪼아주는 행위에 비견

될 수 있다. 주인공도 새끼 새처럼 자기 삶의 문제를 극복해야 새로운 삶을 살 수 있음을 알지만, 아직은 단단한 이전의 삶에서 벗어나기를 두려워하는 것이다. 이때 조력자가 한마디를 함으로써 주인공의 이전 삶에 균열을 내줄 수 있다. 그리하여 알 속에서 이미 새로 성장해 있던 주인공은 껍데기만 남은 알을 깨고 새로운 삶을 시작하는 것이다. 성장 플롯에서 이 부분은 절정 직전에 온다. 그리고 절정에서 주인공이 성장했음이 드러난다. 이때가 주인공이 홀로 서는 시점이다.

이제 이 성장 플롯이 실제 이야기에서 어떻게 적용되는지, 예를 들어 살펴보자. 〈코요테 어글리〉는 성장 플롯의 교범과도 같은 영화다. 주인공 바이올렛은 뉴욕에 가서 작곡가로 성공하고 싶은 욕망이 있다. 그러나 뉴욕의 음악 비즈니스 세계는 애송이 작곡가에게 기회를 주지 않는다. 그녀는 수없이 많은 데모 테이프를 음반사에 돌리지만 번번이 거절당한다. 게다가 작곡가로 성공하려면 본인이 직접 무대에 서서 자신의 곡을 알려야 한다. 하지만 바이올렛은 무대 공포증 때문에 자신의 꿈 근처에도 다가가지 못하고 그 언저리를 맴돈다. 삶의 문제로 인해 방황하게 되는 것이다. 이때 그녀는 케빈이라는 조력자를 만난다. 그는 뉴욕에서 치열하게 살아가는 인물이다. 케빈과 바이올렛은 연인이 되고, 케빈은 그녀를 도와주고 싶어 한다. 유명인들의 입간판을 구해와 콘서트

장처럼 꾸민 공간에서 노래를 불러보도록 하고, 자신이 아끼는 것을 담보로 바이올렛에게 무대를 마련해주기도 한다. 이와 별개로 바이올렛은 코요테 어글리라는 클럽에 들어가 조금씩 춤과 노래에 익숙해지면서 클럽의 무대에 서게 된다. 그리고 케빈은 바이올렛이 이 클럽에 정착하는 데 도움을 주기도 한다. 두 사람은 바이올렛이 가진 문제를 극복하기 위해 함께 최선을 다해 노력하는 것이다. 그러나 바이올렛의 진정한 욕망은 코요테 어글리 클럽에서 춤과 노래를 하는 것이 아니라 작곡가의 꿈을 이루는 것이다. 케빈은 그런 바이올렛을 위해 자신이 가장 아끼는 한정판 만화책을 담보로 무대를 마련해준다. 하지만 바이올렛은 그 무대에 서지 않는다. 클럽의 보스가 바이올렛으로 하여금 업무 시간에 나가지 못하게 한 것도 있겠지만, 사실 바이올렛은 이 클럽에서의 일을 잃는 게 두려웠던 것이다. 작곡가가 되기 위해 뉴욕에 왔다는 사실을 감안하면 중간 단계에 불과한 코요테 어글리를 박차고 나가는 것이 맞지만, 그녀는 이 클럽에서 춤을 추고 노래를 부르며 이미 안정적인 수입까지 보장받고 있었다. 그래서 이런 삶에서 벗어나는 게 두려운 것이다. 이때 화가 난 케빈이 바이올렛을 찾아와 둘은 말다툼을 하게 되고, 그 말다툼 끝에 케빈은 바이올렛에게 코요테 어글리라는 클럽은 현실 도피의 공간이라고 못 박아 말한다. 바이올렛이 자신의 꿈을 이루려면 더 치열하게 현실에 부딪쳐야 하는데, 그녀가 새로운 삶을 거부하고 안주하고 있음을 말해주는 것이다. 케빈은 바이올렛과 함께하면서 그녀의 진정한 문제가 현실과 치열하게 부딪치지 않고 자꾸만 적당히 안주하려는 데 있다는 걸 알고 뼈 때리는 조언을 한 것이다. 케빈의 말에 충격을 받은 바이올렛은 그와 이별하고 실의에 빠진다. 그래서 자신의 꿈을 포기할까도 생각하지만 다시 현실과 부딪쳐보기로 한다. 그리하여 공모전에 자신의 음악을 보내고, 마침내 무대에 서게 된다. 홀로서기에 성공하는 것이다.

드라마 〈싸이코지만 괜찮아〉도 성장 플롯을 차용하고 있다. 사실 대부분의 로맨스 장르는 성장 플롯이다. 왜냐면 사랑을 이루기 위해서는 상대를 위해 나 자신이 변화해야 하기 때문이다. 로맨스 장르에서 물질로 상대를 사로잡는 경우는 없다. 상대에게 내 진심을 보여줘야 한다. 이때의 진심은 사랑을 위해 모든 것을 희생할 준비가 되어 있는, 이전과는 달라진 자기 자신이다. 그러므로 로맨스 장르를 쓰기 위해서는 성장 플롯을 기본 뼈대로 삼는 게 효율적일 때가 많다.

다시 〈싸이코지만 괜찮아〉로 돌아가서 이 드라마의 플롯을 살펴보면, 우선 주인공인 고문영은 어릴 때 어머니의 학대에 대한 기억으로 인해 자신의 자아를 보호하려는 성향을 띠게 되고, 이 성향이 공격성으로 나타나는 인물이다. 고문영은 문강태를 보고 사랑에 빠지지만 그녀가 가진 이 성격이 문제가 된다. 그래서 그녀가 문강태에게 다가서려고 할 때마다 두 사람은 더욱 멀어진다. 즉 고문영은 삶의 문제를 안고 있고, 이 때문에 자신의 욕망을 이루지 못해 방황하는 것이다. 이때 문강태는 고문영의 욕망의 대상인 동시에 조력자가 된다. 문강태는 정신병동 보호사이자 자신의 욕망을 제어하려는 성향의 인물로 고문영과 정반대의 캐릭터를 가졌다. 고문영이 문강태를 찾아갈 때마다 위태로운 상황이 벌어지는데, 문강태는 침착하게 고문영이 가진 공격적 성향을 잠재워 준다. 그래서 고문영은 자신을 폭탄에 비유하고 문강태를 안전핀에 비유한다. 문강태는 그녀에게 사랑하는 대상을 넘어 삶의 균형을 잡아주는 존재인 것이다. 두 사람은 갈등하면서도 고문영의 삶의 문제를 해결하기 위해 함께 노력해나간다. 그러나 어느 정도 삶의 문제를 해결한 것 같은 때에 사라졌던 고문영의 어머니가 모습을 드러낸다. 게다가 그녀의 어머니는 문강태의 형 문상태가 보는 앞에서 두 형제의 어머니를 죽여, 형제를 불행에 빠트렸을 뿐 아니라 문상태의 자폐 스펙트럼 장애를 더욱 가중했던 인물이다. 이 어머니의 존재로 인해 고문영은 로맨스에서도 위기를 맞이하고, 동시에 삶의 균형이 무너져 내리면서 다시 고립된 존재가 된다. 이 위기 상황에서 문강태는 숨으려고만 드는 고문영에게 "너는 너의 어머니와 달라."라는 말을 건넨다. 이 말은 고문영은 소시오패스인 어머니와 다른 존재이며, 그러니 어머니에게서 벗어나라는 뜻으로 해석된다. 문강태가 고문영이 가진 삶의 문제의 근원을 파악하고, 그녀에게 결정적 조언을 건넨 것이다. 하지만 고문영은 문강태의 이 조언을 당장 받아들이지는 못한다. 오히려 문강태가 자기 어머니의 정체를 알면서도 일부러 숨겼다는 이유로 위선자라고 비난하며 그를 밀어낸다. 조력자와의 이별이다. 하지만 고문영의 어머니가 그녀에게 보낸 동화를 통해 자신의 말을 듣지 않는 아이는 쓰레기라는 메시지를 전달하면서 고문영은 변화한다. 어머니에게서 벗어나지 않으면 영원히 자신만의 삶을 살지 못하게 된다는 사실을 깨달은 것이다. 그래서 고문영은 문강태와 문상태 형제를 납치한 어머니와 스스로 맞선다. 이 장면은 〈싸이코지만 괜찮아〉의 절정이자 동시에 고문영이 성장을 이루고 홀로서기에 성공했음을 드러내는 장면이다. 이처럼 〈싸이코지만 괜찮아〉의 플롯을 전체적으로 바라보면 성장 플롯을 따르고 있음을 알 수 있다.

물론 성장 플롯은 장르를 떠나 그 자체로도 훌륭한 하나의 플롯이 될 수 있다. 예를 들어 토마스 만의 소설을 원작으로 한 루치노 비스콘티 감독의 영화〈베니스에서의 죽음〉이 그러하다. 주인공 구스타프는 한때 저명한 지휘자였고 예술에서의 규칙성을 중시하는 교조적인 입장에 있는 사람이다. 하지만 공연 실패로 슬럼프에 빠졌고, 휴양을 위해 베니스로 온다. 자신의 신념으로 인해 생긴 삶의 문제가 공연의 실패로 이어지면서 방황하게 된 것이다. 그런데 구스타프는 베니스에서 너무나 아름다운 소년 타지오를 보고 반하고 만다. 분명 구스타프는 가족을 이루기도 했던 이성애자였지만, 타지오는 성별을 뛰어넘는 아름다움을 가지고 있었던 것이다. 구스타프는 자신도 모르게 타지오를 쫓으며 서서히 변해간다. 심지어 젊어 보이기 위해 화장을 하기까지 한다.

타지오는 영화 내내 구스타프와 접점이 없지만 그의 변화를 촉발하는 인물이다. 그로 인해 아름다움에 대한 구스타프의 관점은 서서히 변해간다. 여기서 조력자는 구스타프의 친구 알프레드인데, 그는 구스타프와 예술에 대해 논쟁을 벌였던 인물이다. 알프레드의 입장은 구스타프와 정반대에 있었다. 영화가 전개되면서 구스타프는 종종 알프레드와의 이 논쟁을 떠올리는데, 타지오를 쫓는 동안 결국 알프레드의 주장이 맞았음을 인정하지 않을 수 없게 된다. 다만 여기서는 조력자가 현재 서사에 등장하기보다는, 구스타프가 알프레드의 말을 회상하면서 그의 주장이 재해석되는 독특한 방식을 취한다. 그리고 구스타프는 타지오를 쫓으면서 자신의 문제를 깨닫는다. 하지만 예술가가 자신의 신념을 굽히는 일은

〈베니스에서의 죽음〉, 화장하는 구스타프.

지금까지 이뤄온 자신의 예술을 부정하는 일과 같다. 그래서 구스타프는 베니스에서 쓸쓸한 죽음을 맞이한다. 이 죽음은 구스타프가 예술가로서 죽음을 맞이했다는 메타포인 동시에 예술에 대한 새로운 깨달음에 도달했다는 메타포로도 보인다. 그래서 〈베니스에서의 죽음〉 역시 일종의 성장 플롯으로 읽힌다.

성장 플롯은 이야기의 길이와 상관없이 한 인물의 질적 변화를 그리는 패턴으로서 매우 유용하다. 특히 앞서 언급했던 로맨스 장르를 비롯해 히어로물, 로맨틱 코미디 등의 장르와도 잘 맞는다. 히어로물의 경우 히어로가 아니었던 인물이 히어로가 되어가는 과정을 그리거나 히어로였던 인물이 자기 과오로 몰락했다가 다시 히어로로 재탄생하는 과정이 드라마의 뼈대를 이루기 때문에 성장 플롯일 수밖에 없고,

뒤에 더 자세히 설명하겠지만 로맨틱 코미디는 사랑에 대한 주인공 남녀의 가치관 대립을 주된 갈등 요소로 삼는데, 이때 주인공이 자신의 가치관에 변화를 주면서 사랑을 이루게 된다. 이 가치관의 변화는 결국 한 사람의 질적인 변화를 의미하기 때문에 성장 플롯으로 귀결되는 것이다. 그러므로 성장 플롯은 한 인간의 질적 변화를 그릴 때 효과적으로 적용할 수 있고, 특히 대중적인 이야기에 잘 적용되는 플롯이라고 볼 수 있다.

미스터리 플롯[2]

미스터리 플롯은 문자 그대로 주인공이 진실을 찾기 위해 미스터리를 해결하는 종류의 이야기 플롯이다. 이때의 미스터리는 해결하기 까다로운 범죄, 출생의 비밀, 미스터리한 상대의 정체, 나 자신의 정체성 혼돈 등 다양할 수 있다. 그러므로 미스터리 플롯은 추리 장르에만 국한해서 적용되는 것은 아니다. 로맨스에도 미스터리가 있을 수 있다. 이 미스터리 플롯은 미스터리 요소를 가진 대부분의 이야기에 적용할 수

---

2 조동선, 앞의 책, 115~117쪽에서 참조.

있기 때문에 익혀두면 효과적으로 플롯을 구성할 수 있다. 먼저 미스터리 플롯의 패턴을 소개하면 다음과 같다.

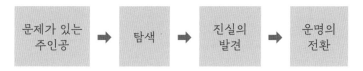

미스터리 플롯

미스터리 플롯은 성장 플롯에 비해 비교적 패턴이 단순해 보인다. 하지만 그 적용은 패턴의 양상보다 복잡하다. 우선 미스터리 플롯은 주인공에게 탐색할 문제가 주어지는 것으로부터 시작된다. 그런데 이 문제를 해결하는 일은 주인공의 외적 욕망, 즉 주인공이 이야기를 통해 달성하고자 하는 목표와 관련된다. 하지만 외적 욕망과 관련된 문제만 있어서는 안 된다. 주인공은 갈등을 겪어야 한다. 단지 미스터리를 풀어나가는 것만으로는 갈등이 성립하기 어렵다. 미스터리는 수수께끼 같은 사건일 뿐이다. 우리가 별다른 갈등 없이 추리와 직관만으로 수수께끼나 어려운 수학 문제를 풀 수 있듯이, 단지 미스터리만 존재한다면 주인공 역시 추리와 직관을 동원해서 사건을 해결하면 그만이다. 따라서 미스터리한 사건 그 자체가 갈등이라고 오해하면 안 된다. 설령 미스터리한 사건의 해결을 방해하는 존재가 있다고 해도, 그 존재는 사건 해결을 방해함으로써 궁극적으로는 주인공의 내적 갈등을 유발해야 한다. 예를 들어 진실을 파헤치려는 주인공에게 두려움을 안겨주거나, 정신적으로 압박하거나, 사건을 더 미궁에 빠트림으로써 주인공의 실수와 초조함을 유발할 수 있어야 하는 것이다. 미스터리한 사건에서 갈등을 일으키려면 주인공의 내적 갈등을 동반해야 한다는 뜻이다.

여기서 또 다른 문제를 설정할 필요가 생긴다. 그것은 바로 주인공의 삶의 문제다. 미스터리한 사건이라는 문제가 발생하기 전에 주인공이 삶의 문제를 이미 가지고 있거나, 미스터리한 사건이 주인공의 삶의 문제를 촉발해야 한다. 그래서 주인공은 미스터리의 진실을 탐색하면서 동시에 자신이 처한 삶의 문제를 같이 해결해나가야 한다. 이 때문에 미스터리 플롯의 양상이 복잡해지는 것이다.

흔히 추리물이라고 하면 명탐정이 등장해서 까다로운 범죄를 기발한 논리와 직관으로 멋지게 해결하는 것으로만 생각하는 경향이 있다. 물론 단편인 경우에는 이렇게 쓸 수 있다. 추리 단편은 범죄의 미스터리 자체만으로 독자의 호기심을 끌 수 있고, 그 호기심을 충분히 충족해주는 해결을 통해 깔끔하게 끝낼 수 있기 때문이다. 하지만 장편으로 가면 상황이 달라진다. 단지 수수께끼의 해결만으로는 긴 분량을 흥미롭게 끌어가기 어렵다. 이럴 경우 주인공과 관련한 드라마가 같이 흘러가야 한다. 거대한 적을 상대하면서 겪는 두려움이나 범인이 마련한 함정에 빠지게 만드는 오만함을 극복하게 된다든지, 고립되어 살아가던 천재가 미스터리를 해결하면서 더불어 살아가는 연대의 의미를 알게 된다든지 하는 이야기가 곁들여져야 하는 것이다. 장편에서는 이 주인공의 극적인 변화가 독자나 관객의 몰입감을 이끌어 낼 수 있는 중요한 요소일 수 있다. 따라서 미스터리 플롯은 미스터리한 사건과 함께 주인공의 삶의 문제를 설정하고, 같이 해결해나가는 이중적인 플롯을 고려할 필요가 있다.

주인공에게 미스터리한 사건이 발생하면 그는 이 사건을 해결하기 위해 탐색을 시작한다. 이 부분이 사실상 전개의 대부분을 차지한다. 따라서 여기서는 최대한 우연을 배격하고 미스터리를 해결할 증거들을 논리적으로 이어야 함은 물론, 주인공 삶의 문제로 인한 갈등 역시 점점 커져야 한다.

그리고 마침내 주인공은 미스터리의 탐색을 통해 진실을 발견한다. 이때의 진실은 두 가지로 나뉜다. 첫 번째는 미스터리한 사건의 진실이다. 까다로운 범죄의 전모가 밝혀진다든지, 범인이 누구인지 밝혀진다든지, 미스터리한 상대의 정체가 밝혀진다든지, 내 정체성의 혼돈이 무엇으로부터 비롯되었는지가 밝혀진다든지 하는 것이다. 두 번째는 주인공이 가지고 있던 삶의 문제가 해결되는 것이다. 물론 이 해결을 위해서는 삶의 문제의 근원 역시 밝혀져야 한다. 그런데 여기서 명심해야 하는 것이 있다. 두 가지 문제의 동시 해결은 각각의 해결이 아니라는 점이다. 주인공은 미스터리를 해결하면서 자연스럽게 삶의 문제도 해결할 수 있어야 한다. 예를 들어 거대한 적에 맞서야만 하는 비겁한 주인공이 결정적 순간에 자신의 모든 것을 걸 수 있는 용기를 내 미스터리를 해결하도록 플롯을 짜는 것이다. 따라서 두 가지 이야기가 두 개의 플롯에 따라 전개되는 것이 아니라, 하나의 단일한 이야기가 주인공의 외적 욕망을 담당하는 미스터리한 사건의 해결과 주인공의 내적 욕망을 담당하는 삶의 문제 해결과 함께 전개된다고 생각해야 한다.

마지막으로 주인공은 삶의 문제를 해결함으로써 새로운 삶의 변화를 맞이하게 된다. 즉 운명의 전환이 이루어지는 것이다. 이러한 결말은 미스터리한 사건의 해결만으로는 결코 맞이할 수 없다. 주인공의 삶의 문제를 설정해야만 운명의 전환을 맞이할 수 있다. 그리고 독자나 관객은 이러한 주인공의 변화를 응원하면서 자신을 주인공과 동일시하게 되고, 이 동일시가 곧 몰입으로 이어진다. 이에 덧붙여 추리소설은 추리가 있는 소설이지, 추리만 있는 수수께끼가 아니다. 소설은 사람들이 삶에서 겪는 갈등을 보여주어야 한다. 추리 소설의 방점은 '추리'가 아니라 '소설'에 있다는 점을 명심해야 한다.

영국 드라마 〈셜록〉은 미스터리 플롯에 부합한다. 셜록의 첫 화를 보면, 셜록이 가진 삶의 문제가 먼저 설정된다. 그 유명한 "나는 고기능 소시오패스"라는 대사가 바로 이 첫 화의 발단 부분에서 나오는데, 이는 셜록이 가진 삶의 문제를 압축해서 표현하고 있다. 미리 이야기하자면 셜록이 자신을 고기능 소시오패스로 정의한다고 해서 그가 진짜 소시오패스인 것은 아니다. 다만 그의 오만하고 공감 능력이 다소 부족해 보이는 성격 탓에 소시오패스적인 면모를 보일 뿐이다. 그러나 셜록은 여러 시즌을 거치면서 타인을 위해 자신을 희생하는 인물로 변모해간다. 이런 모습은 소시오패스와는 거리가 멀다.

그렇다면 셜록이 자신을 정의한 이 대사를 어떻게 해석해야 할까? 우선 사건 현장에 셜록이 등장할 때, 주변에 있던 수사팀은 그를 환영하지 않는다. 셜록의 오만하고 배타적인 성격과 그가 수시로 내뱉는 독설 때문이다. 이때 셜록은 자신을 고기능 소시오패스라고 함으로써 주변의 적대적인 반응을 일축한다. 자신은 소시오패스라는 반사회적 성향의 인물이며, 천재적일 정도로 고기능이기 때문에 주변의 반응에 신경 쓰지 않겠다는 의사를 내비치는 것이다. 그렇기에 이 대사는 주변의 적대적인 반응에 상처받지 않겠다는 선언이다. 하지만 동시에 이 대사는 셜록이 주변인들과 융합하지 않겠다는 선언이기도 하다. 반사회적 성향의 인물과 누가 어울리려고 하겠는가. 그래서 셜록은 외롭다. 지루하고 외로운 삶. 셜록은 그것을 이겨내기 위해 까다로운 범죄에 매달리지만, 범죄가 해결되면 지루하고 외로운 삶은 반복된다. 셜록이 가진 삶의 문제는 바로 이것이다. 셜록은 자신과 함께 살 룸메이트를 구하려고 하지만, 그마저도 쉽지 않다. 그는 누가 나 같은 사람과 함께 살겠냐고 되묻기까지 한다. 이렇게 드라마 〈셜록〉 1화는 발단에서 미스터리한 연쇄 사망 사건에 더해 셜록의 삶의 문제를 같이 제시한다.

〈셜록〉의 1화는 연쇄 살인으로 의심되는 자살 사건을 다룬다. 마지막 희생자는 죽어가면서 메시지를 남겼다. 이 메시지를 단서로 셜록은 이 사건이 연쇄 살인 사건임을 직감하고 추리를 해나간다. 살인 사건인 만큼 시체를 살펴볼 수밖에 없는데, 때마침 전직 군의관인 왓슨이 나타난다. 그는 런던에 방을 구하기 위해 룸메이트를 구하던 셜록을 만나러 온 참이었다. 셜록은 왓슨에게 시체를 살펴봐 달라고 요청하고 그렇게 두 사람은 함께 사건을 해결하기 시작한다.

그러나 사건을 해결하면서도 셜록의 독단적인 성격은 주변과 갈등을 일으킨다. 함께 사건을 해결하러 갔던 왓슨을 버려두고 가는가 하면, 경찰에게 신고도 하지 않고 중요한 증거를 가지고 오기도 한다. 이는 셜록의 천재성 때문에 생기는 문제다. 추리에 몰입하면 주변을 살피지 않기 때문에 매사 이런 식의 갈등을 일으켜 왔던 것이다. 반면 왓슨은 셜록에 대해 의리를 보인다. 셜록의 형이 셜록을 감시해주면 보수를 주겠다고 하지만 왓슨은 어려운 경제 형편에도 그 제안을 거절한다. 이는 왓슨이 셜록이 가진 삶의 문제를 해결해줄 수 있는 사람이라는 것을 드러내는 장면이다. 왓슨은 셜록을 이용하려 들거나 그를 불쾌해하는 사람이 아님을 보여주기 때문이다.

셜록은 사건을 해결하기 위한 탐색을 수행하면서도 자신이 가진 삶의 문제 때문에 계속해서 갈등을 일으킨다. 이때의 갈등은 범인이 벌여놓은 사건 때문이 아니라 사건을 풀어가는 과정에서 셜록이 왓슨을 비롯해 수사 팀과 마찰을 일으키면서 빚어진다는 점을 눈여겨봐야 한다. 사실 범인은 맨 마지막에나 본 모습을 드러내기 때문에, 셜록과 갈등을 일으키고 싶어도 일으킬 방법이 없다. 전개 내내 범인은 수수께끼를 낸 출제자에 머무른다.

1화의 마지막에 이르면 셜록은 마침내 범인에 대한 결정적 힌트를 잡고, 홀로 그를 잡으러 뛰쳐나간다. 이 역시 추리에 몰두하면 흥분해서 앞뒤 가리지 않는 그의 성격 때문이다. 하지만 그로 인해 셜록은 범인이 파놓은 함정에 빠져 죽을 위기에 처한다. 이 순간에 왓슨이 나타나 범인을 처치하면서 셜록을 구해준다. 이때 셜록은 범죄의 전모라는 진실을 발견함과 동시에 왓슨이라는 인물의 전정한 면모를 발견하게 된다.

결말은 어찌 보면 예정되어 있다. 함께 범죄를 해결하며 돈독해진 셜록과 왓슨은 룸메이트로 같이 살아가기로 결정한다. 이로써 홀로 고립되어 살아가던 셜록의 삶의 문제 또한 해결된다. 외롭고 지루한 삶에서 적어도 외로움으로부터는 어느 정도 탈피하게 되는 것이다. 이후 에피소드들을 보면 알겠지만, 왓슨은 셜록과 함께 해결한 사건을 기록하는 블로그까지 열어서 그를 세상에 알린다. 이는 왓슨이 셜록과 세상을 연결해주는 역할을 하는 것으로 이해된다. 이때 결말이 범죄의 해결이 아니라는 점에 주목해야 한다. 결말은 어디까지나 주인공이 삶의 문제를 해결하면서 자신의 운명을 전환하는 데 있다.

드라마 〈동백꽃 필 무렵〉은 기본적으로 주인공 동백과 황용식의 사랑을 다루는 로맨스 장르다. 그런데 여기에 미스터리가 섞여 있다. 몇 년 전, 동백은 연쇄 살인범 까불이의 살해 현장에 있었다가 살아난 일로 까불이의 표적이 된 적이 있다. 그런데 아이를 키우기 위해 이사 온 옹산에서 "까불지 마."라는 까불이의 메시지를 다시 보게 된다. 이 드라마는 로맨스 장르이기 때문에 제기된 미스터리를 본격적으로 파고 들지는 않고, 극에 긴장감을 불어넣는 요소로 활용하는 측면이 강하다. 그럼에도 어느 정도 미스터리 플롯의 구조를 따르기는 한다. 우선 〈동백꽃 필 무렵〉에서 동백의 삶의 문제와 까불이로 불리는 연쇄 살인범 흥식의 삶의 문제가 겹친다. 동백은 어려서 어머니에게 버림받은 기억과 아이를 갖고도 남자 친구와 헤어져야만 했던 기억 때문에 자존감이 매우 낮은 상태다. 그래서 옹산이라는 낯선 곳에 와서도 제대로 기를 펴지 못한다. 흥식도 마찬가지다. 그는 살인범의 자식으로 태어나 눈치를 보면서 자랐다. 이 때문에 자존감이 낮았고, 낮은 자존감을 커버하기 위한 강한 자존심이 생겨났다. 그리고 이 자존심은 자신을 무시한다고 생각하는 타인에 대한 공격성으로 변했다. "까불지 마."라는 말은 바로 이 점을 상징하는 대사라고 볼 수 있다. 그런데 마을 사람들의 눈치를 보던 흥식을 동백이 데려다가 따뜻한 밥 한 끼를 대접해 주었고, 흥식은 자신보다 못한 처지인 동백이 자신을 동정한다고 생각한 나머지 다시 그녀를 노리게 된 것이다. 결국 동백의 삶의 문제와 흥식의 삶의 문제는 서로 일맥상통하는 면이 있는데, 이 때문에 동백이 흥식과 맞서 자신을 지키는 일은 곧 흥식의 낮은 자존감과 맞서는 일이 된다. 이렇듯 〈동백꽃 필 무렵〉은 미스터리한 사건의 발생과 주인공의 삶의 문제를 동시에 구성한다.

이후 정체불명의 범인 까불이에 대한 탐색은 동백보다는 그녀의 연인인 용식에 의해 진행된다. 용식은 그 어떤 경우에도 동백의 편을 든다. 심지어 두 사람의 관계 때문에 동백과 그의 어머니 간에 갈등이 생겨도 동백의 편을 드는 인물이다. 용식은 동백에게 일방적인 사랑을 전하면서 동백의 낮은 자존감을 일으켜 세워주려고 한다. 사실 둘의 갈등은 미혼모인 자신과 용식이 서로 어울리지 않는다는 동백의 자격지심, 그리고 용식에게서도 버림받을지 모른다는 생각에서 비롯되는데, 이 역시 동백의 낮은 자존감과 연결된다. 동백의 주눅 든 태도는 로맨스의 갈등으로 작용하는 동시에 까불이에게 제대로 맞서지 못하는 모습으로 드러나기도 한다.

용식의 탐색 결과 까불이가 철물점을 하는 흥식이라는 것이 밝혀진다. 진실이 발견되는 것이다. 이때 흥식은 동백의 가게에서 밥을 먹고 있다. 그는 동백을 죽일 생각을 하고 있었지만, 마을 사람들이 동백의 가게로 몰려오는 통에 그 뜻을 이루기 어렵다고 판단한다. 그래서 그는 자신을 함부로 동정하지 말라며 동백에게 자존심을 내세우고 가게를 빠져나가려고 한다. 하지만 동백은 오히려 흥식에게 맥주잔을 휘둘러 그를 붙잡는 데 일조한다. 동백이 이전의 주눅 든 태도에서 벗어나 당당함을 지닌 인물로 변모하는 순간이다. 그리고 동백과 흥식의 문제가 근본적으로 같다는 점에서, 그녀가 흥식에게 맞서는 것은 자신의 문제를 극복하려는 의지로도 읽힌다. 그러므로 미스터리의 해결에 이르면 동백은 운명의 전환을 맞이한다.

이처럼 미스터리 플롯은 다른 장르와도 결합될 수 있다. 그러나 이 경우 미스터리와 본이야기가 따로 흘러가서는 안 된다. 〈동백꽃 필 무렵〉처럼 미스터리한 사건과 주인공의 삶의 문제를 어느 정도 일치시켜야 통합된 하나의 이야기로 전개할 수 있다.

미스터리의 사건 구성 순서

미스터리 플롯과 관련해서 짚고 넘어가야 할 점이 있다. 미스터리의 사건 전개 순서와 미스터리의 창작 순서를 착각해서는 안 된다는 것이다. 공모전에 출품되는 미스터리 작품을 읽어보면 매우 개연성 없이 전개되는 경우가 많다. 이런 작품의 일반적인 패턴은 이렇다. 사건이 발생하면 주인공은 사건에 뛰어든다. 그리고 증거를 찾아 여기저기 돌아다니다가 한 명의 범인을 지목한다. 그러면 범인이 이 모든 사건의 전말을 실토한다. 범행 동기를 비롯해, 범죄를 어떻게 계획하고 실행했는지까지 술술 이야기한다. 범죄를 계획하고 실행

〈동백꽃 필 무렵〉, 까불이를 응징하는 동백.

한 방법은 주인공이 밝혀내야 하는 요소다. 하지만 범인이 알아서 모든 것을 다 이야기하기 때문에 미스터리는 맥이 빠지고, 마지막은 허무하다. 솔직히 국내 많은 미스터리 작가의 작품도 여기서 크게 벗어나지 않는 것 같다.

　작품이 이렇게 전개되는 원인은 작품이 전개되는 순서와 작품을 창작하는 순서를 혼동하는 데 있다. 그럼 일반적으로 작품이 전개되는 순서[3]를 먼저 짚어보자.

❶ 범죄 발견
❷ 탐정 수사

❸ 탐정의 범죄 실행 파악

❹ 탐정의 범죄 모의 파악

❺ 범인의 검거

우리가 읽는 추리 소설은 위와 같이 전개된다. 범죄가 발견되었다는 연락을 받으면 탐정은 현장으로 출동한다. 그리고 현장에서 발견한 단서들을 근거로 수사를 하면서 미스터리한 범죄의 전모를 하나씩 파악하기 시작한다. 그리고 마침내 범죄의 모든 것이 드러나면 탐정이 범인을 잡기 위해 함정을 파거나 활극을 펼치면서 검거한다.

하지만 추리 소설이 이렇게 전개된다고 해서 창작도 이 순서로 하면 곤란하다. 생각해보자. 미스터리한 범죄는 탐정이 개입하기 이전에 이미 정교하게 짜여 있었고, 교묘하게 실행되었다. 이렇게 사전에 계획되어 있었기 때문에 탐정이 파헤칠 음모가 있는 것이다. 그런데 창작을 할 때 이 음모를 미리 계획해놓지 않으면 탐정이 파헤칠 음모가 없는 것이나 마찬가지다. 많은 습작생이 이야기를 써나가면서 음모를 뒤늦게 구성하려고 들지만, 그렇게 되면 이런저런 인과성에 문제가 생기기 마련이다. 결국 인과성의 허점을 메우기 위해 범인이 범죄의 전모를 스스로 실토하게 하다 보니 결말이 허무해지는 것이다.

따라서 미스터리를 창작할 때는 범죄의 모의부터 범인의 검거까지 시간 순서대로 생각을 하고, 그것을 다시 재구성해서 플롯을 확정 지어야 한다. 범죄의 모의부터 범인의 검거까지 시간 순서대로 나열하면 대체로 다음과 같을 것이다.[4]

❹ 범죄의 모의
❸ 범죄 실행
❶ 범죄 발견
❷ 탐정 수사
❺ 탐정이 ❸, ❹를 밝혀서 범인 검거

미스터리를 창작할 때는 위에서 열거한 것처럼 범죄의 모의와 범죄의 실행을 먼저 구상해놓아야 하며, 이후 플롯으로 구성할 때 범죄의 발생과 탐정의 개입부터 발단을 잡고 주인공은 사건이 발생하기 이전에 계획되었던 범죄의 모의를 파헤쳐 나가도록 해야 한다.

그런데 안타깝게도 이 구성 원리를 잘 모르고 쓰는 경우

---

3 김용수, 『드라마 분석 방법론』, 집문당, 2015, 90쪽에서 참조.

4 위의 책, 90쪽에서 참조.

가 매우 많다. 대부분의 장르는 사건 전개의 순서와 창작의 순서가 일치하는 게 사실이다. 로맨스를 쓴다면 만남부터 행복한 결말까지 순차적으로 고민해 나가면서 쓰는 것이 일반적이다. 그러나 미스터리는 다르다. 미스터리는 사건이 일어나기 이전에 이미 계획된 음모를 파헤치는 것이 장르의 특성이라는 점을 꼭 명심해야 한다.

3. 대중적인 이야기의 기본 플롯

자신이 쓰고자 하는 장르가 있다면 우선 그 장르의 특성을 잘 아는 것이 중요하다. 그래야 관객이나 독자의 기대를 충족시키는 이야기를 쓸 수 있다. 그런데 많은 이들이 자신이 이전에 본 영화, 드라마, 웹툰, 웹소설 등 여러 가지 콘텐츠를 떠올리며 쓰려는 경향이 있다. 그러나 경험에 의지해서 장르의 특성을 짐작하는 것과 장르의 특성을 명확하게 아는 것은 다르다. 장르에 대한 지식이 부정확하면 어느 장르에도 속하지 않는 어중간한 작품을 창작하게 될 위험이 커진다.

때에 따라 장르를 창작하는 것에서 한 걸음 더 나아가 장르를 비틀고 싶은 예술가적인 욕구를 가질 수도 있다. 하지만 이 경우에도 자신이 쓰고자 하는 장르의 특성을 잘 알아야 제대로 비틀 수 있다. 그 장르의 특성을 제대로 알지도 못하는데 장르 비틀기를 한다는 것은 어불성설이다. 그러므로 장르를 잘 답습해서 창작하고자 하는 이나 장르 비틀기를 하고 싶어 하는 이 모두 장르의 특성에 대해 어느 정도는 기본

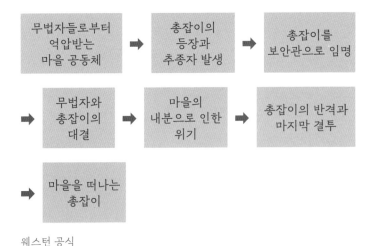

웨스턴 공식

적인 지식을 습득할 필요가 있다. 여기서는 대중적인 이야기의 주종을 이루는 몇 가지 장르의 특성을 설정과 이야기 공식의 측면에서 서술하려고 한다.

웨스턴과 SF 그리고 구원

한때 할리우드에서 가장 성행했던 장르 중 하나이자, 할리우드의 초창기부터 발전해온 미국의 건국 신화 같은 장르가 바로 웨스턴이다. 요즘은 조금 찾아보기 어려운 것 같기도 하지만, 그렇다고 웨스턴 장르의 명맥이 끊긴 것은 아니다. 정확히 말하자면 웨스턴 장르의 DNA같은 것이 이어지고 있다고 해야겠다. 그런데 이 웨스턴 장르 역시 세상에서 가장 널리 알려진 이야기에 빚을 지고 있다. 이에 대한 설명은 뒤에서 하기로 하고, 우선 웨스턴 장르의 기본적인 이야기 공식부터 언급하자면 다음과 같다.

서부의 한 마을 공동체가 무법자들로부터 억압을 받는다. 이때 황야에서 총잡이가 등장하고, 그의 총 솜씨에 반한 마을 사람들 사이에서 추종자가 생긴다. 총잡이는 마을의 여성과 사랑에 빠지기도 한다. 이후 총잡이는 사람들의 추대에 의해 보안관이 되고, 무법자들과 대결을 벌인다. 당연히 무법자들은 반격에 나서고 이 반격에 위축된 마을 내부에서 분열이 일어나기도 하며, 그로 인해 위기가 찾아온다. 하지만 총잡이가 부활해 위기를 수습하고 무법자들의 보스와 일대일 결투를 벌여 그를 물리친다. 그리고 총잡이는 다시 황야로 떠난다.

서부극의 기본적인 플롯은 SF, 특히 히어로물에 차용되기도 한다. 우리가 잘 아는 〈어벤져스〉시리즈를 떠올려 보면 이 사실을 잘 알 수 있다. 평화롭던 지구는 외계인의 위협을 받는다. 이때 퓨리 국장이 흩어져 있던 히어로들을 모아서 어벤져스에 임명한다. 그리고 어벤져스들은 외계인들과 대결을 벌인다. 이 과정에서 내분이 일어나고 위기를 맞지만, 어벤져스들의 각성으로 그들은 다시 뭉치게 되고, 최후의 결전을 벌여서 외계의 무리를 내쫓는다. 이상의 플롯을 웨스턴의 이야기 공식과 비교해보면 거의 일대일로 대응한다. 첫 번째, 무법자가 마을 공동체를 위협하는 것은 외계인이 지구를 위협하는 것에 대응하고 두 번째, 마을 사람들이 총잡이를 보안관에 임명하는 것은 퓨리 국장이 히어로들을 모아 어벤져스에 임명하는 것에 대응한다. 세 번째, 총잡이가 무법자와 맞서 싸우는 것과 어벤져스가 외계인들과 맞서 싸우는 것이 서로 대응한다. 네 번째, 이에 무법자와 외계인의 드센 반격이 시작되고, 다섯 번째, 총잡이 쪽이나 어벤져스나 내분으로 위기를 맞이한다. 여섯 번째, 총잡이를 중심으로 내분을 수습하고 어벤져스가 각성해서 하나로 뭉치는 것이 서로 대응하고 일곱 번째, 그렇게 해서 총잡이가 무법자와 일대일 결투를 벌이는 것과 어벤져스가 수적 열세에도 최후의 결전을 벌이는 것이 대응한다. 이렇게 놓고 보면 웨스턴의 이야기 공식이 어벤져스 같은 히어로물에 이어져 오고 있음이 확인된다. 그러므로 웨스턴의 이야기 공식을 어느 정도 알아두는 것은 히어로물 장르를 쓰는 데 도움이 된다.

그런데 앞서 웨스턴의 이야기 공식은 우리가 익히 아는 이야기에 빚을 지고 있다고 말한 바 있다. 이 이야기는 바로 신약에 명시된 예수의 일대기다. 예수가 등장하기 이전에 억압 받는 유대 공동체가 있었다. 이 억압의 주체는 로마도 있겠지만 세리와 율법사라고 불리던 바리새인도 있다. 예수는 유대 공동체에 나타나 많은 메시지를 전한다. 그리고 이로 인해 추종자가 생긴다. 12 사도가 대표적이다. 그러나 이를 불온하게 여긴 세리와 바리새인, 즉 유대 공동체 위에 군림하던 기득권의 반격이 시작된다. (실제로 예수는 로마의 총독이었던 빌라도가 세리와 바리새인들의 간청을 이기지 못해 십자가형을 내리면서 죽음을 맞는다.) 이후 예수와 12 사도 사이에는 내분이 일어난다. 유다의 배신이 있고, 베드로가 첫닭이 울기 전에 예수를 세 번 부인한다. 결국 예수는 십자가형을 받고 처형되지만 부활한다.

이상이 예수의 일대기인데, 웨스턴과 매우 유사한 형태를 지닌다. 억압된 공동체를 구원할 자가 나타나고, 이 구원자를 중심으로 추종자가 생기지만 기득권의 반격으로 내부에서 분열하며 위기를 맞는다. 하지만 구원자의 희생으로 공동체는 구원을 받고, 구원자는 공동체를 떠난다. 어떤 의미에서 이 예수의 일대기가 웨스턴으로 이어진 것은 자연스러워 보인다. 미국은 다들 알다시피 청교도가 건국한 국가이기 때문이다. 기독교의 가장 핵심적인 이야기 플롯이 미국의 건국 신화와 같은 위치에 있는 웨스턴에 스며들었던 것으로 추측해볼 수 있다.

여하튼 웨스턴의 이야기 공식이 예수의 일대기와 비슷

하다는 것은 이런 공식의 이야기가 다른 장르에도 얼마든지 적용 가능하다는 개연성을 부여한다. 예를 들어 N. H. 클라인바움의 소설을 원작으로 하는 영화 〈죽은 시인의 사회〉가 그러하다. 이 영화는 졸업생의 70% 이상을 아이비리그에 진학시키는 웰튼 아카데미라는 학교에서 벌어지는 일을 다루고 있다. 학교는 높은 진학률을 위해 학생들의 개인적이고 창의적인 욕구를 억압한다. 오직 공부만 할 것을 강요하는 억압적인 공동체인 것이다. 여기에 키딩 선생이 온다. 그는 학생들에게 메시지를 전달하는데, 바로 카르페 디엠, 즉 현재를 즐기라는 것이다. 키딩 선생은 예수처럼 억압받는 공동체를 구원할 메시지를 가지고 왔다고도 볼 수 있다. 그의 메시지가 학생들에게 전달되면서 키딩 선생을 추종하는 학생들도 생겨난다. 이 학생들은 '죽은 시인의 사회'라는 클럽을 결성하고 자신의 현재를 즐기기 위해 노력한다. 닐은 연극을 하고, 녹스는 연애를 한다. 그리고 찰리는 학교의 억압적인 체제에 반항한다. 학생들의 이런 움직임에 불온함을 느낀 학교 당국과 학부모들은 학생들의 행동을 제재하려고 한다. 억압적인 사회를 만든 이들의 반격이 시작되고, 갈등은 고조된다. 결국 연극을 하고 싶었던 닐이 아버지의 반대에 부딪히면서 자살하는 비극이 발생한다. 학교 당국은 희생양으로 키딩 선생을 지목한다. 그리고 학생들에게 키딩 선생의 비위를 인정하는 서류에 사인하도록 종용하고, 학생들은 어쩔 수 없이 학교 당국과 부모에게 회유 당한다. 유다의 배신과 예수를 부정했던 베드로의 행위와 같은 일들이 일어나는 것이다. 그렇게 키딩 선생은 학교에서 쫓겨나지만, 학생들은 그가 떠날 때 책상 위에 서서 그를 "나의 캡틴"이라고 불러주며, 그가 남긴 가르침을 따르겠다는 뜻을 암묵적으로 표현한다. 이 장면은 키딩 선생의 부활로 볼 수 있다. 예수의 일대기에서도 진정한 부활은 예수의 메시지를 받들었던 12 사도가 그 가르침을 실천하면서 이어간 데 있다고 볼 수 있다. 키딩 선생을 학생들에게 인생의 새로운 가르침을 준 구원자로 상정한다면, 이 장면은 예수의 부활과 유사한 의미로 해석된다.

　정리하자면 웨스턴은 예수의 일대기와 비슷한 구조의 이야기 공식을 가지고 있다. 그래서 웨스턴의 이야기 공식은 억압 받는 공동체를 구원하는 이야기에 두루 쓰일 가능성이 있다. 이 때문에 개인적으로는 '구원의 플롯'이라고 부르기도 한다. 웨스턴의 이야기 공식은 물론 그와 유사한 이 구원의 플롯을 잘 익혀두면 다양한 이야기의 플롯을 짜는 데 매우 유용하다.

〈죽은 시인의 사회〉, 엔딩 장면.

갱스터와 케이퍼 필름

갱들의 세계를 다루는 영화나 드라마는 많다. 그러나 고전 할리우드 영화 정도를 제외하면 갱스터 장르의 이야기 공식에 따라 전개되는 영화나 드라마를 찾는 것은 쉽지 않은 듯하다. 그래서 갱스터 장르의 이야기 공식을 심도 있게 다루기보다는 그 변형에 해당하는 케이퍼 필름 장르의 이야기 공식을 더 집중적으로 다루는 것이 좋겠다. 이 장르의 영화들은 아직 활발하게 제작되고 있기 때문이다. 케이퍼 필름 장르의 이야기 공식을 살펴보기 위해 먼저 이 장르의 뿌리가 되는 갱스터 장르의 이야기 공식을 살펴보겠다.

갱스터는 1920년대에서 1930년대에 벌어진 미국의 경

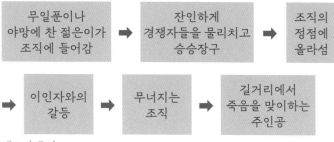

갱스터 공식

제 공황을 배경으로 탄생한 장르다. 그래서 물질적 풍요를 동경하지만 그걸 이룰 수 없던 젊은이가 과격한 방식으로 성공하고 그로 인해 비참하게 몰락하는 모습을 다룬다. 갱스터 장르의 주인공은 가진 것 없는 도시 뒷골목의 젊은이 혹은 도시로 막 상경한 시골 젊은이인 경우가 많다. 이 주인공은 물질적 풍요와 성공을 동경하다가 조직에 들어가게 되고, 잔인한 방식으로 경쟁자들을 물리치면서 조직 내에서 승승장구한다. 이때 주인공을 따르는 이인자가 함께한다. 그리하여 주인공은 마침내 조직의 일인자가 되고, 도시 한가운데의 마천루에서 도시를 내려다보며 자신의 성공을 만끽한다. 하지만 성공의 정점에서 주인공은 이인자와 갈등을 겪는다. 이 갈등은 주인공의 오만함에서 비롯될 수도 있고, 이인자의 야심 때문에 발생할 수도 있으며, 오해에서 비롯될 수도 있다. 여하튼 이 갈등으로 인해 주인공의 조직은 붕괴되고, 그는 길거리에서 비참한 죽음을 맞이한다. 갱스터 장르에서 주인공이 길거리에서 비참한 죽음을 맞이하는 결말이 일반적인 데에는 당시 미국 사회의 분위기가 한몫했다. 그 시대만 해도 악인이 성공하는 결말을 윤리적으로 용납하기 어려웠던 것이다. 그래서 갱스터의 주인공은 모든 것을 잃은 채, 길거리에 내쫓겨서 죽는 결말을 맞이해야만 했다.

갱스터 장르의 이러한 이야기 공식은 하이스트 필름 혹은 케이퍼 필름이라는 하위 장르가 탄생하면서 변형을 겪는다. 이 장르의 시초는 영화 〈아스팔트 정글〉인데, 이 영화의 플롯을 간추려 보면 다음과 같다.

❶ 시골 출신의 주인공이 보석을 탈취하려는 범죄 조직에 들어감.

❷ 보석 탈취를 위해 각 분야의 범죄 전문가가 구성됨.

❸ 보석을 탈취하는 데 성공함.

❹ 보석을 탈취하고 배분하는 과정에서 내분이 발생함.

❺ 경찰에 쫓기면서 체포 당하거나 죽거나 자살하면서 와해되는 조직.

❻ 길바닥에서 죽음을 맞이하는 주인공.

〈아스팔트 정글〉의 플롯을 보면 갱스터 장르의 이야기 공식과 매우 비슷하다는 것을 알 수 있다. 차이점은 갱을 대신해서 범죄 전문가 그룹이 형성된다는 것, 주인공이 조직의 일인자가 되는 대신 거대 목표물을 탈취하는 데 성공한다는 것, 이인자와의 갈등 대신 내분이 일어난다는 것 정도다. 그러나 이마저도 갱과 범죄 전문가 그룹은 비슷한 성격을 띠고, 주인공이 조직의 일인자가 되는 것이나 거대 목표물을 탈취하는 것 모두 자신의 야망을 불법적으로 성취한다는 점에서 비슷한 성격이라고 볼 수 있으며, 이인자와의 갈등과 범죄 전문가 그룹의 갈등 모두 내분이라는 비슷한 성격을 지닌다. 그러므로 케이퍼 필름은 명백하게 갱스터 장르에서 파생된 하위 장르라고 볼 수 있다. 그리고 영화〈아스팔트 정글〉의 플롯을 케이퍼 필름의 이야기 공식으로 생각해도 무방하다.

영화〈도둑들〉은 전형적인 케이퍼 필름 장르다. 마카오 박은 '태양의 눈물'이라는 보석을 탈취하기 위해 각 분야의 범죄 전문가를 모은다. 여기에 금고털이인 펩시, 줄타기를 하는 예니콜, 줄을 잡아주는 뽀빠이, 홍콩 갱의 일원이었던 앤드류 등이 합류한다. 거대 목표물을 탈취하고자 하는 야망으로 범죄 전문가 그룹을 구성하는 것이다.

그리고 이들은 범죄를 실행하기 위해 계획을 모의하고 예행 연습을 한다. 이후 태양의 눈물 탈취에 성공하지만, 보석을 독식하려는 마카오 박의 배신으로 내분이 발생한다. 이

〈도둑들〉, 범죄를 모의하는 인물들.

로 인해 범죄에 가담한 이들 일부는 죽고, 일부는 경찰에 체
포된다. 생존한 구성원인 펩시, 예니콜, 뽀빠이, 앤드류 등은
마카오 박을 잡기 위해 부산으로 향한다. 내분으로 인해 조직
이 와해되는 것이다. 그런데 마카오 박은 태양의 눈물을 가지
고 이루고자 하는 또 다른 목표가 있었다. 이 보석으로 과거
자신의 아버지를 살해한 마카오의 거물 범죄자 웨이홍을 유
인해 복수하고자 하는 것이다. 사실 태양의 눈물은 본래 웨
이홍의 것이었기 때문에 그가 반드시 부산으로 올 것이라고
마카오 박은 계산했다. 마카오 박의 예상대로 웨이홍은 부산
으로 온다. 영화는 길바닥에서 죽음을 맞이하는 주인공 대신
태양의 눈물을 두고 벌이는 마카오 박과 웨이홍의 대결, 그
리고 이 보석을 가로채려고 협력과 배신을 반복하는 펩시, 예

니콜, 뽀빠이, 앤드류의 소동극을 보여준다. 〈도둑들〉은 주인공이 길바닥에서 죽지는 않는다. 여러 등장인물 중 주인공격인 마카오 박은 복수에도 성공하고 태양의 눈물을 차지하는 데에도 성공하는 것처럼 보인다.

그런데 〈도둑들〉의 결말이 변형되는 데에는 과거 미국과 현대 한국의 서로 다른 사회적 분위기도 무시할 수 없는 영향을 미쳤다. 현대 한국에서는 적어도 영화에서 묘사하는 범죄에 대해 더 관대한 윤리적 기준이 적용되기 때문이다. 그러므로 결말에서 범죄자인 주인공을 단죄하지 않는다. 그뿐 아니라 영화에서는 마카오 박이 아버지의 복수를 하기 위해 범죄자를 대상으로 범죄를 저지른다는 설정을 통해 범죄자가 단죄 받지 않는 결말을 관객이 납득할 수 있는 극적 장치를 마련해두기도 했다.

그럼에도 〈도둑들〉은 케이퍼 필름의 이야기 공식을 상당부분 차용했다. 결말 정도만 변형했다고 봐도 과언이 아니다. 현대의 케이퍼 필름 영화는 여기서 좀 더 나아가 주인공이 거대 목표물을 탈취하기 위해 범죄 전문가 그룹을 구성하고 목표물 탈취에 성공하는 데에서 결말을 짓기도 한다. 영화 〈오션스 일레븐〉이 이러한 경우다.
그러므로 케이퍼 필름은 〈아스팔트 정글〉처럼 모든 이야기 공식을 다 활용해도 되고, 바뀐 현대의 윤리적 감각에 따라

〈오션스 일레븐〉, 목표물 탈취에 성공하는 범죄자들.

〈도둑들〉처럼 결말을 변경할 수도 있으며, 〈오션스 일레븐〉
처럼 아예 범죄자들의 성공 자체를 다룰 수도 있다. 물론〈오
션스 일레븐〉역시 주인공이 자신을 파멸시킨 범죄자를 상대
로 하는 복수극이라는 설정을 깔아두어 관객으로 하여금 범
죄자가 목표물 탈취에 성공하는 결말에 대해 납득할 수 있도
록 했다. 케이퍼 필름 장르는 아직도 변화를 겪고 있기는 하
지만, 범죄자 주인공이 등장한다는 점, 주인공이 혼자서는
불가능한 거대 목표물 탈취를 목적으로 한다는 점, 이를 위
해 범죄 전문가 그룹이 구성된다는 점, 거대 목표물 탈취에
성공한다는 점 등의 이야기 공식은 반드시 차용되어야 한다.
그래야 케이퍼 필름 장르라고 부를 수 있다.

로맨틱 코미디와 가치관의 대립

로맨틱 코미디, 로맨스, 멜로드라마는 엄연히 서로 다른 장르임에도 자주 혼용되어 일컬어지는 듯하다. 독자, 시청자, 관객의 입장에서는 비슷해 보이는 용어를 혼용해서 써도 별문제가 없겠지만, 작가는 다르다. 각 장르의 특성을 정확히 알고 써야 자신이 원하는 장르를 제대로 쓸 수 있다. 이를테면 발랄한 로맨스를 쓰면서 로맨틱 코미디를 쓰고 있다고 착각하는 일이 발생하지 않는 것이다. 그러면 로맨틱 코미디부터 장르의 특성과 이야기 공식을 살펴보자.

　로맨틱 코미디가 다른 장르와 구분되는 부분은 바로 설정이다. 로맨틱 코미디는 가치관이 다른 남녀의 갈등을 다룬다. 그리고 가치관의 차이로 다투기 때문에 주로 평등한 남녀가 주인공이 된다. 대개는 도시에 사는 전문직 남녀다. 만약 계급이나 신분 차이가 난다고 설정하면 오롯이 가치관의 차이에서 비롯된 갈등을 다루기가 어렵다. 예를 들어 남자 주인공이 여자 주인공이 다니는 회사의 대표라면 두 사람이 가치관의 차이로 다투기가 쉽지 않다. 이럴 경우 어느 한쪽이 인내하는 것이 보통이다. 쉽게 말해 서로 사랑하지도 않는 상태에서 직원이 사장에게 자신의 가치관이 옳다고 따지고 드는 것은 현실적이지 않다. 그러므로 로맨틱 코미디는 가치관의 차이로 인해 갈등이 벌어진다는 점을 잘 알고 있어야 주인공

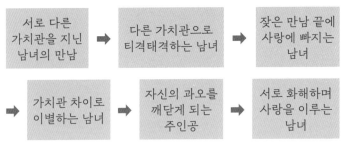

로맨틱 코미디 공식

을 설정하는 데 도움이 된다.

이렇게 가치관이 다른 두 남녀는 서로 같은 일을 하게 되거나, 친구가 되거나, 같은 공간을 공유하는 등 빈번하게 마주치는 관계가 되면서 사사건건 부딪친다. 이때 코미디가 발생한다. 로맨틱 코미디는 스크류볼 코미디에서 기원한다. (혹은 로맨틱 코미디와 스크류볼 코미디가 사실상 같은 장르라고 보는 시각도 있다.) 스크류볼 코미디는 간단하게 말해 말재간으로 웃기는 상황을 만들어 내는 장르다. 장르 명칭에서 알 수 있듯 주로 비꼬는 대사가 많다. 주요 등장인물들이 자신과 다른 가치관을 가진 이를 경멸하고 조롱하고 답답해하면서 주고받는 대사들이 로맨틱 코미디 장르의 또 다른 핵심을 이룬다. 그러므로 더더욱 주인공 남녀는 평등한 관계여야 한다. 불평등한 관계에서 대놓고 상대를 비꼬고 경멸하거나 조롱하기는 쉽지 않다.

그럼에도 두 사람은 결국 실수인 척 사랑에 빠진다. 그러나 사랑에 빠지면서 더욱 밀착한 두 사람은 더 자주 부딪히게 된다. 가치관의 충돌은 더욱 첨예해지고, 결국 두 사람은 이별을 맞이한다. 로맨틱 코미디에도 주인공은 있기 마련이고, 그 혹은 그녀는 헤어지고 난 후에 자신이 무엇인가 잘못하고 있음을 짐작한다. 이때 주인공은 대개 주인공의 친구로 구성된 서브 커플을 보면서, 혹은 다른 어떤 계기로 자기 과오를 깨닫고 마침내 자신의 가치관을 수정하기로 결심한다. 그리하여 상대에게 달려가 화해하고, 사랑을 이룬다. 애초에 갈등이 가치관의 차이에서 비롯되었기 때문에 사랑을 이루기 위해서는 주인공이 변화해야 한다. 또한 이 변화는 주인공이 상대에게 먼저 건네는 화해의 몸짓으로 증명된다.

영화 〈해리가 샐리를 만났을 때〉는 남녀가 친구가 될 수 있느냐는 주제를 놓고 대립하는 남자와 여자의 이야기다. 해리는 남녀 간에 친구가 되는 것은 불가능하다고 생각한다. 섹스를 하면 더 이상 친구로 존재할 수 없다고 생각하는 것이다. 반면 샐리는 남녀가 친구가 되는 것이 가능하다고 생각한다. 이러한 가치관의 차이로 인해 두 사람은 티격태격한다.

그러나 몇 년 후 두 사람은 친구가 되고, 처음의 입장 차이는 미묘하게 바뀐다. 해리는 샐리를 친구처럼 대하고, 샐리는 해리와 만날수록 그에 대한 감정의 변화를 느낀다. 이 영화는 이를 통해 남녀 간에 친구가 될 수 있느냐 없느냐 하는 해묵은 주제에 변곡점을 준다. 이후 해리는 늦은 밤, 전 남자 친구의 결혼 소식에 눈물을 흘리는 샐리를 위로하러 갔다가 같이 하룻밤을 보내고 만다. 해리는 실수인 척 이 일을 만회해보려고 하지만 샐리는 그런 해리에게 실망한다. 이미 친구가 될 수 없는 관계임에도 불구하고 친구로 지내려고 했기 때문이다. 결국 두 사람은 각자 자신의 가치관을 배반한다. 해리는 남녀는 친구가 될 수 없다는 자신의 가치관에도 불구하고 샐리와 친구로 지내려고 하고, 샐리는 남녀도 친구가 될 수 있다고 생각함에도 불구하고 해리와의 친구 관계를 이어가지 못한다. 비록 해리와 샐리 두 사람에게 가치관의 변화가 일어나기는 하지만, 이 둘이 헤어지게 된 이유는 결국 서로 어긋나게 변해버린 가치관의 차이 때문이라고 볼 수 있다. 샐리와 이별하고 난 후에야 비로소 해리는 자신의 잘못을 깨닫는다. 그는 샐리와 친구로 관계를 이어가려는 어설픈 생각을 포기하고 샐리에 대한 자신의 사랑을 솔직하게 인정한다. 그리고 샐리에게 달려간다. 즉 해리가 다시 본래 자신의 가치관으로 되돌아오는 것으로 가치관을 수정하고 샐리에게 화해를 청함으로써 두 사람은 사랑을 이룬다.

해리와 샐리는 도시에서 살아가는 전문직 남녀다. 그래서 두 사람은 수평적인 친구 관계를 유지할 수 있다. 사랑을

〈해리가 샐리를 만났을 때〉, 섹스에 대한 해리의 착각을 비꼬는 샐리.

하는 데 있어 남자와 여자가 얼마나 다른지 자유롭게 토론하
며 다툴 수도 있는 것이다. 샐리가 식당에서 가짜 오르가슴
을 흉내 내며 섹스를 할 때 언제나 여자를 만족시킬 수있다
는 남자들의 착각을 비꼬는 신은 이 영화에서 가장 유명한
장면 중 하나다.

　　해리와 샐리는 설정부터 로맨틱 코미디의 공식을 충실
히 따라간다. 여기서 우리는 로맨틱 코미디 장르를 제대로
쓰기 위해서는 주제의 설정과 이에 따른 주인공의 설정부터
로맨틱 코미디스러워야 한다는 것을 알 수 있다. 뒤집어 말
하면, 로맨틱 코미디를 쓰고자 하는 이는 사랑이나 삶에 대
한 가치관으로 다투는 평등한 남녀의 이야기를 떠올려야 한

다는 뜻이기도 하다.

로맨스, 불안의 이야기

로맨스는 다른 장르와 잘 결합하는 장르다. 특히 액션이나 미스터리 장르의 서브플롯으로 활용되는 경우가 많다. 그러나 로맨스 그 자체만 놓고 보면 이 장르의 고유한 설정이 드러난다. 로맨스는 대체로 주인공 남녀가 사랑에 빠지면서 갈등이 시작된다. 이 점이 로맨틱 코미디와 차이를 보이는 면이기도 하다. 로맨틱 코미디는 주인공 남녀가 앙숙 관계라는 설정이 기본이기 때문에 두 사람이 사랑에 빠지는 것은 이야기가 어느 정도 진행되고 난 이후에나 가능하다. 하지만 로맨스는 첫눈에 서로 사랑에 빠져도 된다. 로맨스는 사랑에 빠진 남녀가 과연 이 사랑을 끝까지 지켜내, 변치 않는 사랑에 이를 것인가가 갈등의 핵심이기 때문이다. 다시 말하자면 사랑을 지킬 수 있을지 없을지 불안한 상황을 극복하고, 서로의 사랑을 확인하는 것이 로맨스 장르의 가장 중요한 갈등 설정이다. 그래서 로맨스 장르는 불안함을 다루는 이야기라고 할 수 있다.

이 때문에 로맨스 장르에서는 계급 갈등이 빈번하게 그려진다. 서로 사랑하지만 계급 차이가 나면 주로 하위 계급에 있는 주인공은 상위 계급의 상대방에 대해 불안한 마음을 갖게 된다. 그리고 이는 상위 계급 가족의 반대에 부딪히거나, 서로 맞지 않는 생활 양식으로 인해 갈등을 빚는 것으로 드러난다. 영화 〈알라딘〉의 경우도 알라딘이 느끼는 불안함의 핵심은 그가 사랑하는 여성이 그와는 비교될 수조차 없는 공주의 신분이라는 것이다. 그래서 알라딘은 재스민 공주에게 다가가기 위해 마법의 힘이라도 빌려야 했다. 물론 그 반대의 경우도 있다. 상위 계급의 주인공이 하위 계급의 상대에게 사랑을 느껴 불안한 마음을 가질 수도 있다. 이럴 때는 생활 양식의 차이에서 오는 갈등부터 시작해서 주인공 자신이 사랑을 위해 재산이나 사회적 지위 등을 포기해야 하는 갈등이 생겨난다. 이 경우 역시 사랑을 위해 모든 것을 포기했을 때의 불안감이 바탕에 깔리게 된다. 영화 〈귀여운 여인〉은 콜걸인 여성 비비안과 백만장자 남성 에드워드의 사랑을 다룬다. 우선 두 사람은 생활 양식 차이로 인해 갈등을 겪는다. 비비안은 상류 사회의 매너를 알지 못해 무시를 당한다. 그럼에도 두 사람은 사랑에 빠진다. 에드워드는 비비안을 사랑하기에 자신이 가진 재산으로 그녀와의 관계를 지속하려고 한다. 자기 지위를 유지하는 방식으로 비비안과의 사랑을 이어가려고 하는 것이다. 하지만 비비안은 그것은 진정한 사랑이 아니라고 생각하기 때문에 이를 거절한다. 두 사람의 사랑이 발전하면서 에드워드는 주변의 시선을 모두 뿌리치고 비비

〈귀여운 여인〉, 에드워드의 프로포즈.

안을 사랑할 수 있을지 불안하고, 비비안은 에드워드 같은 상
류층 남자가 자신을 진정으로 사랑해줄 수 있을지 불안하다.
그러나 에드워드는 직접 차를 타고 비비안의 집으로 가서 사
랑을 고백한다. 이때 에드워드는 비록 일시적이기는 하지만
자신의 모든 사회적 지위를 내려놓는다.

물론 계급 차이만이 로맨스의 불안 요소일 수는 없다. 『로
미오와 줄리엣』에서 주인공 남녀는 둘 다 베로나의 귀족 가문
자제다. 따라서 두 사람의 계급 차이는 없다고 봐도 무방하다.
이 작품에서 사랑의 불안 요소는 두 가문의 적대적인 관계다.

드라마 〈동백꽃 필 무렵〉에서 동백은 주점을 운영하고

용식은 순경이다. 두 사람 사이에서 계급 차이라고 볼 만한 요소는 드러나지 않는다. 여기서 불안 요소는 표면적으로는 동백이 미혼모라는 이유로 둘의 결합을 반대하는 용식의 어머니에게 있지만, 실질적으로는 용식에게 자신은 어울리지 않을 것이라는 동백의 자격지심과 그렇기에 이전 남자 친구처럼 용식도 자신을 버릴지 모른다는 그녀의 심리에 있다.

또 드라마 〈갯마을 차차차〉에서 윤혜진은 치과 의사이고 그녀가 사랑하는 남자 홍두식은 마을에서 허드렛일을 하는 사람이다. 겉으로 보면 두 사람은 계급 차이가 나는 것 같지만, 실상 홍두식은 최고 대학을 나와 애널리스트를 했던 엘리트다. 윤혜진이 시골에 개업한 치과 의사라는 점을 감안하면 두 사람의 계급 차이는 그리 크지 않아 보인다. 두 사람의 사랑에 있어 불안 요소는 홍두식의 미스터리한 심리다. 윤혜진은 술김에 여러 차례 자신의 감정을 홍두식에게 내보이지만 그는 친구 이상의 관계를 원하지 않는다. 하지만 홍두식 역시 윤혜진을 좋아하는 듯 특별한 배려를 한다. 그래서 윤혜진은 자존심을 세웠다가도 홍두식의 배려에 허물어지기를 반복한다.

마지막으로 드라마 〈응답하라 1994〉에서 성나정은 고향 오빠인 쓰레기(별명)를 짝사랑한다. 두 사람은 어려서부터 남매처럼 자라왔다. 성나정의 불안은 친남매와도 같은 관계에 있다. 쓰레기를 짝사랑하지만 그가 자신을 사랑하는지 알 수 없다. 고백을 하고 싶지만 그에게 섣불리 고백했다가 관계가 어색해질 경우, 친남매 같던 사이도 멀어질까 봐 불안하다. 즉 성나정과 쓰레기의 로맨스에서 불안 요소는 사랑하는 연인으로 발전하기에는 너무나 친밀한 두 사람의 관계인 것이다. 이상에서 살펴봤듯 로맨스에서 불안으로 인한 갈등은 다양하게 드러날 수 있다.

로맨스에서 사랑은 언제 시작되어도 상관없다. 짝사랑을 하다가 뒤늦게 사랑으로 발전해도 되고, 첫눈에 사랑에 빠져도 된다. 중요한 것은 사랑을 이루기 위한 불안 혹은 사랑을 지키기 위한 불안을 갈등으로 구현해야 한다는 점이다. 그래서 로맨스는 특별한 이야기 공식이 있는 장르는 아니지만, 반드시 불안을 갈등으로 발전시킬 수 있는 설정을 할 필요가 있다.

멜로드라마와 '너무 늦음'

멜로드라마라고 하면 남녀 간의 애절한 사랑 이야기를 떠올리기 쉽다. 그러나 멜로드라마는 단순히 사랑 이야기에만 국한되지 않는다. 가족을 위해 희생하는 가장 혹은 자식을 위해 희생하는 부모도 충분히 멜로드라마의 주인공이 될 수 있

〈응답하라 1994〉, 성나정과 쓰레기의 미묘한 관계.

다. 그래서 멜로드라마를 하나의 장르로 묶는 것도 사실 쉽지 않다. 다만 멜로드라마는 남녀 혹은 가족 이야기에서 자주 발생되는 경향이 있다고 말할 수 있겠다.

그렇다고 해서 멜로드라마에 아무런 특성이 없는 것은 아니다. 오히려 멜로드라마가 가진 몇 가지 요소가 멜로드라마를 타 장르와 구분 짓게 만드는 특성이 된다. 멜로드라마는 특유의 설정이나 이야기 공식이 있는 것은 아니므로 여기서는 멜로드라마의 요소들을 먼저 알아보고, 사례를 통해 이 요소들이 실제 이야기에 어떻게 적용되는지 설명하려고 한다. 우선 멜로드라마의 특성부터 나열해 보면 다음과 같다.

❶ 순수의 공간에서 시작하고, 순수의 공간에서 끝맺거나 순수의 공간을 지향하면서 끝맺음.

❷ 주인공의 희생과 고통에 초점을 맞춤. 특히 주인공의 고난 속 미덕을 강조함.

❸ 상실의 감정이 중요하고, 특히 '너무 늦음'이 중요함.

❹ 감정적 행위가 드러남.

❺ 주인공의 운명이 급변함. 추방되었다가 구원받는 이야기 구조를 지님.

첫 번째, 멜로드라마의 주인공과 그 주변 인물들은 순수의 공간에서 출발한다. 드라마 〈오징어 게임〉은 전형적인 멜로드라마라고 할 수 있는데, 주인공 성기훈은 무능력하고 사채업자에게 쫓기는 형편이지만 가족을 생각하는 마음만큼은 끔찍하다. 또한 성기훈의 딸은 자신의 생일에 선물 하나 사 오지 못하는 아빠를 탓하기는커녕 오히려 엄마를 따라 미국에 가지 않고 아빠와 함께 살고 싶어 한다. 성기훈의 어머니 역시 아들을 위해 자신의 지병까지 숨긴다. 성기훈의 가족은 비록 가난하지만 서로 생각하는 마음만큼은 어느 가족 못지않게 끈끈하다. 즉 성기훈의 가족 공동체는 바로 순수의 공간이다. 이후 성기훈은 오징어 게임에 참가한다. 이기기 위해서는 경쟁자가 죽거나 직접 경쟁자를 죽여야만 하는 하는 비정한 상황을 겪으며 성기훈도 점점 본래 가지고 있던 선함을 잃어간다. 심지어 어려서부터 형제처럼 지냈던 친구이자 동네 후배인 조상우를 증오하기까지 한다. 그러나 마지막, 오징어 게임에서 조상우와 맞붙게 된 성기훈은 그를 힘겹게 이기지만 차마 죽이지 못한다. 성기훈은 오히려 상금으로 주어질 456억을 포기하려고 한다. 그러자 절망적인 현실로 되돌아가고 싶지 않던 조상우가 자살을 택한다. 성기훈은 죽어가는 조상우를 안고 다시 집으로 돌아가자고 부르짖는다. 이때의 집은 이기적인 욕망과 경쟁이 없는 순수 공동체를 의미한다. 그러므로 〈오징어 게임〉은 순수의 공간에서 시작해서 이기적인 경쟁을 거치기는 하지만 다시 순수의 공간을 지향하면서 끝맺음한다.

두 번째, 멜로드라마에서 주인공은 그 선량함 때문에 희생하고 이로 인해 고통 받는다. 하지만 그는 결코 자신이 가진 미덕을 잃지 않는다. 〈오징어 게임〉에서 성기훈도 마찬가지다. 그는 천성적으로 선량한 사람이다. 자기 자신이 어려울지라도 다른 사람의 어려움을 두고 보지 못한다. 이 때문에 상대를 제거해야만 살아남을 수 있는 게임에서 언제나 불리한 선택을 한다. 〈오징어 게임〉에 나오는 게임은 대체로 한국인들이 어렸을 때 동네에서 하던 놀이다. 그러므로 룰을 잘 알고 있는 한국인을 게임의 파트너로 선택하는 것이 유리하지만 성기훈은 외톨이가 된 이주 노동자를 외면하지 못한다. 이뿐 아니다. 그는 계속해서 여자, 노인과 한편이 된다. 게임에서 불리한 조건을 가진 인물들임에도 이들을 팀원으로 끌어들이는 것이다. 이 때문에 언제나 불리한 상황에서 게임을 하는 고난을 겪으면서도 그는 마지막 순간까지 선량함을 잃지 않는다. 물론 외딴섬에 끌려가 죽고 죽이는 비정한 게임을 하는 것 자체가 성기훈의 고난이기도 하다. 그러나 게임에서건 전체 이야기 속에서건 성기훈은 자신만의 미덕을 마지막까지 잃지 않는다. 그는 언제나 이기적인 선택을 하는 조상우를 결국 증오하게 되지만, 마지막에는 목숨을 내걸고 차지하려 했던 456억이라는 거액을 포기하면서까지 조상우를 지켜내려고 한다.

세 번째, 멜로드라마에서는 상실의 감정이 매우 중요하다. 그리고 이 상실의 감정은 대체로 뒤늦게 찾아오거나 돌이킬 수 없는 지경에 이르러서야 찾아온다. 앞서 언급한 바와 같이 성기훈은 동네 친구 조상우를 증오한다. 그러면서 그 특유의 선량함마저 잃을 위기에 처한다. 두 사람의 감정 싸움은 서로 죽고 죽이는 상황으로까지 치닫는다. 하지만 성기훈은 조상우를 거의 죽음에 이르게 하고서야 비로소 자신의 미덕을 회복한다. 그러나 이때는 이미 늦었다. 조상우는 자살을 택하는데, 이 자살은 성기훈을 위한 것이기도 하다. 자신을 죽이지 못하는 성기훈을 대신해서 결단을 내려준 것이다. 그래서 성기훈은 더욱 슬플 수밖에 없다. 마지막 순간에 가서야 비로소 조상우의 선한 본성을 보았기 때문이다. 동시에 이 순간의 감정은 상실의 감정이기도 하다. 첫 번째는 믿고 의지했던 조상우의 상실이고 두 번째는 성기훈 자신이 잠깐이나마 미덕을 상실했던 것에 대한 회한이다. 이 '너무 늦음'과 상실의 감정은 멜로드라마에서 특히 중요한 요소다. 멜로드라마를 보려는 가장 중요한 이유 중 하나는 감동을 받고 눈물을 흘리기 위해서라고 해도 과언이 아니다. 이 눈물샘이 터지는 순간이 바로 '너무 늦음'을 깨닫는 순간이고, 상실의 감정을 느끼는 순간이다. 그래서 멜로드라마에서 이런 장면은 대체로 절정에 위치한다. 그때까지는 감정을 최대한으로 고조시키는 것이 중요하다.

네 번째, 멜로드라마에는 감정적인 행위들이 매우 많다. 앞서 예로 든 성기훈의 마지막 울부짖음이 가장 대표적인 사례다. 그뿐 아니다. 이 드라마에서 시청자들의 눈물샘을 가장 많이 자극했다고 회자되는 6화에서는 이런 유난히 이런 감정적인 행위들이 자주 묘사된다. 이 에피소드는 구슬치기를 해서 상대를 이겨야 살아남는 게임을 다루고 있는데, 이겨서 살아남은 이들이 아니라 죽음을 맞이하는 인물들의 마지막 모습을 집중적으로 보여준다. 죽음을 맞이하는 이들이 감정적으로 더 격렬할 수밖에 없으므로 멜로드라마에서는 당연한 선택이기도 하다. 첫 번째, 조상우를 믿고 따랐던 이주노동자 알리는 그에게 배신을 당한다. 이 모습이 마치 믿었던 형을 잃어버린 동생 같다. 그러나 마지막에 알리는 배신당한 분노를 표출하지 않고 망연자실 죽음을 맞이한다. 이 모습은 알리의 선량함을 보여준다. 이어 지영은 강새벽에게 자신의 과거를 털어놓는다. 그리고 그녀를 위해 죽어준다. 지영은 아버지가 어머니를 죽이고 자신은 그런 아버지를 죽인 슬픈 과거사를 가진 인물이다. 그러나 세상에서는 부모를 죽인 죄인일 뿐이다. 삶의 희망을 찾을 수 없었던 지영은, 동생을 찾기 위해 살아서 나가야 하는 강새벽을 위해 죽음을 택한다. 드라마 내내 겉돌고 시큰둥하기만 했던 지영이 사실은 선량한 인물이었음이 드러나는 순간이다. 그러나 이는 지영이 죽음을 선택하고 나서야 드러난다. 너무 늦었던 것이다. 그래서 이 장면은 지극히 멜로드라마적이다.

　　마지막으로 성기훈은 노인인 오일남과 구슬 게임의 일종인 홀짝을 한다. 그런데 성기훈은 번번이 오일남에게 지면서 죽을 위기에 처한다. 이때 돌연 오일남은 치매에 걸린 듯, 성기훈이 홀이라고 외쳤는지 짝이라고 외쳤는지 기억하지 못한다. 성기훈은 이 기회를 이용해서 거짓으로 오일남의 구슬을 가져온다. 그러나 자신의 양심을 속일수록 성기훈의 표

〈오징어 게임〉, 죽음을 맞이하는 지영.

정은 슬퍼 보인다. 오일남은 마지막에 가서 자신의 구슬 하나와 성기훈의 모든 구슬을 걸고 단판 승부를 하자고 한다. 성기훈은 말이 되는 소리냐고 따지지만 오일남은 성기훈에게 자네가 나를 속인 것은 말이 되냐고 반문한다. 성기훈은 말문이 막혀버린다. 그의 선량함이 되살아났기 때문이다. 그런데 여기서 반전이 일어난다. 오일남은 성기훈에게 자신의 마지막 구슬을 쥐여준다. 둘은 깐부(놀이 친구)를 맺었고, 깐부는 네 것 내 것이 없다고도 말해준다. 그리고 덕분에 잘 놀다 간다며 고마움을 전한다. 즉 지영과 마찬가지로 생이 얼마 남지 않았던 오일남은 성기훈을 위해 죽어줄 결심을 하고 있었던 것이다. 이 장면에서는 성기훈보다 오일남의 선량함이 더욱 돋보인다. 그러나 이 선량함 역시 오일남이 죽음을 선택하고 나서야 비로소 드러나는 것이다. 따라서 이 장면도 매우 멜로드라마적이라고 볼 수 있다.

다섯 번째, 멜로드라마에서는 대체로 주인공의 운명이 급변한다. 나름대로의 일상을 살아가던 주인공은 갑작스러운 운명의 변화로 인해 몰락하거나 가혹한 삶의 환경으로 내몰린다. 그러나 이런 환경에서도 미덕을 잃지 않는 주인공은 그 미덕으로 인해 가혹한 삶의 환경에서 극적으로 구원 받는다. 〈오징어 게임〉에서 성기훈도 마찬가지다. 그는 오징어 게임에 참가하겠다고 서약한 후 갑자기 상대를 죽여야만 살아남는 가혹한 환경에 내몰리지만 이런 환경에서도 특유의 선량함을 잃지 않는다. 그런데 역설적으로 이 선량함 덕분에 자신을 도와줄 수 있는 사람들을 만나게 되고, 급기야 오일남처럼 자신의 생명을 포기하면서까지 도와주는 인물을 마주하기도 한다. 그렇게 결승에 진출한 성기훈은 456억이라는 거액을 포기하려는 뜻을 밝히지만, 조상우가 결단을 내려줌으로써 돈을 차지하는 최후의 승자가 된다. 이때의 구원은 두 가지다. 첫 번째는 성기훈이 살아남아 모든 빚을 청산하고도 남을 정도의 부자가 되었다는 표면적인 구원이고 두 번째는 성기훈의 선량함이 끝내 조상우에게도 전달되어 그의 미덕이 끝까지 발휘되는 내적인 구원이다. 사실 멜로드라마에서는 두 번째 구원이 더욱 중요하다. 멜로드라마의 진정한 구원은 바로 주인공의 미덕이 빛을 발하는 데 있기 때문이다.

드라마 〈오징어 게임〉을 예로 들어 멜로드라마를 설명하기는 했지만, 멜로드라마는 다양한 양상으로 드러난다. 한국 드라마와 영화 중 흥행에 성공한 상당수의 작품이 멜로드라마적인 특징을 지니고 있다. 몇 가지 예를 들자면 영화 〈국제시장〉은 가족을 위해 희생하는 덕수의 미덕이 발휘되는 작품이고, 드라마 〈갯마을 차차차〉는 죄책감으로 자신의 행복을 포기하려고 했던 홍두식의 진심이 드러나는 작품이다. 또 다른 드라마 〈동백꽃 필 무렵〉도 고난 속에서도 착한 심성을 잃지 않는 동백이 주인공이다. 이처럼 멜로드라마는 과거 특정한 시기에 유행했다가 사라진 장르가 아니라 오히려 지금도 활발하게 제작되는, 대중적 파급력이 매우 큰 장르다.

그러나 현재는 멜로드라마에 대한 인식이 그리 좋지는 못한 것 같다. 멜로드라마를 둘러싼 학문적 논의는 차치하고서라도, 멜로드라마가 눈물샘이나 자극하는 장르라는 인식, 또 철 지난 과거의 장르라는 인식이 팽배한 것처럼 보인다. 하지만 멜로드라마는 한국에서 현재도 흥행 공식처럼 활용될 뿐 아니라 〈오징어 게임〉의 사례에서 보듯 전 세계적인 공감대를 형성할 수 있는 장르이기도 하다. 멜로드라마라는 용어 자체가 서구에서 왔으니 서구인들 역시 멜로드라마에 공감하는 것은 어쩌면 당연한 결과이기도 하다. 그래서 적어도 대중적인 이야기를 하고자 하는 창작자들은 멜로드라마를 재인식했으면 한다. 멜로드라마라고 해서 무시하지 말고, 이 장르의 특성을 정확히 알고 잘 활용할 수만 있다면 대중적으로 매우 파급력 있는 이야기를 창작할 가능성이 상당히 높아진다는 점을 유념했으면 한다.

4부

이야기 쓰기의 실제

1. 단계별 이야기 쓰기

이제부터는 실제로 이야기를 쓰면서 각 단계별로 무엇에 주안점을 둬야 하는지 알아보려고 한다. 이야기의 단계를 나누는 방법은 크게 세 가지 정도가 가장 널리 알려져 있다. 기 – 승 – 전 – 결로 나누는 방법, 발단 – 전개 – 위기 – 절정 – 결말로 나누는 방법, 그리고 할리우드식 3막 구조로 나누는 방법이 있다. 할리우드식 3막 구조는 이야기를 크게 세 부분으로 나누고 연극처럼 각각을 막으로 구분하는 것인데, 영화라 실제로 막이 올라가거나 내려가지는 않지만 개념적으로 1막, 2막, 3막을 구분해서 1막과 2막 사이에 이야기의 첫 번째 변곡점plot point 1을 두고, 2막과 3막 사이에 이야기의 두 번째 변곡점plot point 2을 두는 방식이다. 그러나 3막 구조는 대체로 한 시간 삼십 분에서 두 시간 정도의 극장 상영용 영화에 잘 들어맞는 방식이다. 이 정도의 러닝 타임에는 대체로 두 번 정도의 이야기 변곡점을 주어야 관객들이 몰입해서 볼 수 있다고 판단해서 그렇게 발전·고착시켜왔기 때문이다. 그러나 여기서는 영화뿐 아니라 이야기 전반의 원리를 살펴보고자 하기 때문에 영화에 최적화된 3막 구조는 다루지 않으려고 한다. 그리고 이야기를 기 - 승 - 전 - 결로 나누는 방식도 다루지 않을 생각이다. 기가 발단인 것은 알겠지만 승과 전의 구분이 애매하다. 전개를 두 부분으로 나누겠다는 것인지, 승을 전개로 두고 전을 절정으로 보겠다는 것인지 알기 어렵다. 그래서 여기서는 다양한 형식의 이야기를 어느 정도 아우를 수 있는 발단 - 전개 - 위기 - 절정 - 결말로 이어지는 이야기 구분 방식에 따라 각 단계별로 주안점을 두고 써야 할 요소들을 설명하겠다.

발단

발단을 단순하게 이야기의 도입이라고 생각하면 곤란하다. 현재로서는 이야기에서 가장 중요한 부분이다. 특히 구독 중심으로 이야기 소비 형태가 변하면서, 발단에서 시청자나 독자의 흥미를 끌지 못하면 더 이상 구독이 이어지지 않는다. 소위 이야기에서 '하차'해 버리는 일이 발생하기 때문이다. 그런데 이는 공모전에도 적용된다. 발단에서 흥미를 끌지 못하면 좋은 점수를 얻기 어렵다. 공모전 심사는 단시간 내에 상당히 많은 양의 작품을 검토해야 하는 매우 피곤한 작업이다. 모든 작품을 정독해서 읽는다는 것은 거의 물리적으로 불가능하다. 그래서 발단 부분에 눈길을 끄는 요소가 있는 작품을 더 주의 깊게 볼 수밖에 없다. 그러므로 발단은 매우 신중하게 계산해서 써야만 한다.

발단에서 계산을 해야 한다고 하면 등장인물 소개, 배경 묘사, 세계관 설명 등을 해야 한다고 생각하기 쉽다. 하지만 이건 발단에 대한 낡은 생각이다. 과거에는 한 권의 책을 사면 발단에서 다소 재미가 없더라도 어차피 다 읽을 예정이기 때문에 지루함을 참고 재미있는 부분이 나올 때까지 책장을 넘길 수 있었다. 하지만 요즘처럼 1화 단위로 구매하는 분위기에서는 1화나 2화가 재미없으면 그 뒤를 읽지 않는다. 드라마도 마찬가지다. 1화를 보고 재미가 없는데도 뒤를 보려고 하는 시청자는 없다. 하지만 일선에서 습작생의 작품을 개발할 때면 종종 "재미있는 부분은 뒤에 있어요."라고 말하는 것을 듣는다. 발단의 기능은 인물, 배경, 세계관 묘사에 충실해야 한다는 생각 때문이다. 그러나 다시 한번 강조하지만, 이 생각은 시대착오적이다.

단적으로 말하면 이제 이야기도 디스플레이display되는 시대다. 백화점에서 상품을 보고, 만지고, 구매하듯이 이야기도 플랫폼에 디스플레이되어 있는 것을 직접 눈으로 확인하거나 읽어보고 구매하는 시대가 된 것이다. 시대가 변했다면 작법도 변해야 한다. 전통적인 사고방식에 머물러 있어서는 안 된다. 이 변화된 시대에 중요성이 상대적으로 커진 것이 바로 발단과 이야기의 소재다. 하지만 소재 역시 발단에서 가장 먼저 제시되는 요소 중 하나이므로 결과적으로 발단이 가장 중요하다.

그렇다면 발단에는 무엇이 담겨야 할까? 그것은 바로 문제 제기다. 발단에서는 주인공이 처한 문제적 상황이 나와야 한다. 즉 주인공의 삶의 문제가 제시되어야 하는 것이다. 그래야 이야기를 보는 사람이 주인공이 당면한 문제를 어떻게 해결할 수 있을지 몰입하게 된다. 이는 미스터리에서 의문의 사건이 호기심을 자극하는 것과 비슷한 원리라고 볼 수 있다. 『로미오와 줄리엣』을 예로 들자면, 두 사람이 사랑에 빠지는 것 자체는 문제가 아니다. 중세 기준으로 둘은 결혼 적령기고, 귀족 가문 출신이라 두 사람의 만남에는 장애가 없다. 그러나 상대가 원수 가문의 자식이라는 점이 문제다. 원수 가문의 남녀가 어떻게 사랑을 이룰 수 있을지가 관객들의 호기심을 자극한다. 따라서 몰입감 있는 이야기를 창작하기 위해서는 발단에서 주인공이 처한 문제를 제기하는 것이 중요하다.

그렇다고 발단을 무턱대고 주인공을 곤경에 빠트리는 단계로만 치부해서는 안 된다. 발단 따로 전개 따로 위기 따로 결말 따로 있는 게 아니다. 특별한 예술적 의도로 이야기를 쓰지 않는 한, 발단은 언제나 전체의 일부다. 그러므로 발단을 잘 쓰기 위해서는 어느 정도 전체적인 구상을 전제로 써야 한다. 사실 발단을 정하면 자연스럽게 위기와 절정 그리고 결말이 정해진다고 해도 과언이 아니다. 발단에서 문제가 제기되면 주인공은 전개를 통해 문제를 극복하려 하고 위기에서 문제를 극복하지 못해 최대의 난관을 맞닥뜨리지만, 절정에서 마침내 그 문제를 극복하고 결말에서 운명의 전환을 맞이하기 때문이다. 따라서 전체를 위해 발단을 구성할 필요가 있는데, 다음과 같은 요소들이 포함되어 있어야 한다.

주인공의 삶의 문제   주인공의 욕망   사건   설정

발단의 요소들

주인공의 삶의 문제

발단에서 고려해야 하는 첫 번째 요소는 주인공의 삶의 문제다. 그런데 이 삶의 문제는 주제와 관련이 있다. 주인공은 발단에서 주제와 동떨어져 있거나 무관한 삶을 살고 있어야 한다. 그래야 이야기가 전개되면서 주인공이 주제적 가치를 향해 나아갈 수

있다. 그러므로 주인공을 무턱대고 곤경에 빠트릴 일이 아니라, 주제에 맞춰 문제적 상황을 설정해야 하는 것이다.『로미오와 줄리엣』에서 로미오는 원수 가문의 딸을 사랑하게 된다. 그런데 로미오와 줄리엣의 마음과는 별개로 줄리엣의 주변 사람들은 로미오에 대한 색안경을 쓴 상태다. 즉 원수 가문의 자식이라는 편견 때문에 로미오에게 줄리엣과의 사랑을 이루기 위해 극복해야 하는 문제가 생기는 것이다. 이 삶의 문제는 주인공 자신이 이미 가지고 있을 때도 종종 있다. 〈싸이코지만 괜찮아〉에서 고문영은 발단부터 지나치게 공격적인 행동을 보인다. 이런 성향은 문강태를 만나서 발현된 것이 아니다. 고문영은 어머니의 학대로부터 자신을 방어하고 억눌린 것을 발산하기 위해 무의식적으로 공격적인 태도를 키워왔던 것이다. 오히려 고문영은 이 문제 상황에서 문강태를 만남으로써 자신의 삶의 문제를 자각하게 된다. 〈동백꽃 필 무렵〉도 마찬가지다. 동백의 문제는 낮은 자존감이다. 버림 받지 않기 위해 지나치게 눈치 보고, 자신의 주장을 잘 내세우지 못하는 것이 삶의 문제다. 이 문제 때문에 동백은 용식의 적극적인 구애에도 불구하고 쉽게 마음을 열지 못한다. 때로는 주인공이 가진 조건 자체가 삶의 문제를 구성할 때도 있다. 〈이상한 변호사 우영우〉에서는 우영우가 가진 자폐 스펙트럼 장애가 삶의 문제를 구성한다. 이 장애 때문에 우영우는 다른 사람과 더불어 살아가는 데 많은 어려움을 겪는다. 그러나 우영우는 또 이 장애 때문에 다른 사람과 더불어 살아가지 않으면 안 된다.

주인공의 욕망

다음으로 발단에서 고려해야 할 두 번째 요소는 주인공의 욕망 제시다. 앞서 이야기했듯 주인공의 욕망은 크게 두 가지로 나뉜다. 내적 욕망은 주인공의 삶의 문제가 제시될 때 이미 설정된다. 편견과 맞서는 것, 학대의 기억에 따른 두려움과 맞서는 것, 낮은 자존감에 맞서 자신을 존중하는 것 등이다. 그러나 이처럼 내면에 감추어진 내적 욕망을 발단에서 뚜렷하게 드러내기는 쉽지 않다. 다만 주인공의 삶의 문제 속에 그 일단이 내포되도록 해야 한다. 발단에서 뚜렷하게 제시할 수 있는 것은 주인공의 외적 욕망이다. 외적 욕망은 단순하다. 미스터리 사건을 해결하는 것, 지구를 지키는 것, 사랑을 이루는 것 등이다. 사실 발단은 주인공이 이 욕망을 자각하고 그것을 성취하기 위해 이전의 삶에서 벗어나고자 하는 행위를 취하면서 전개로 넘어간다. 〈싸이코지만 괜찮아〉에는 문강태의 뒷모습을 본 고문영이 "탐나."라고 말하는 장면이 있다. 고문영이 자신의 욕망을 자각하는 순간이다. 이때가 실질적인 발단의 끝이다. 이후에 고문영은 문강태의 사랑을 얻기 위한 행동을 시작한다. 이때부터 전개가 펼쳐진다.

사건

발단에서 세 번째로 고려해야 하는 요소는 사건이다. 주인공의 삶의 문제와 주인공의 욕망은 대사로 서술할 것이 아니라 사건을 통해 형상화해야 한다. 주인공은 어렸을 때 받은 학대의 기억으로 공격성을 지니게 되었다고 서술하는 것이 아니라 그런 공격성을 띠는 장면을 보여주어야 한다는 뜻이다.

〈싸이코지만 괜찮아〉에서는 고문영의 어린 시절이 스톱모션 애니메이션으로 보여진다. 여기서 어린 시절의 그녀는 나비를 찢는 등의 폭력성을 보인다. 그로 인해 그녀는 마녀처럼 성에 고립되어 성장한다. 그리고 성장한 이후에도 그녀의 귓가에는

〈싸이코지만 괜찮아〉, 나비를 찢는 소녀.

어머니의 목소리가 맴돈다. 이상의 시퀀스에서 시청자는 고문영의 삶이 어머니 때문에 문제가 생겼으며 이것이 공격성으로 드러나고 있다는 사실을 인지하게 된다. 이후 고문영은 스테이크를 먹으면서 자신에게 다가온 어린아이 팬에게 "나는 마녀가 될래요."라는 말을 하게 함으로써 아이를 울린다. 이는 고문영의 정체성을 규정하는 선언이자 그녀 삶의 문제를 압축하는 대사다. 이렇게 〈싸이코지만 괜찮아〉는 고문영의 삶의 문제를 드러낸 다음, 그녀를 문강태와 만나게 한다. 문강태는 고문영과 정반대로 참는 것이 내면화된 인물이다. 이런 두 사람의 만남도 사건화된다. 고문영은 낭독회에서 난동을 피우는 정신병동 환자를 제압하는 과정에서 자신의 어린 시절 비극적인 기억을 떠올리게 하는 환자에게 칼을 휘두른다. 하지만 문강태가 맨손으로 그 칼을 붙잡는다. 고문영과 문강태의 이 만남은 로맨스 드라마에서 흔히 보는 것과는 달리 전혀 낭만적이지 않다. 오히려 피가 낭자하다. 그러나 이 장면은 매우 주제에 부합한다. 문강태가 고문영의 공격성을 막아주는 역할을 하는 인물이라는 점과 고문영에게 꼭 필요한 인물이라는 점이 부각됨과 동시에 고문영이 앞으로 어떤 갈등을 하며, 갈등을 극복하는 것이 얼마나 큰 난관이 될지를 암시해 주기 때문이다.

〈싸이코지만 괜찮아〉의 주제는 '상처를 극복하기 위해서는 상처와 마주해야 한다.' 정도라고 볼 수 있다. 여기서 상처는 당연히 내면의 상처를 의미한다. 우선 고문영의 공격적인 태도는 상처에서 비롯된 것인데, 이는 상처의 근원을 돌아보지 않으려는 회피 행동이다. 외부로부터 가해질 상처를 공격으로 미리 차단하려고 하는 것이다. 예를 들어 고문영은 어렸을 때 아버지가 자신을 죽이려 했다는 기억을 안고 있는데, 이 기억을 자극하는 환자를 공격하려고 한다. 어쩌면 고문영의 무의식에서는 자신을 괴롭히는 이 환자를 눈앞에서 제거하고자 하는 욕망이 생겨났을 수 있고, 그래서 이 장면은 고문영이 자신의 상처를 마주하지 않으려는 행동으로 보인다. 그러나 문강태가 고문영을 막아선다. 이제 고문영은 자신의 공격성을 외부로 표출함으로써 자신을 보호할 수 없게 된다. 그래서 자신의 상처를 들여다보기 위한 변화를 시작할 수밖에 없는 것이다. 동시에 고문영은 문강태가 자신의 폭주를 막아줄 '안전핀'임을 직감하고, 그를 얻기 위해 노력한다. 이처럼 〈싸이코지만 괜찮아〉에서는 주인공의 삶의 문제와 주인공의 욕망을 주제에 맞게 사건화한다.

설정

발단에서 고려해야 하는 마지막 요소는 설정이다. 발단에서 문제 제기가 우선시되어야 한다고 해서 인물 및 배경 소개 그리고 세계관을 제시하지 말라는 뜻은 아니다. 오히려 사건들 속에 이러한 것들을 자연스럽게 녹여내야 한다. 〈싸이코지만 괜찮아〉에서 고문영의 공격성은 그녀의 행동을 통해 드러난

〈동백꽃 필 무렵〉, 옹산 골목.

다. 또 고문영의 상처 역시 사건들 속에서 문득문득 떠오르는 회상으로 짐작케 한다. 문강태가 정신병 동 보호사라는 것은 사건이 정신병동에서 벌어지게 해서 자연스럽게 드러낸다. 배경도 마찬가지다. 〈동 백꽃 필 무렵〉은 사건 자체가 옹산이라는 가상 공간 의 간장 게장 골목을 중심으로 일어난다. 동백은 이 골목에서 주점을 운영하고 있고, 그녀를 좋아하는 용식은 이 골목에서 간장 게장 가게를 운영하는 터 줏대감의 아들이다. 〈갯마을 차차차〉의 경우, 윤혜 진이 공진이라는 마을에 와서 여러 가지 우연으로 빈털터리가 되었을 때 홍두식이 그녀를 마을의 작 업장으로 데리고 가는 과정에서 자연스럽게 배경을

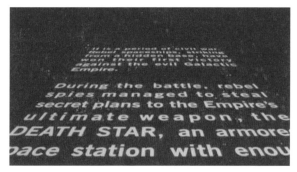

〈스타워즈〉, 오프닝 장면.

노출한다. 덧붙여 그 과정에서 사람들이 홍두식에게 이런저런 일을 부탁하는 모습을 보여주면서 그가 어떻게 살아가는지에 대한 정보를 전달한다. 이처럼 인물, 배경, 세계관 등은 따로 서술하는 것이 아니라 사건 속에 자연스럽게 녹여야 한다.

물론 판타지나 SF의 경우 어쩔 수 없이 자세하게 세계관을 설명해야 할 때가 있다. 하지만 그때에도 최대한 짧고 간결하게 설명해야 한다. 특정한 배경이나 현상에 대해 작가의 지식을 자랑하거나, 자신의 예술적 자의식을 과하게 내비치기 위해 지루하게 세계관 설명을 이어가려는 태도를 경계해야 한다. SF의 고전이라고 할 수 있는 〈스타워즈〉

를 보라. 우주 전쟁이 발발한 이후 지금까지의 사건 배경을 겨우 1분 남짓한 길이의 자막으로 설명해버린다.

세계관이라는 것은 이야기를 감상할 때 무리 없을 정도로만 제시하면 그만이다. 혹시 지나치게 세계관의 설명이 길어진다면, 제대로 이야기를 쓰고 있는지 돌이켜 봐야 한다. 세계관은 세계관일 뿐이다. 작가에게 중요한 것일 수는 있지만, 빨리 주인공의 활약을 보고 싶어 하는 관객, 독자, 시청자에게는 중요한 것이 아닐 수 있다.

이상으로 발단에서 고려해야 하는 요소들을 살펴보았다. 발단 단계에서 자신이 떠올린 이미지로 시작하려는 이들도 꽤 많다. 간혹 근사해 보이는 발단이 나오기도 하지만, 전체 속의 부분이라는 것을 알지 못하면 발단 이후에는 무엇을 써야 할지 막막해진다. 좋은 발단은 주제를 중심으로 이야기 전체의 문제를 제기할 수 있어야 하고, 이로 인해 몰입감을 이끌어낼 수 있어야 한다. 그래서 발단은 꽂히는 대로 쓰고자 하는 마음을 경계하고 발단의 요소들을 떠올리며 정교하게, 계산해서 써야 한다.

전개

많은 습작생이 전개를 앞에 두고 막막해한다. 발단은 소재를 발견한 설렘으로 빠르게 완성하지만 거기까지다. 정작 전개가 전체 이야기의 70% 이상을 차지하는 데다가 본격적인 재미는 전개에 있다고 봐도 과언이 아닌데, 습작생일수록 전개에 대한 고려를 잘 하지 않는다. 그래서 전개를 쓰다가 어영부영 포기하는 사람도 있고, 본인이 이전에 봤던 비슷한 작품들의 사건을 떠올리며 가까스로 이어나가기도 한다. 이런 상황이 벌어지는 이유는 이야기 쓰는 순서를 제대로 밟지 않았기 때문이다. 소재를 발견하고 곧바로 발단을 쓰는 경우 전개가 막막해지기 마련이다. 그러나 소재에서 주제를 떠올리고, 주제에서 갈등을 잡고, 이 갈등을 바탕으로 이야기의 발단부터 결말까지 플롯을 짜놓으면 전개를 쓰는 일이 막막할 리가 없다. 따라서 전개를 쓰기 전에 반드시 플롯을 짜놓을 것을 권한다.

사실 전개는 사건의 연속이다. 더 정확히는 사건들이 모인 시퀀스의 연속이다. 이 시퀀스 내에는 갈등이 내포되어 있고, 이 갈등은 절정에 다다를 때까지 계속해서 증폭해야 한다. 그러므로 이야기를 쓰고자 하는 이는 발단을 지나 전개에 다다르면 우선 몇 개의 시퀀스로 절정까지 이야기를 끌어갈 것인가를 미리 계산해야 한다. 단편 소설이나 단막극이라면 대략 다섯 개 이내의 시퀀스로 전개가 구성될 수 있고, 두 시간 이상의 영화라면 다섯 개에서 열 개 정도의 시퀀스로 구성될 수 있다. 물론 드라마라면 수십 개의 시퀀스가 필요할 수 있다. 그래서 드라마의 경우, 회차마다 각각 전개를 구성할 수 있다. 그리고 당연히 이야기에 따라서 시퀀스의 개수는 바뀌기 마련이다.

그렇지만 많은 습작생이 전개에서 시퀀스의 양을 생각하지 않고 쓰기 때문에 어떤 작품은 장편인데 몇 개의 시퀀스로만 구성되어 단편을 길게 늘인 것 같고, 또 어떤 작품은 지나치게 시퀀스가 많아서 오히려 적정한 분량으로 줄여야 할 때도 있다. 그런데 대체로 후자보다는 전자의 경우가 더 많다. 플롯을 써야 하는 이유가 바로 여기에 있다. 플롯 단계에서 써야 할 분량의 시퀀스를 충분히 확보해놓지 않으면, 막상 이야기를 쓸 때 무엇으로 채워야 할지 모르기 때문이다.

하지만 적정한 수준의 시퀀스나 에피소드를 확보했다고 해서 무작정 전개를 써나갈 수는 없다. 전개 단계에서 시퀀스는 몇 가지 원칙에 의해 배치되어야 하기 때문이다. 이 원칙은 필연성, 개연성, 주제적 통일성이다. 나중에 설명하겠지만 이 원칙들은 퇴고나 수정을 할 때의 기준이 되기도 한다. 그러므로 정확한 개념을 익혀두는 게 중요하다.

전개의 세 가지 원칙

필연성

필연성은 사건과 사건 그리고 시퀀스와 시퀀스가 인과관계로 이어지는 것을 말한다. 영화 〈어벤져스〉를 예로 들면 외계인이 침공을 해왔기 때문에 어벤져스가 뭉치게 되고, 어벤져스가 뭉쳤기 때문에 서로 다른 성격의 캐릭터끼리 갈등이 생기고, 갈등이 생겼기 때문에 분열되고, 분열되었기 때문에 위기를 맞고, 위기를 맞았기 때문에 지구가 위험해지고, 지구가 위험해졌기 때문에 각성해서 다시 뭉치게 되고, 다시 뭉쳤기 때문에 외계인에게 맞설 수 있게 되어 마침내 그들을 물리친다는 식으로 시퀀스와 시퀀스가 계속해서 인과관계로 맞물려 진행된다. 이렇듯 전개에서 절정에 이르기까지는 철저하게 인과관계에 의해 이야기가 진행되는 것이 원칙이다. 만약 우연이 남발된다면 이야기를 보는 관객이나 독자는 몰입하지 못한다. 쉽게 말해 말이 안 된다고 느끼기 마련이다.

그러나 이야기를 써나가다 보면 우연에 의해 이야기를 전개하고 싶은 유혹을 쉽게 느낀다. 전개가 막힐 때 우연히 마주치거나, 우연히 엿보거나, 우연히 엿듣거나, 우연히 사고가 나거나 하면 이야기를 푸는 게 용이하기 때문이다. 실제로 많은 작품에서 이런 장면이 빈번하게 등장한다. 하지만 우연이 쌓이고 쌓이다 보면 이야기의 필연성은 어느 순간 사라져버린다. 따라서 이야기를 쓰고자 하는 사람은 우연에 의해 전개하려고 하는 유혹을 철저하게 경계해야 한다.

물론 이야기를 창작하면서 우연을 아예 배제할 수는 없다. 그러나 우연은 가급적 발단 단계에서 한 번 정도 나오는 게 좋다. 예를 들어 로맨스라면 남녀가 우연히 만나 사랑에 빠질 수 있다. 영화〈알라딘〉에서 알라딘과 재스민 공주는 우연히 시장 뒷골목에서 만나 사랑에 빠진다. 이렇듯 발단에서의 우연은 이야기의 설정을 위해 꼭 필요한 경우 충분히 용인될 수 있다. 그러나 발단이 지나가면 필연성을 계속 유지하면서 이야기를 써나가도록 노력해야 한다.

덧붙여 우연이 반복될 수 있는 조건도 있다. 주제 자체가 우연과 관련되어 있을 경우다. 이럴 때는 거듭되는 우연으로 인한 운명의 변화에 초점을 맞추게 되므로, 우연에 의한 전개가 용인된다. 그러나 이때에는 운명에 대한 확실한 주제를 갖고 시작해야 이야기를 보는 사람의 공감대를 형성할 수 있다.

개연성

개연성은 있을 법한 이야기의 전개를 의미한다. 예를 들어 고등학교를 졸업한 평범한 여성이 재벌 2세를 만나서 연애할 확률이 얼마나 될까? 우리는 드라마나 영화에서 상류층 사람들을 자주 보지만 일상에서 그런 이들을 만날 가능성은 매우 낮다. 하물며 만나서 연애를 하거나 결혼을 할 확률은 더욱 낮다. 그러나 드라마 〈김비서가 왜 그럴까〉처럼 평범한 여자 주인공이 남자 주인공의 비서가 되어 같은 공간에서 오랜 기간 일을 해왔다면 연애를 할 수 있는 가능성이 생긴다. 즉 개연성은 이야기에 어떤 가능성을 부여하는 것을 의미한다.

개연성이 부족하면 이야기를 읽는 이는 말이 안 된다고 생각한다. 특히 설정에서 개연성이 무너지면 좀처럼 이야기에 집중하기 어렵다. 그러나 많은 습작이 이 개연성 확보에 실패한다. 그중에서 가장 많은 경우는 캐릭터의 일관성을 유지하는 데 실패하는 것이다. 아이가 갑자기 똑똑해져서 어른스러운 충고를 한다든지, 비겁한 사람이 갑자기 용감해진다든지, 빌런이 갑자기 착해져서 죄를 뉘우치고 죽음을 맞이한다든지, 천재적인 악당의 범죄가 지나치게 허술하다든지, 반대로 천재적인 탐정이 지나치게 뻔한 사건을 해결하지 못한다든지, 물리적으로 힘이 약한 여성이 자신을 해치려는 치한을 상대로 신고도 하지 않고 맞서 싸우려고 든다든지, 반대로 강력한 범죄자가 약한 조연에게 어이없게 당한다든지 하는 사례는 공모전 출품작을 심사하다 보면 무수히 보게 된다.

그뿐 아니라 시대에 대한 고증을 제대로 하지 못할 때도 개연성이 깨진다. 조선 시대에 자유연애를 한다는 설정은 거의 불가능하다. 또 아직 화폐가 통용되지 않았던 고구려나 백제 시대에 엽전으로 물건을 거래하는 장면이 나오는 경우도 있었다. 현재 십대들의 특성을 잘 모르고 학교를 배경 삼거나 군인들의 특성을 잘 모르고 군대를 배경 삼는 등 특수한 집단의 특성을 제대로 파악하지 못한 채 특수한 배경 속에서 이야기를 진행하면 이 역시 개연성이 깨지게 된다. 이처럼 잘 알려지지 않은 시대, 잘 모르는 공간이나 배경을 다룰 때는 어느 정도 자료 조사를 해서 개연성을 확보할 필요가 있다.

호러, 판타지, SF 장르에서 개연성이 깨지는 경우도 매우 많다. 예를 들어 초능력이 무한정으로 늘어나는 히어로를 생각해보라. 이야기는 시시해질 것이다. 아무리 엄청난 빌런이 와도 곧 그 빌런을 상대할 능력이 생겨날 것이기 때문이다. 이는 이야기의 설정을 정확히 하고, 그 설정 범위 내에서 이야기를 전개하지 않기 때문에 생기는 현상이다.

판타지나 미래 세계는 현실에 존재하지 않기 때문에 설정을 제대로 하지 않거나 그때그때 설정을 추가해도 된다고 생각하는 경향이 있다. 그러나 현실에 존재하지 않는 세계를 그릴수록 초반에 설정한 법칙에서 벗어나지 않으려고 노력해야 한다. 그래야 관객이나 독자로 하여금 작가가 설정한 세계에 자연스럽게 몰입하도록 할 수 있다. 다시 말하면 현실에 존재하지 않는 세계의 개연성 확보는 초반에 설정한 세계의 법칙을 철저하게 지키는 데 있다. 그래서 히어로물의 경우 초반에 주인공의 능력치와 그 한계를 설정해두어야 하고, 어떤 초월적인 일을 가능케 하는 기계가 있다면 그 기계의 능력과 한계를 설정해둘 필요가 있다. 드라마 〈왕좌의 게임〉같이 매우 큰 세계의 일을 그릴 때는 전체적인 세계의 구성을 설명하고, 이 세계의 특이한 점, 예를 들어 용과 그 용을 부리는 가문의 이야기 등을 정확히 설명한 후에 이야기를 전개할 수도 있다. 그리고 창작자는 자신이 창조한 세계의 법칙에 반드시 얽매여야 한다. 내가 창조한 세계라서 신이 된 기분으로 멋대로 법칙을 바꾸거나 추가하면 이야기의 몰입감이 쉽게 깨진다. 한번 어떤 세상을 창조하면 작가도 그 세상의 일원이 된 듯 써야 현실에 존재하지 않는 세계의 개연성을 확보할 수 있다.

주제적 통일성

필연성과 개연성만 유지한다고 해서 전개가 완성되지는 않는다. 이야기는 주제를 향한 일정한 방향성을 지니고 있어야 한다. 그렇지 않으면 간신히 필연성과 개연성만 유지한 채 엉뚱한 방향으로 흘러갈 가능성이 매우 커진다. 마치 원숭이 엉덩이는 빨개,

빨간 건 사과, 사과는 맛있다, 맛있는 건 바나나, 바나나는 길다, 긴 건 기차, 기차는 높다, 높은 건 백두산 하는 식으로 이야기가 전개되는 것이다. 장난처럼 든 예시지만, 위의 동요도 앞과 뒤에 최소한의 연결 고리는 가진 채 진행된다. 그래서 언뜻 말이 되는 것처럼 느껴지기 때문에 어려서 재미로 흥얼거렸던 것이다. 하지만 순간순간의 연결 고리만으로 말을 이어나갔기 때문에 원숭이 엉덩이로 시작해서 백두산으로 끝나버리는 황당한 일이 벌어진다. 물론 동요로서는 이것도 재미의 한 요소다. 그러나 이야기가 종잡을 수 없이 전개되다가 황당한 결말을 맞이하면 이야기를 보는 이는 코웃음을 치게 된다. 물론 코미디나 패러디 영화 같은 장르는 황당한 전개를 보이기도 하지만 그래도 황당한 상황을 걷어내고 플롯만 놓고 보면 제법 이야기 구조가 잘 짜여진 경우가 매우 많다. 특히 패러디의 경우 기본적으로 큰 이야기 줄기는 흥행한 영화의 플롯을 따라 하기 때문에 상당한 몰입감이 생기기도 한다.

그런데 가끔 콘셉트 자체가 황당한 전개를 용인하는 장르가 아닌데 종잡을 수 없는 전개를 보이다가 황당한 결말을 맞이하는 작품을 써놓고 이런 것을 의도했다고 주장하는 이들도 있다. 뻔한 이야기를 하고 싶지 않다는 이유로 말이다. 또는 자신은 장르 문법을 차용한 후 의도적인 비틀기를 통해 예술적인 시도를 했다고 주장하는 이도 있다. 물론 이러면 당장의 비난은 피할 수 있지만 독자나 관객의 평가를 받기 전에 그런 비상업적인 콘텐츠 제작을 위해 기꺼이 투자할 수 있는 회사를 찾아야 한다는 더 큰 문제에 직면하게 된다. 드라마나 영화처럼 큰 자본이 드는 매체는 물론, 출판이나 웹소설 같은 매체도 그 제작에 적게는 수십만 원, 많게는 수백만 원에서 천만 원까지 예산이 투자된다. 다분히 본인 만족을 위해 쓰인 자기 의식적 이야기에 이런 자금을 기꺼이 투자해줄 회사는 그리 많지 않다. 그러므로 이야기는 필연성과 개연성에 대한 고려는 기본이고, 몰입감을 위해 일정한 방향으로 정교하게 계산해서 써야 한다.

그러면 어떤 방향으로 이야기를 써야 할까? 앞서 말했듯이 주제가 지향하는 방향으로 써야 한다. 이야기에서 주제는 짧은 분량은 한 개, 긴 분량은 중심 주제 한 개에 서브 주제 한 개 혹은 두 개 정도가 내포되어 있으므로, 주제로부터 비롯되는 갈등도 대략 한 개에서 두 개, 많아도 세 개 정도가 생겨난다. 그리고 사건과 시퀀스는 이 갈등에 철저하게 맞춰서 창작되고 배치되어야 한다. 특히 주인공이 중심이 되는 하나의 갈등에 맞출 필요가 있다. 단일한 갈등 속에서 이야기를 전개해야 하며, 모든 사건과 시퀀스는 이 단일한 갈등에 우선 초점을 맞춰야 한다는 뜻이다.

예를 들어 〈오징어 게임〉의 주제는 '사람의 마음을 움직이는 것은 그 사람에 대한 진심이다.' 정도로 생각해볼 수 있다. 그렇다면 이 주제에 따른 갈등은 주인공이 사람에 대한 진심을 보이느냐 마느냐가 된다. 주인공이 사람을 위해 진심을 다할 때 갈등은 해결되고, 진심을 보이지 않을 때 갈등이 증폭된다. 실제로 〈오징어 게임〉의 몇몇 장면들을 떠올려 보면 이 드라마가 이런 갈등 속에 전개되고 있는지 가늠해볼 수 있다. 맨 마지막 장면이 대표적이다. 성기훈이 조상우를 증오하는 동안에는 갈등이 증폭된다. 하지만 성기훈은 막상 조상우를 이기게 되자, 그를 살리기 위해 456억이라는 거금을 포기하려고 한다. 성기훈의 진심이 조상우에게 전달되는 것이다. 그러자 조상우는 스스로 목숨을 끊어 성

〈오징어 게임〉, 자기 구슬을 성기훈에게 쥐여주는 오일남.

기훈의 선택을 도와준다. 성기훈의 진심이 오히려
그를 게임의 승리로 이끈 것이다. 오일남과의 구슬
치기 에피소드도 마찬가지다. 성기훈은 그를 속이
는 비양심적인 짓을 저지르지만, 그럴수록 갈등은
깊어진다. 하지만 오일남의 일침에 성기훈이 대답
하지 못하고 자신의 비열함을 사실상 인정하자 오
일남은 오히려 자신이 가진 마지막 구슬을 성기훈
에게 넘겨준다. 게임 내내 오일남을 감싸 준 데다 마
지막까지 악당이 되지 못하는 그의 진심이 오일남
에게 전달되었기 때문이다.

　이렇게 〈오징어 게임〉에서는 이야기가 전개되
는 내내 성기훈의 진심이 시험 받는다. 그럴 때마다

그는 외국인 노동자 알리와 함께하고, 여성인 강새벽과 함께하는 선택을 한다. 어린이 놀이 게임에서는 상식적으로 건장한 남성들과 함께하는 것이 유리하지만, 성기훈은 갈등하면서도 약자와 함께하기를 그만두지 못한다. 비록 성기훈은 게임을 주도적으로 이끄는 조상우 등과 비교해서 매우 무능한 인물이지만 한결같은 그의 진심이 사람들에게 전달되고, 이 때문에 사람들이 하나로 뭉치면서 '약자의 승리'라는 기적을 만들어낸다. 물론〈오징어 게임〉의 주제를 달리 생각하는 이들도 있을 수 있다. 하지만 이 드라마가 중심 주제를 바탕으로 단일한 갈등 속에서 전개되고 있다는 점은 부인하기 어렵다.

〈싸이코지만 괜찮아〉의 주제는 앞서 언급했듯 '상처는 상처와 마주할 때 치유된다.' 정도로 생각해볼 수 있다. 고문영은 자신의 근원적인 상처를 돌아보지 않으려고 한다. 그래서 반대급부로 공격성을 키웠다. 그런데 고문영의 연인인 문강태는 고문영이 지닌 상처의 근원이기도 한 그녀의 어머니 때문에 자신의 어머니를 잃었다. 따라서 고문영이 문강태를 사랑하게 되면 필연적으로 소시오패스 성향을 지닌 자신의 어머니와 마주할 수밖에 없다. 단순히 상황만 놓고 보면 우연이지만, 극적으로 놓고 보면 작가의 계산에 의한 설정이다. 고문영이 문강태와의 사랑을 이루기 위해 반드시 자신의 상처와 마주할 수 있도록 만든 장치인 것이다. 사실 상처를 마주하는 일은 이 드라마에 등장하는 다른 인물들의 에피소드에도 드러난다. 조증이 있는 국회의원의 아들은 이런저런 기행으로 주변 사람들을 당황스럽게 한다. 그런데 고문영은 그의 문제를 파악한 후 그를 아버지의 유세장으로 데리고 간다. 사실 국회의원의 아들은 잘나가는 아버지, 잘난 형제들 때문에 눈치 보고 억압되어 살아왔다. 이것이 조증으로 발현되었다고 짐작된다. 따라서 그가 아버지의 유세장으로 가는 것은 자신의 상처와 마주하는 일이다. 거기서 아버지의 유세를 망쳐버림으로써 그는 비로소 자신을 억눌렀던 것에서 벗어난다. 이 에피소드는 고문영의 전체 스토리라인과 닮아 있다. 고문영의 연인 문강태도 고문영과 크게 다르지 않다. 그에게는 자폐가 있는 형을 죽이려고 했던 과거가 있다. 어머니는 자폐가 있는 형을 위해 동생을 낳았다고까지 말하는 인물이다. 그래서 문강태에게 어머니의 사랑을 독차지하는 것처럼 보이는 형을 미워하는 마음이 생겼던 것이다. 그리고 그 마음이 물에 빠진 형을 건져내지 않으려고 하는 행동으로 이어졌다. 문강태는 이 일로 양심의 가책을 느끼고, 속죄하는 심정으로 자신의 행복은 도외시한 채 형만을 위해 헌신하며 살아왔다. 그러나 문강태는 고문영과 만나면서 자신의 행복을 찾으려고 하고, 그러기 위해서는 형과의 과거를 마주해야만 한다. 결국 문강태는 애써 억눌러왔던 형과의 과거를 다시 떠올리고 이후에 자신이 그토록 헌신하던 형과 몸싸움까지 하면서 마침내 과거와 결별한다. 이처럼 〈싸이코지만 괜찮아〉는 상처 때문에 이러저런 마음의 병을 앓게 된 사람들이 고문영이라는 주인공을 통해 상처의 근원과 마주하며 그것을 조금씩 극복하는 정신병동의 에피소드들과 더불어 고문영 자신도 그 과정에서 과거의 상처와 마주하고 극복하는 구성으로 되어 있다. 따라서 〈싸이코지만 괜찮아〉 역시 단일한 갈등 속에서 이야기를 전개하고 있음을 알 수 있다.

드라마 〈갯마을 차차차〉의 주제는 '행복은 외부적 기준이 아니라 자신의 내면에 있다.' 정도가 될 수 있겠다. 이 드라마에서 주인공 윤혜진은 과잉 진

〈갯마을 차차차〉, 축복 속 소박한 결혼.

료를 하는 원장에 맞서 환자 편을 드는 인물이기는
하지만 한편으로는 삶의 공허를 물질적인 것으로
메우려는 허영도 있는 인물이다. 그래서 그녀는 스
트레스를 받으면 200만 원짜리 구두를 스스로에게
선물하고, 강남에 치과를 개업하는 게 목표이기도
하다. 이런 그녀가 페이 닥터로 일하던 치과 원장과
과잉 진료 문제로 싸우고 난 후 돌아가신 어머니와
의 추억이 있는 공진이라는 바닷가 마을로 가 치과
를 개업한다. 이후 마을 사람들과 부딪히며 갈등을
일으키는 윤혜진을 홍두식이 도와주면서 두 사람은
사랑에 빠진다. 하지만 윤혜진에게 홍두식은 기준
에 맞지 않는 인물이다. 자신처럼 똑똑한 치과 의사

는 자신과 수준이 맞는 사람을 만나야 한다고 생각
하는 것이다. 그래서 윤혜진은 홍두식에게 이끌리
면서도 우리는 소셜 포지션이 달라서 어울릴 수 없
다고 선을 긋는다. 하지만 결국 그녀는 자신의 마음
을 인정하고 진정 사랑하는 사람과 결혼하게 된다.
윤혜진의 로맨스 이야기 줄기는 외면의 허영과 내
면의 행복 사이, 단일한 갈등 속에 진전된다.

이 드라마에는 서브 주제도 있는데, 그것은 '사
람은 더불어 살아갈 때 행복할 수 있다.' 정도가 될
수 있겠다. 도시의 허영에 물들어 있던 윤혜진은 공
진 사람들을 무시하는 경향을 보인다. 이 때문에 윤
혜진과 마을 사람들은 갈등을 일으키고, 치과는 손
님이 들지 않아 위기에 처한다. 하지만 윤혜진은 홍
두식의 도움으로 마을 사람들을 한 명씩 알아가면
서 이들이 비록 많이 가지지는 못했지만 서로 의지
하며 행복하게 살아가는 사람들이라는 것을 알게
된다. 그러면서 윤혜진도 자신을 도와주던 홍두식
을 비롯해 마을 사람들에게 의지하며 외부에 있는
행복이 아니라 그들과 더불어 살아가는 행복을 알
아가게 된다. 이처럼 〈갯마을 차차차〉에서는 어머
니의 죽음 이후 가족과도 데면데면하게 지내면서

외롭게 살아가던 윤혜진이 서로 다른 삶의 양식 때문에 주변 사람들과 문제를 일으키지만, 그들의 진심을 알고 화해하며 조금씩 마을 사람들과 동화되기를 반복하는 갈등 속에서 이야기가 전개되기도 한다.

몇 가지 드라마의 사례를 들었지만, 몰입감 있는 전개가 돋보이는 작품은 대부분 이런 단일한 갈등 속에서 이야기가 진전된다. 그리고 각 시퀀스나 에피소드는 이 단일한 갈등을 반복적으로 드러낸다. 그러면서 이야기에 주제적인 통일성을 부여하는 것이다. 다양한 종류의 갈등은 이야기를 산만하게 하지만, 단일한 갈등 속에서 다양한 상황이 펼쳐지면 이야기가 더욱 풍성해진다.

주제적 통일성을 잘 지키면 전개를 더 쉽게 쓸 수 있다. 갈등의 콘셉트가 정해져 있으므로 에피소드나 시퀀스를 여기에 맞춰 배치하면 되기 때문이다. 그러나 주제적 통일성이라는 개념을 모를 경우, 주제 따로 이야기 전개 따로 쓰게 되는 일이 벌어진다. 이런 일을 막으려면 주제에 따른 갈등의 콘셉트를 정확히 한 후에 갈등의 폭이 적은 시퀀스에서부터 큰 시퀀스의 순서로 배치하면 된다.

주제적 통일성의 개념을 알면 전개 쓰기가 쉬워지기는 하지만, 주제적 통일성을 유지하는 일은 쉽지 않다. 처음 쓰는 이들일수록 더욱 그러하다. 따라서 작품을 감상하면서 그 작품이 어떤 주제와 갈등을 중심으로 시퀀스를 배치하는지 파악하는 연습을 해야 한다. 동시에 이를 자신이 쓰는 작품에 적용하려고 노력해야 한다. 만약 합평을 한다면 동료의 작품이 이 기준에서 벗어나 있는지를 파악하는 연습도 해볼 수 있다. 즉 연습을 통해 안목을 길러야만 주제적 통일성을 확보하면서 써나가는 것이 가능하다. 시간이 오래 걸리는 일이므로 작품을 보고, 쓰고, 합평하는 생활 속에서 쉬지 않고 꾸준히 해나가야만 한다.

덧붙여 이야기하자면 지금까지 설명한 필연성, 개연성 그리고 주제적 통일성은 퇴고나 수정의 원칙이 되기도 한다. 플롯을 짜면서 기본적으로 이러한 원칙들을 활용해야 하지만, 막상 초고를 쓰면서는 이 원칙을 잊어버리기도 한다. 그래서 이야기가 엉뚱한 방향으로 틀어지거나, 불필요한 사건들이 들어와서 산만해지는 경우가 종종 있다. 때문에 초고가 완고여서는 절대 안 된다. 아무리 연습을 해도 자신도 모르는 실수를 할 때가 있기 마련이다. 수정고 단계에서 이 실수를 보강해야 한다.

수정을 할 때는 마치 남의 글을 보듯 냉정한 자세로 자신의 원고를 봐야 한다. 그렇다고 해서 아무런 원칙이나 기준도 없이, 그때그때의 감정이나 판단에 따라 원고를 수정해서는 안 된다. 사건과 시퀀스가 서로 인과관계를 맺으면서 필연적으로 전개되고 있는지, 설정이나 전개에서 독자나 관객이 납득하지 못할 요소는 없는지, 모든 사건과 시퀀스가 단일한 갈등 속에서 전개되고 있는지 점검하면서 수정해야 한다. 그리고 이런 선명한 원칙이 있으면 자신의 원고를 객관적으로 바라보는 데 매우 큰 도움이 된다.

위기

위기는 절정을 앞두고 꼭 필요한 이야기의 단계다. 왜냐면 위기를 맞아야만 주인공에게 새로운 삶으로 전환할 절박한 필요성이 생기기 때문이다. 실제 삶에서뿐 아니라 이야기에서도 위기는 곧 기회인 것이다. 하지만 이렇게 중요한 위기를 제대로 구축하지 못하는 이들이 많다. 절정 앞에서 주인공을 매우 곤란한 지경에 빠트리려고만 하기도 하고, 그보다 많은 이들이 위기라는 이야기 단계의 구분 없이 곧바로 절정으로 이행한다.

위기는 주인공이 단순하게 위험해지는 것을 의미하는 게 아니다. 정확히 말하자면 위기는 주인공이 이야기 속에서 주제로부터 가장 동떨어진 순간에 위치하는 것이다. 그래서 새로운 삶의 변화를 거부하고 이전의 삶으로 되돌아가려고 하거나, 이전 삶보다 더 퇴행된 삶을 선택하려고 하는 것이기도 하다. 따라서 위기는 주제로부터 비롯되는 가장 심각한, 최고조의 갈등을 의미한다. 그러므로 공연히 주인공에게 심각한 부상을 입히거나, 함정에 빠트리거나, 죽을지도 모르는 상황에 처하게 하는 식으로 위기에 대해 일차원적으로 접근해서는 안 된다.

또 위기는 주인공의 내적 욕망과 외적 욕망이 동시에 좌절되는 순간을 의미한다. 주제에서 동떨어진 위치에 있는 것은 내적 욕망의 위기를 의미한다. 물론 이것이 가장 중요한 포인트다. 하지만 실질적으로 외적 욕망의 좌절이 동반되어야 극의 긴장감을 극대화할 수 있다. 외적 욕망의 좌절이 내적 욕망의 좌절을 불러올 수 있고, 반대로 오만해지거나 비겁해지는 등 내적 욕망이 흔들리면서 외적 욕망의 좌절을 불러올 수도 있다.

〈코요테 어글리〉에서는 바이올렛이 자신을 도와주던 케빈과 헤어진 후 위기가 찾아온다. 연인을 잃고, 연인과 클럽에서 싸웠다는 이유로 코요테 어글리에서도 해고 당한다. 결국 바이올렛은 다시 집으로 내려가 아버지와 함께 살겠다고 이야기한다. 그녀가 아버지와 함께 살겠다고 말하는 이 신은 별달리 위험한 상황을 묘사하지도 않고, 대단히 감정적인 상황을 묘사하지도 않는다. 그러나 이 신은 이 이야기에서 가장 큰 위기다. 첫 번째, 집으로 되돌아가겠다는 것은 외적 욕망의 좌절이다. 바이올렛은 작곡가로 성공하기 위해 뉴욕으로 올라왔다. 그렇기에 음악 비즈니스의 중심인 뉴욕에서 다시 집으로 돌아가겠다는 것은 자신의 꿈을 포기하겠다는 것에 다름 아니다. 두 번째, 바이올렛이 뉴욕에서 작곡가로 성공하기 위해서는 적극적으로 현실과 부딪쳐야 한다. 하지만 집으로 돌아가는 것은 현실 도피다. 피자 가게에서 일하며 아버지와 함께 사는 것은 이전의 삶이다. 안온하지만 꿈을 꾸기는 어려운 삶. 결국 바이올렛은 다시 이전의 삶으로 되돌아가겠다는 것이다. 즉 이 장면은 두 가지 목표가 모두 좌절될 순간에 처하게 되기 때문에 이야기에서 가장 큰 위기가 된다. 〈싸이코지만 괜찮아〉는 고문영이 문강태의 어머니가 자신의 어머니에 의해 살해 당했다는 소식을 듣는 순간부터 자신의 어머니에게 반격하기 전까지가 위기다. 우선 문강태의

〈코요테 어글리〉, 꿈을 포기하겠다고 말하는 바이올렛.

어머니를 자신의 어머니가 살해했으므로 문강태와 함께 가족을 이루고 살겠다는 외적 욕망이 위기에 처한다. 고문영은 이 충격적인 사실을 알자마자 처분하려고 했던 자신의 집으로 되돌아가 한없이 슬퍼하며 절망한다. 문강태가 고문영을 찾아가지만 그를 위선자라고 비난하며 문을 닫는다. 고문영은 다시 이전처럼 자신만의 성에 고립된다. 즉 어머니의 존재가 끊임없이 주는 상처 때문에 체념하고, 극복을 포기하려는 것처럼 보인다. 그러므로 이 장면은 고문영이 어머니라는 존재와 마주하기를 회피하는 장면이기도 하다. 상처를 극복하지 않고 다시 고립되고자 하는 선택은 내적 욕망이 좌절될 위기가 된다.

〈퀸스 갬빗〉의 위기는 베스가 체스 챔피언을 가리기 위해 소련에서 열리는 체스 대회에 참가하는 것이다. 냉전 시대를 배경으로 하고 있기 때문에 미국인인 베스가 소련으로 가는 것은 거의 완벽한 고립을 의미한다. 그렇기에 주변 사람들과 연대하고자 하는 베스의 내적 욕망이 일차적으로 좌절된다. 이어 소련의 체스 챔피언은 자신의 동료들과 대화하면서 한 수, 한 수 두어간다. 베스는 궁지에 몰린다. 이 이야기에서 베스의 꿈이 체스 챔피언이 되는 것임을 감안하면, 이는 외적 욕망이 좌절되는 위기의 순간이라고 볼 수 있다.

〈오징어 게임〉에서 성기훈의 외적 욕망은 함께 살아서 나가는 것이다. 그러나 마지막까지 자신의 편이 되어 주었던 강새벽이 죽으면서 성기훈의 외적 욕망은 좌절된다. 이와 동시에 성기훈은 이런 상황을 초래한 조상우에 대한 증오가 최고조에 이르고, 그의 선량함이 사라지면서 그 역시 조상우와 비슷한 인간이 되어간다. 그런 면에서 성기훈의 내적 욕망은 좌절된다. 사실 〈오징어 게임〉의 성기훈은 변화하는 인물은 아니다. 초지일관 선량함을 유지한다. 따라서 그의 내적 욕망은 새로운 삶을 살아가기 위해 자신을 변화시키는 것이라고 보기는 어렵다. 그래서 이런 멜로드라마의 경우 주인공의 내적 욕망에 대해 다른 방식으로 접근할 필요가 있는데, 여기서 성기훈의 내적 욕망은 인간성을 잃지 않고 선량함을 '유지'하는 것이라고 볼 수 있다. 즉 변하는 것이 아니라 변하지 않는 것을 내적 욕망이라고 봐야 한다. 그러므로 일시적으로 조상우와 같은 캐릭터로 변모하는 것은 내적 욕망의 좌절이다.

　여기에 덧붙여 위기에 대해 알아두어야 할 것이 있다. 위기는 그리 길지 않다는 것이다. 전개가 끝나고, 주인공의 내적 욕망과 외적 욕망이 좌절되는 한순간을 그려내는 것이 위기다. 위기가 필요한 이유는 앞서 설명했듯 절정을 예비하기 위해서인데, 이 위기의 순간이 길어져버리면 전개가 계속되는 것처럼 느껴지고, 결과적으로 위기가 없는 것처럼 보인다. 그러므로 반드시 위기의 순간을 명확하게 잡아놓고 전체 이야기를 설계하는 것이 좋다.

절정

절정도 위기만큼이나 일차원적으로 접근하기 쉬운 이야기 단계다. 절정은 이야기의 피날레라고 생각해서 엄청난 액션을 펼쳐 보이거나, 세기의 이벤트를 묘사하려고 한다. 그러나 이는 모두 스펙터클일 뿐이며 절정의 본질이 아니다. 이렇게 쓰면 이야기가 재미있어질 것이라는 착각을 버려야 한다. 오히려 황당한 느낌을 자아내는 역효과가 일어날 수도 있다. 그렇기에 절정의 정확한 개념을 알고 이야기를 써야 할 필요가 있다.

절정은 위기와 반대다. 위기가 주제에서 동떨어진 상황이라고 한다면 절정은 주제를 확인하는 순간이다. 즉 절정 역시 주제에 맞춰서 구성해야 하는 것이다. 그런데 대개 절정 전에는 주인공에게 결단의 순간이 주어진다. 자신의 운명을 결정하기 위해 마지막 선택을 하는 것이다. 그리고 이 순간에 주인공의 내적 갈등은 종결되고, 주인공의 내적 욕망 역시 달성된다. 그리고 주인공은 외적 욕망을 달성하려는 행동을 보여주게 되는데, 이때가 절정이다. 이야기는 결말에서 끝나는 것이 아니라 절정에서 사실상 끝난다. 주인공의 외적인 욕망과 내적인 욕망이 모두 달성되기 때문이다. 특히 내적 갈등은 절정 직전 주인공의 선택에서 종료되므로 사실상의 갈등은 여기서 끝난다. 그 이후에는 주인공이 외적 욕망을 달성하기 위한 예정된 행동이 묘사될 뿐이다.

그렇다고 해서 절정과 위기가 동떨어진 것도 아니다. 위기에서 처절한 좌절을 맛본 주인공은 그 좌절을 동력 삼아 절정으로 향하기 때문이다. 그러므로 절정은 위기에서 비롯된다고 해도 과언이 아니다. 앞서 말했듯 위기는 절정을 위해 예비된 순간이다.

〈코요테 어글리〉에서 절정은 바이올렛이 무대에 서서 자신이 작곡한 노래를 부르는 순간이다. 그 전에 바이올렛은 다시 한번 음악을 한다는 꿈에 도전해보기로 결정한다. 그녀의 아버지는 그녀의 어머니가 무대에 설 때 빛나는 존재였지만, 자신이 어머니를 평범하게 살게 했다고 고백한다. 그럼으로써 바이올렛이 가진 무대 공포증이 어머니로부터 물려받은 것이 아님을 인식시킨다. 바이올렛은 그제야 자신이 무대 공포증이라는 증상을 핑계로 현실에서 도피하고 있음을 깨닫는다. 꿈을 이루는 것에 가장 반대했던 아버지의 응원을 받아, 바이올렛은 모든 것을 걸고 다시 뉴욕으로 올라간다. 그리고 레스토랑에서 서빙을 할 때 다시 코요테 어글리로 돌아오라는 릴의 제안을 거절한다. 확실하게 운명을 건 결단을 내린 것이다. 이로써 바이올렛은 현실에 부딪치는 인물이 되고, 내적 욕망이 달성된다. 이후 그녀는 오디션에 지원해서 합격하고 무대에 서면서 마침내 자신의 음악을 알리는 데 성공한다. 외적 욕망의 달성이다.

〈싸이코지만 괜찮아〉에서 절정은 고문영이 문강태와 그의 형을 구하기 위해 어머니와 맞서는 순간이다. 그런데 그 전에 고문영의 어머니는 그녀에게 『손, 아귀』라는 동화를 보낸다. 동화의 내용은 어머니 때문에 팔과 다리가 자라지 못한 아기가 입만 커져버린 아귀처럼 변해 끝내 어머니마저 삼키려고 하자 어머니가 아기를 버리고, 아기는 아귀가 된다는 내용이다. 이는 고문영의 어머니가 고문영에게 보내는 경고

〈싸이코지만 괜찮아〉, 엄마와 마주하는 고문영.

로, 자신의 말을 듣지 않는 아이는 필요 없다는 뜻이다. 이 때
문에 고문영은 선택의 기로에 선다. 다시 어머니에게 돌아
가 어머니에게 의존해야만 살아갈 수 있는 팔다리 없는 아기
가 되느냐 아니면 어머니와 결별하느냐 하는 문제에 봉착하
는 것이다. 이때 고문영은 어머니가 남긴 미완성 작품을 미
끼로 어머니에게 반격을 시도하고, 그러면서 어머니와 맞서
려는 결단을 내린다. 이때 고문영은 용기 있게 상처를 직시
하고자 하는 내적 욕망을 달성한다. 이후 고문영은 문강태와
그의 형을 납치한 어머니를 찾아가 두려움 속에서도 맞대면
하면서 절정을 맞이한다.

〈퀸스 갬빗〉에서는 위기 속 베스의 결단이 두드러져 보이지는 않는다. 모스크바에 철저하게 고립되어 있던 그녀는 기자를 통해 미국에 있는 동료들과 전화로 연결되고 그들의 도움을 받는다. 이 장면이 사실상 베스의 결단의 순간을 대신한다. 이렇게 다시 연대를 재개함으로써 그녀는 체스 챔피언을 상대로 승리를 거둔다. 마침내 그녀의 외적 욕망을 달성하게 되는 것이다.

〈오징어 게임〉에서 절정은 성기훈이 조상우와 일대일로 오징어 게임을 하는 장면이라고 볼 수 있다. 성기훈은 조상우를 이겨 456억원의 상금을 받을 수 있게 되지만 상금을 포기하고, 조상우에게 집으로 돌아가자고 외친다. 즉 상금을 포기함으로써 자신의 원래 모습으로 되돌아가는 결단을 내리는 것이다. 그러나 조상우가 죽음을 택하면서 성기훈은 최종적으로 상금을 차지하게 된다. 비극적 결말이기는 하지만 성기훈이 처음 이 게임에 참여한 이유가 상금 획득이었기 때문에 사실상 그는 외적 욕망을 이룬 셈이다.

이렇듯 절정은 주인공이 마지막 결단을 통해 발단에서 제기된 삶의 문제를 해결하고, 외적 욕망을 성취함으로써 주제를 확인하는 단계다. 따라서 절정을 구상할 때는 본인이 펼치고자 하는 이미지에 경도되지 말고, 주제를 형상화하려는 논리적인 접근이 필요하다.

결말

이야기를 쓸 때 결말이 이야기의 끝이라고 생각해서는 안 된다. 앞서 이야기했듯 이야기는 절정에서 사실상 끝난다. 따라서 결말은 이야기의 여운이라고 보는 게 좋다. 그럼에도 결말 역시 주제에서 벗어나서는 안 된다. 특히 습작생의 경우 결말을 미리 상정해두고 쓰는 이들이 꽤 많다. 그러나 이야기를 전개하다 보면 자신이 생각한 대로 결말 지어지지 않을 수도 있다. 이럴 때는 아무리 공들여 생각한 이미지라 해도 그 결말을 포기해야 한다. 대중적인 이야기라면 대중이 원하는 결말을 지어줘야 한다. 그럼에도 해피엔딩으로 끝나야 하는 이야기를 주인공의 비극적인 죽음으로 끝낸다든지, 반대로 비극적으로 끝날 수밖에 없음에도 개연성 없는 해피엔딩으로 끝내고 싶은 생각이 들 때가 있다. 매우 경계해야 하는 생각이다.

결말과 관련해서 언급해두고 싶은 것이 있다. 흔히 결말은 열린 결말과 닫힌 결말 두 가지로 구분된다. 열린 결말은 대개 예술적인 작품에 활용되고, 닫힌 결말은 대중적인 작품에 활용되는 경향이 있다. 하지만 꼭 그렇지는 않다. 열린 결말을 쓸지 닫힌 결말을 쓸지는 작가의 선택일 뿐, 결말을 처리하는 방식 자체가 작품의 예술성이나 대중성을 결정하지는 않는다.

열린 결말이 예술적인 작품에 많이 활용된다는 이유로 열린 결말이 닫힌 결말보다 더 격조 있는 것으로 생각되기도 한다. 하지만 열린 결말에 대해 정확하게 알고 쓰지 않으면 작가가 의도했던 예술적 효과를 발휘하지 못한다. 중요한 것은 열린 결말도 결말이라는 것이다. 열린 결말이라고 해서 아예 결말을 짓지 않고 열어두는 것이라고 오해해서는 안 된다. 앞서 결말은 이야기의 여운이라고 말했다. 열린 결말은 관객에게 질문을 던짐으로써 여운을 주는 방식이라고 생각하는 편이 좋다. 그러나 그 이전에 작가는 자신의 주제를 완성하고, 이야기의 결론을 독자에게 제시해 주어야 한다. 하지만 이런 사실을 오해하면 결말을 짓지 않고 전개에서 이야기를 멈춘 후에 열린 결말이라고 착각하게 된다. 열린 결말은 일종의 부가 의문문이다. 나는 이러이러한 주장을 했는데, 너는 그렇게 생각하지 않냐고 물어보는 것이다.

영화 〈타오르는 여인의 초상〉은 열린 결말을 활용하는 영화다. 이 영화는 결혼을 앞둔 귀족 여인의 초상화를 그려야 하는 화가 여성의 이야기다. 그녀는 귀족 여성의 초상화를 그리는 데 실패하지만, 그녀를 사랑하고 그녀의 진정한 모습을 알아가면서 비로소 여성이 아니라 한 인간을 그려낸다. 영화를 본 후 개인적으로 이 영화의 주제를 '한 사람을 온전히 그리기 위해서는 그의 삶을 이해할 수 있어야 한다.', 혹은 여성주의적으로 접근하면 '남성의 시각을 탈피해서 여성을 그리기 위해서는 여성의 삶과 문화를 이해하고 받아들여야 한다.' 정도로 생각하게 되었다. 즉 이 영화에서 작가는 충분히 주제를 표현했으며, 이 주제를 완성하는 결말을 지었다고 생각한다. 그렇기에 주제를 유추해볼 수 있는 것이다. 다만 이 영화는 마지막에 주인공이 자신의 피사체였던 귀족 여성을 바라보는 장면으로 끝나는데, 이때 귀족 여성은 어떤 격정에 휩싸인 듯한 모습을 하고 있다. 이 장면은 다양한 방식으로 여운을 남긴다. 그러나 주제에 비춰 볼 때 이 장면은 일종의 부가 의문문이다. 마치 영화의 프레임을 액자처럼 보이게 촬영한 이 장면에서, 가만히 멈춰 있는 여성이 아니라 격렬하게 숨 쉬는 여성을 포착함으로써 관객에게 질문하는 것이다. 당신들은 어떤 생각으로 이 여성을 바라보게 되냐고 말이다. 이렇듯 열린 결말은 전개에서 멈추고 결말을 짓지 않는 것이 아니라, 결말을 지은 후에 관객에게 질문하는 방식으로 여운을 남기는 것이라고 생각해야 한다.

지금까지 발단 - 전개 - 위기 - 절정 - 결말로 이어지는 이야기 쓰기의 실제에 대해 설명했다. 앞서 언급했지만 다시 한번 강조하고 싶은 점은 이 각각의 이야기 단계는 분리된 것이 아니라 전체가 하나의 유기체처럼 통합된 것이라고 생각해야 한다는 것이다. 인체를 머리, 몸통, 다리로 구분 지어 말

〈타오르는 여인의 초상〉, 결말 장면.

할 수 있지만 이 각각이 분리되어 기능하지는 않는 것과 마찬가지다. 발단이 시작되면 이미 위기와 절정은 어느 정도 결정된 것이나 다름없다. 이야기는 발단에서 제기된 주인공의 삶의 문제를 해결해나가는 과정이며 동시에 작가가 전하고자 하는 주제를 형상화하는 과정이기에 그러하다. 그러므로 철저하게 논리적인 사고를 바탕으로 이야기를 써나가야 한다. 물론 이야기도 예술이다. 하지만 그렇다고 해서 즉흥적인 영감에 전적으로 의존하는 장르는 결코 아니다. 이야기의 소재를 떠올리는 것은 영감이다. 그러나 그 이후에는 주제에서 이어지는 논리를 바탕으로 플롯을 짜고, 이야기를 써나가야 한다. 그리고 주제에서 벗어나지 않는 범위에서 사건 혹은 세부 장면을 묘사할 때는 다시 영감에 기댈 수 있다. 이야기는 논리와 영감이 끊임없이 교차하는 가운데 탄생한다.

2. 캐릭터의 구성과 캐릭터 논리

캐릭터에 대해 설명할 때 유형별로 나눠서 설명하는 경우가 많다. 하지만 개인적인 경험으로는 이렇게 유형을 알아도 실제로 이야기를 써나갈 때는 그에 맞게 캐릭터를 구성하는 것이 쉽지 않았다. 캐릭터는 대체로 이야기의 전개를 위해 그때그때 상황에 맞게 고안되기 때문에 매뉴얼 보듯 캐릭터 유형을 떠올리면서 그에 맞춰 창조하는 데 어려움이 따를 수밖에 없었다. 그래서 여기서는 캐릭터의 유형을 나누기보다는 캐릭터를 창조하는 원리에 초점을 맞춰 설명하려고 한다.

주제에 따른 캐릭터 설정

캐릭터는 크게 주제를 기준으로도 분류가 가능하다고 생각한다. 우선은 주인공인 프로타고니스트와 주인공의 내적, 외적 욕망 달성을 방해하는 안타고니스트가 있을 수 있다. 그리고 이 프로타고니스트와 안타고니스트를 중심으로 캐릭터 설정이 가능하다. 우선 주인공을 도와주는 캐릭터들이 있을 수 있다. 앞서 성장 플롯에서 예를 들었던 조력자 캐릭터가 대표적이다. 또 로맨스에서는 로맨스 대상자이거나, 아니면 주인공의 속마음을 들어주고 격려 혹은 위로해주는 친구일 수도 있다. 반대로 주인공이 주제적 가치로 나가지 못하게 방해하는 안타고니스트 주변의 캐릭터들도 있다. 이들은 안타고니스트와 함께 세력을 이루고, 안타고니스트를 돕는 역할을 할 수 있다.

그런데 이런 역할이 꼭 고정된 것만은 아니다. 어떤 캐릭터는 안타고니스트의 편에 섰다가 주인공의 편에 서기도 하고, 반대로 주인공의 편에 섰다가 안타고니스트가 되기도 한다. 또 안타고니스트가 꼭 주인공을 망치려고 드는 악역이 아닐 수도 있다. 예를 들어 〈코요테 어글리〉에서 바이올렛의 아버지는 처음에는 딸이 꿈을 찾아 뉴욕으로 떠나는 것에 반대한다. 즉 안타고니스트의 역할을 하는 것이다. 그러나 영화의 후반부가 되면 딸이 다시 꿈을 찾아 뉴욕으로 떠나도록 격려한다. 이번에는 프로타고니스트의 편에 서는 것이다. 〈싸이코지만 괜찮아〉에서 박행자는 경험 많고 합리적인 정신병동 간호사로, 처음에는 프로타고니스트의 편에 있는 것 같지만 후반부가 되면 그녀가 사실은 고문영의 어머니였다는 것이 밝혀지면서 안타고니스트로서 모습을 드러낸다. 이처럼 인물에게 처음에 주어진 역할이 변하지 않을 수도 있지만, 변할 수도 있다. 적어도 주제를 놓고 설계하면 이런 변화를 미리 가늠해서 캐릭터를 창조할 수 있다.

따라서 주제가 설정되면 프로타고니스트와 안타고니스트를 설정한 후에, 프로타고니스트의 편에 있는 캐릭터와 안타고니스트의 편에 있는 캐릭터를 세팅하는 단계를 거치는 게 좋다. 이어 이 캐릭터들 중 프로타고니스트적 성격을 띠다가 안타고니스트적 성격을 띠는 인물(주로 배신을 하거나 주인공에게 실망해서 돌아서는 캐릭터들이 여기에 속한다.) 혹은 안타고니스트적 성격을 띠다가 프로타고니스적 성격으로 돌아서는 인물(주로 지난날을 반성하고 변심하거나, 주인공을 시험에 빠트렸다가 후에 조력자가 되는 캐릭터들이 여기에 속한다.)을 나눠서 생각해 볼 수 있다.

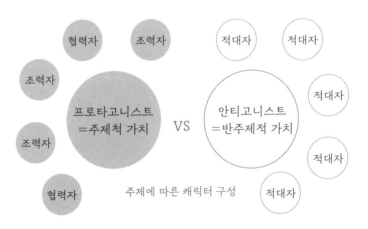

주제에 따른 캐릭터 구성

캐릭터의 논리와 캐릭터의 생애

캐릭터가 캐릭터로서의 특성을 드러내는 것은 행동과 대사 두 가지를 통해서다. 그런데 단지 행동하고 대사를 한다고 해서 캐릭터가 되는 것은 아니다. 캐릭터에게는 일관된 논리가 있어야 한다. 다시 말해 말을 하거나 행동을 할 때, 개성을 가진 사람처럼 일관되어야 하는 것이다. 예를 들어 직설적인 성격의 사람은 사랑을 고백할 때 돌려서 말하지 않을 것이다. 반대로 우유부단한 사람은 사랑을 고백할 때 이것저것 재다가 타이밍을 놓치기 일쑤일 것이다. 그런데 비단 사랑 고백에만 이런 성격이 적용된다고 볼 수 없다. 사랑을 고백할 때 직설적인 사람이 식당에서 메뉴를 고를 때 우유부단하게 행동할 거라고 생각하기 어렵다. 반대로 사랑을 고백할 때 우유부단한 사람이 식당에서 메뉴를 고를 때 주도적으로 과감하게 고를 거라고 생각하기 어렵다.

우리가 가족이나 오랜 친구를 잘 안다고 생각하는 것이 어떤 의미인지 곰곰이 생각해보면, 가족 구성원이나 친구와 오랜 시간 함께 지내다 보니 자연스럽게 그 사람의 행동 패턴을 파악하게 된다는 뜻도 포함되어 있다. 그래서 어떤 일이 벌어지면 가족이나 친구가 어떻게 행동하고 어떤 말을 할지 대충 짐작이 가능한 것이다. 여행을 가서 낯선 음식을 먹어보았을 때도 이것은 내 친구가 좋아할 만해, 혹은 이것은 엄마가 좋아할 만해, 하는 생각이 들 수 있다. 이전에 친구나 엄마가 보여주었던 식성의 패턴을 내가 파악하고 있기 때문에 가능한 일이다. 혹은 어떤 이성을 보면 저 사람은 내 친구 혹은 내 동생이 좋아할 만한 스타일이야,라고 생각할 수도 있다. 그것 역시 친구나 동생이 그간 이성을 사귀면서 보여준 일관된 스타일로 미뤄 판단하는 것이다. 가만히 우리 주변의 인물을 생각해보면 그 사람이 보여주는 여러 행동 패턴이 그의 고유한 캐릭터를 결정한다고 할 수 있다. 이러한 점이 이야기에서 캐릭터를 구성할 때도 그대로 적용되는 것이다.

그런데 캐릭터의 패턴은 어떻게 파악하는 것일까? 너무나 당연한 질문을 한번 던져보자. 사람들은 자신의 성격을 서술하지도 않고, 얼굴에 드러내지도 않는다. 그러나 어떤 사건을 맞이했을 때 보이는 행동에서 우리는 그의 성격을 엿볼 수 있다. 마음에 드는 이성이 눈앞에 나타나는 사건이 발생했을 때 주로 직진해서 고백하는 행동 패턴을 보이는 사람을 두고 우리는 직설적이다 혹은 바람둥이다,라고 판단한다. 반대로 마음에 드는 이성이 나타났음에도 불구하고 우물쭈물하는 행동 패턴을 보이는 사람을 두고 우리는 우유부단하다 혹은 고지식하다,라고 판단한다. 또 힘든 사건이 닥치면 그 위협을 회피하려는 행동 패턴을 보이는 사람도 있고, 그것에 맞서는 행동 패턴을 보이는 사람도 있다. 전자의 경우 비겁하다 혹은 현실 도피적이다,라고 판단하고 후자의 경우 용감하다 혹은 현실과 맞서는 성격이다,라고 판단한다. 이처럼 우리는 어떤 사람의 성격을 주로 그 자신에게 벌어진 사건에 대처하는 방식을 통해 파악한다.

이를 이야기에 적용해보면 인물의 성격은 결국 해당 인물에게 닥친 사건에 대한 반응이라는 것을 알 수 있다. 사건이 인물에게 닥치기 전에는 절대 인물의 성격을 파악할 수 없는 것이다. 아무리 캐릭터 소개란에 인물에 대해 장황하게 적어놓아도 막상 그 성격이 이야기에 반영되어 있지 않으면 이야기 속 인물과 캐릭터 소개란에 적힌 인물은 같은 캐릭터라고 볼 수 없다.

그러므로 캐릭터를 드러내기 위해서는 어떤 사건에 대한 일관된 행동을 묘사해야 한다. 매사에 우유부단한 사람이 사랑 앞에 직설적일 수 없고, 매사에 직설적인 사람이 사랑 앞에 우유부단할 수 없다. 물론 현실에서는 모순된 행동을 보이는 사람도 종종 있지만, 적어도 이야기에서는 일관되어야 한다. 그런데 이야기에서도 모순된 행동을 보이는 캐릭터를 창조할 수 있는 예외적인 경우도 있다. 평소에는 우유부단하다가 유독 이성 앞에서는 자신만만한 태도를 보이는 캐릭터도 있을 수 있는 것이다. 이때는 이 캐릭터의 특성이 이야기 내내 지속되어야 한다. 즉 어떤 캐릭터를 창조하면 그 캐릭터는 이야기 내내 일관된 행동 패턴을 보여야 한다.

이것이 바로 캐릭터의 고유한 행동 논리다. 주연과 조연을 막론하고 일정한 분량만큼 등장하는 캐릭터라면 반드시 이 행동 논리를 부여해야 한다. 그래야 이야기를 보는 이가 일관된 인물, 즉 캐릭터라고 생각하게 된다. 그러므로 어떤 의미에서 캐릭터는 함수와 같다. 'f(x) = ?'라는 수식으로 표현될 수 있는 것이다. 함수는 고정형의 수가 아니다. 그러나 어떤 숫자를 집어넣었을 때 일관된 값이 표현된다. 마찬가지다. 캐릭터는 고정형이 아니다. 다만 어떤 사건을 맞이했을 때, 캐릭터는 일관된 반응을 보이면서 자신의 고유성을 드러낸다.

〈싸이코지만 괜찮아〉에서 고문영은 처음부터 마지막까지 오만하고 직설적인 성격을 잃지 않는다.〈오징어 게임〉에서 성기훈은 처음부터 마지막까지 사람 좋은 성격을 잃지 않는다. 주인공의 경우 극중에서 변화하는 캐릭터지만 이처럼 일관성을 가지고 변화한다. 캐릭터 본래의 개성을 유지한 채 자신의 삶을 변화시키는 것이다. 고문영이 상처를 극복했다고 해서 상냥하고 밝은 캐릭터가 되지는 않는다. 그녀는 상처를 극복한 고문영이 되는 것이다.

캐릭터를 특정한 유형 속에 넣기는 어렵다고 생각한다. 캐릭터는 복합적인 성격을 지닐 수도 있고, 다양한 모습으로 변모할 수 있다. 하지만 우리가 누군가를 알아보는 것은 그 사람이 지닌 고유성 때문이고, 이 고유성은 그 사람이 지닌 일정한 행동 패턴에서 기인한다. 그러므로 캐릭터는 고정된 것이 아니라 일관된 것이라고 생각하는 것이 좋다.

그렇다면 캐릭터의 논리는 어떻게 구축할 수 있을까? 작가는 캐릭터를 창조할 때 그 사람의 일생을 한번 상상해보는 것이 좋다. 성격은 타고난 것도 있지만 환경에 의해 결정되는 부분도 있다. 캐릭터는 이야기가 시작할 때 등장하지만 작가는 캐릭터가 등장하기 이전에 어떻게 살아왔을지를 상상해보는 것이다. 어렸을 때 사람에게 상처를 받은 사람은 사람을 두려워하거나 방어적인 행동 패턴을 보일 것이고, 성장기에 대단한 성공을 연속적으로 이어온 사람은 자신만이 옳다고 믿는 고집불통일 수 있다. 끊임없이 불안에 시달린 이는 마음을 안정시켜 줄 것에 집착하는 강박적인 성격을 띨 수 있다. 이성이 별로 없는 환경에서 자란 사람은 이성을 대할 때 서툴 수 있고, 반대로 이성이 많은 환경에서 자란 사람은 이성을 대할 때 스스럼없을 수 있다.

또한 캐릭터의 과거를 상상할 때는 되도록이면 구체적으로 생각해보는 게 좋다. 어느 정도의 경제력을 가진 가정에서 태어났으며, 부모의 사회적 지위는 어느 정도인지, 자라는 동안 어느 정도의 학력을 지니게 되었으며 어떤 상처를 받았고, 무엇으로 칭찬을 받았는지, 현재 어떤 직업으로 살고 있고, 얼마를 벌고, 어디에 사는지 등을 그려보는 것이다. 이런 구체성이 도드라질수록 작가는 자신이 창조한 캐릭터를 자신과 별개의 인물로 생각하게 되고, 그 인물이 고유한 논리에 입각해서 행동하게끔 그려낼 수 있다.

그런데 이렇게 캐릭터의 고유한 논리를 구축해놓고 수시로 이 캐릭터를 흔들어서는 안 된다. 우유부단한 캐릭터를 설정했는데 사랑 앞에 우물쭈물하면 이야기 전개가 느려질까 봐 갑자기 직설적인 인물로 변화시켜서는 안 되는 것이다. 경계성 지적 장애인 캐릭터를 설정했는데 어떤 함정에 빠졌을 때 그 함정을 벗어날 방법이 없어 보인다고 갑자기 똑똑하게 변화시켜서도 안 된다. 작가는 집요하리만큼 캐릭터가 가진 논리를 유지한 채 상황을 돌파하도록 해야 한다. 이럴 때 당연히 창작의 고통이 생기고, 이야기 전개가 막히기도 한다. 그러나 캐릭터를 변화시키고 싶은 유혹을 경계하고 고민에 고민을 거듭해서라도 개연성 있는 전개가 되도록 노력해야 한다. 캐릭터는 작가에 의해 창조되지만 이야기에 등장하는 순간 작가의 피조물로서만 존재하지 않는다는 점을 명심해야 한다. 한번 생명을 부여받은 캐릭터는 작가가 마음대로 할 수 없다. 오직 그 캐릭터 논리가 시키는 대로 움직이게 하면서 이야기를 전개해나가야 한다.

캐릭터의 경제성

작가가 캐릭터를 창조할 수 있다고 해서 캐릭터를 무한정 늘어놓아서는 안 된다. 캐릭터는 한번 등장하면 좋든 싫든 일정 분량을 차지하게 되고, 그만큼의 이야기를 담당한다. 따라서 캐릭터가 무분별하게 늘어나면 주인공이 차지해야 할 분량을 갉아먹는 결과를 초래할 뿐 아니라 이야기를 산만하게 한다. 등장인물을 힘들여 외워야 할 정도로 많은 캐릭터를 창조하는 것만큼 어리석은 짓은 없다.

그런데 종종 이런 우를 범하는 경우가 있다. 이야기가 막혔을 때 느닷없이 도움을 주는 인물을 등장시켜서 주인공을 곤경에서 벗어나게 한 다음 갑자기 조력자를 퇴장시켜 버릴 때도 있고, 오직 주인공의 상황을 설명하기 위한 용도로 과거 회상에만 등장하는 인물을 만들기도 한다. 혹은 한 명이 수행해도 충분한 역할을 공연히 두 명이나 세 명 이상의 역을 만들어 분산하려고도 한다. 예를 들어 주인공의 속마음을 받아주는 친구나 형제는 이야기에서 대체로 한 명 정도면 족한데 두 명 이상을 등장시켜서 결국 한 명을 불필요하게 만드는 것이다. 이럴 경우 불필요한 한 명은 결국 슬그머니 이야기에서 사라지기도 한다.

캐릭터는 꼭 필요한 경우에만 창조해야 한다. 그리고 한번 등장시켰으면 그 캐릭터를 끝까지 책임져야 한다. 죽이든 살리든 그것은 작가의 마음이지만, 죽을 때는 죽어야 하는 분명한 이유가 있어야 하고 살아 있을 때는 살아 있어야 하는 분명한 이유가 있어야 한다. 필요가 없어서 어느 순간엔가 잊어버리고 마는 캐릭터는 처음부터 창조하지 말아야 한다. 그래서다. 캐릭터도 사실 플롯 단계에서 어느 정도 설계되어야 한다. 어떤 성격의 사람이 몇 명이나 등장할지 계획을 세워놓고 이야기를 써나가야 이런 문제를 피할 수 있다.

개인적으로 생각할 때, 캐릭터와 관련해서 작가에게는 두 가지 눈이 있다. 첫 번째는 신의 눈이다. 이는 작가가 캐릭터의 운명을 주관하는 권능을 의미하며 플롯과 관련이 있다. 두 번째는 배우의 눈이다. 작가는 캐릭터를 창조했으면 배우처럼 철저하게 캐릭터에 몰입해야 한다. 주인공의 행동을 묘사할 때는 주인공의 눈으로 세상을 바라보고 행동해야 하고, 안타고니스트의 행동을 묘사할 때는 안타고니스트의 눈으로 세상을 바라보고 행동해야 한다. 캐릭터를 창조할 때는 매우 고차원적인 상상력이 동원되어야 한다는 점을 잊어서는 안 된다.

3. 이야기의 구체화

말하기와 보여주기

'telling'하지 말고 'showing'하라는 말이 있다. 대체로 영화 같은 매체에 적용되는 말이기는 하나, 사실 소설에도 적용되는 원칙이다. 다만 소설은 드라마, 영화, 연극에 비해 풍부한 내적 서술이 가능한 장점이 있기 때문에 말하기와 보여주기의 경계가 다소 모호해질 때가 있다. 하지만 무엇이 말하기이고 무엇이 보여주기인지 잘 이해한다면 소설에서도 얼마든지 보여주기를 중심으로 이야기를 구축할 수 있다.

이야기에서 주제를 중심으로 명확한 메시지를 전달하는 것이 중요하다는 주장을 하면 자주 듣게 되는 반론이, 그러다가 이야기의 풍부함을 해치게 되는 게 아니냐는 것이다. 물론 이야기는 다양한 감동 혹은 해석적 여지를 줄 수 있으면 좋다. 하지만 그것이 산만한 이야기를 의미하는 것은 아니다. 이야기는 중심 주제 한 가지를 가지고 분량이나 이야기의 속도에 따라 서브 주제를 더해 진행하면서 구체화할 때 그 표현법을 통해 보다 풍부해질 수 있다. 다시 말해 플롯이 구축될 때의 명확함과 그 플롯으로 이야기를 구체화할 때의 표현에 따라 이야기가 일관성을 유지하면서도 풍부해질 수 있는 것이다. 이 점을 착각해서는 안 된다. 특히 예술 사조에서 모더니즘 계열에 있는 작품 혹은 그 사조에 영향을 받은 작품들이 모호하게 이야기를 전개하는 경향이 있기 때문에 모호한 이야기가 풍부한 해석적 여지를 가지며, 더 예술적이라는 인식이 있다. 그러나 이는 모든 이야기에 적용되는 게 아니다. 모더니즘이라는 특별한 예술적 인식 속에서 형식 실험을 하는 이야기에 적용 가능한 것이고, 또 그 형식 실험이 성공적이어야 예술적이라고 말할 수 있다. 형식 실험 자체를 두고 예술적이라고 말할 수는 없는 노릇이다.

특별한 예술적 의도가 있지 않은 한 이야기는 모호함의 영역에 있지 않다. 주인공의 동기는 명확해야 하고, 갈등은 선명해야 하며, 결말에도 의구심이 없어야 한다. 그래서 다시 한번 강조하지만 이야기에서 표현이 주는 풍부함을 이야기 자체의 산만함으로 오인해서는 안 된다. 더군다나 산만한 이야기를 써놓고 예술적이라고 오해서는 절대 안 된다.

그렇다면 어떻게 풍부함을 느끼게 하는 표현을 할 수 있을까? 여러 표현법이 있겠지만, 그중 하나는 바로 보여주기다. 감정을 정확하게 이야기하는 것보다 그 감정을 짐작하게 할 때 더 다양하고 풍부한 상상력을 동원할 수 있다. 때로 사랑한다는 말보다 사랑을 담은 눈빛이 말로 다 담기 힘든 더 많은 표현을 하는 것처럼 말이다. 즉 말하기는 의미가 강조되고 명확해지는 장점이 있으나 의미가 한정되는 단점이 있는 반면, 보여주기는 의미가 다소 모호해질 수는 있지만 오히려 그로 인해 표현되지 않는 의미와 감정까지 짐작하고 느낄 수 있게 해주는 장점이 있다. 말하기와 보여주기는 둘 다 이야기에 필요한 요소지만 이야기는 기본적으로 예술적 표현을 바탕으로 하는 만큼 보여주기에 더 집중할 필요가 있다.

특히 인물의 성격, 인물 간의 관계, 인물의 과거 등 정보에 해당하는 부분을 전달할 때는 보여주기의 활용을 가장 먼저 염두에 둬야 한다. 예를 들어 〈싸이코지만 괜찮아〉의 1화에서는 고문영의 어린 시절을 애니메이션으로 보여준다. 그런 만큼 환상적으로 표현되면서도 그녀의 공격적인 성향이 어린 시절로부터 비롯되었다는 것, 문강태로 짐작되는 소년과의 인연이 있었다는 것 등의 정보를 흥미롭게 전달한다. 그뿐 아니라 어른 동화 같은 이 드라마의 분위기를 확실하게 강조하고, 마치 고문영의 무의식이나 꿈의 세계에 동참하는 것 같은 느낌을 자아내기도 한다.

〈퀸스 갬빗〉에서 베스는 어려서부터 약물에 중독되어 금단 현상을 보이는 캐릭터다. 그러나 이 드라마는 베스가 이런 캐릭터라는 것을 설명하지 않는다. 다만 보육원에 맡겨진 어린 베스가 약물에 대한 유혹을 이기지 못하고 약물이 보관된 곳의 문을 따고 들어가 훔쳐 먹는 것도 모자라, 약물이 든 통을 통째로 들고 나오려다가 약물 과다 복용으로 실신하는 장면을 보여준다. 이 장면은 1화 마지막에 나오는데, 이를 통해 베스가 약물에 중독되었으며 앞으로 그녀의 삶이 약물로 인해 위태로울 것임을 암시한다.

〈오징어 게임〉에서 성기훈은 무능하지만 사람 좋은 캐릭터다. 그는 경마장에 가서 생각지도 못한 큰돈을 딴다. 하지만 곧이어 사채업자를 만나게 되고, 그들에게 쫓기다가 딴 돈 모두를 소매치기 당한다. 결국 그는 사채업자에게까지 만원을 빌린 후 인형 뽑기 게임으로 딸의 생일 선물을 마련한다. 그러나 그마저도 딸에게 어울리지 않는 권총 모양의 라이터다. 결국 성기훈은 딸의 생일날 포장마차에서 고작 떡볶이 한 접시를 사줄 수밖에 없다. 하지만 성기훈은 딸을 사랑스러운 눈빛으로 쳐다보는 아버지이며, 딸의 이야기에 귀 기울일 아는 다정한 아버지이기도 하다. 그래서 딸도 무능한 아버지를 원망하지 않는다. 오히려 그와 함께 살고 싶어 한다. 〈오징어 게임〉 1화 초반에 나오는 이 시퀀스는 여러 가지 정보를 시청자에게 전달한다. 우선 성기훈은 무능한 데다 다소 비굴하고 뻔뻔한 성격의 소유자라는 것, 다음으로 사채업자에게 쫓길 정도로 빚에 시달린다는 것, 마지막으로 그럼에도 가족을 챙기려고 하는 선량한 마음의 소유자라는 것 등이다. 〈오징어 게임〉은 이 모든 정보를 말하지 않는다. 다양한 사건 속에 섞어놓음으로써 자연스럽게 보여준다. 그리고 성기훈이 오징어 게임에 참가할 수밖에 없는 처지에 놓여 있음을 예비한다.

또 보여주기는 상징적인 차원에서 쓰일 수도 있다. 드라마 〈이상한 변호사 우영우〉에서는 우영우가 꽉 막힌 사건을 돌파할 수 있는 창의적인 법 해석을 할 때, 그녀의 환한 표정을 뒤로하면서 거대한 고래가 물 밖으로 튀어오르는 장면을 반복해서 보여준다. 이는 우영우에게 새로운 아이디어가 떠올랐다는 것을 직접적으로 암시하는 장면이면서 동시에 거대한 고래의 역동적인 움직임을 보여줌으로써 뭔가 자유로운 느낌과 해방감을 선사한다. 우영우라는 캐릭터가 자폐 스펙트럼 장애로 인해 자신 안에 갇혀 있는 인물이자 장애에 대한 사람들의 편견에 갇혀 있는 인물이라는 점을 감안하면, 이 고래의 역동적인 움직임은 일시적으로나마 그녀가 자신을 옥죄는 것들에서 해방되고 있다는 느낌을 주기도 한다.
이렇듯 이야기를 구체화해서 서술할 때는 정보를 등장인물의 입을 빌어 직접적인 대사로 장황하게 펼쳐놓는다거나, 직접적인 내레이션을 동원해 설명한다거나, 오직 정보 전달만

〈이상한 변호사 우영우〉, 고래를 떠올리는 우영우.

을 위한 과거 회상을 동원해서 말하고자 하는 것을 경계해야한다. 대신 위에서 예를 든 것처럼 필요한 정보를 자연스러운 사건의 흐름 속에 녹여낼 수 있어야 한다. 다시 말해 보여줄 수 있어야 하는 것이다.

서브텍스트

이야기를 구체화하면서 의미를 풍부하게 전달하는 또 다른방법은 서브텍스트를 활용하는 것이다. 서브텍스트는 표면적으로 전달되는 의미 아래 내포된 또 다른 의미를 뜻한다. 예를 들어 어머니가 아끼는 접시를 깼을 때 어머니에게 등짝을 맞으면서 "잘하는 짓이다!"라는 말을 들었다고 해보자. 이 말의 표면적인 의미는 어떤 짓을 잘했다는 뜻이지만, 그 이면에는 반대로 잘못했다는 질책의 의미를 담고 있다. 또 다른 예로 어떤 여자를 짝사랑하는 남자가 콘서트 티켓을 내밀면서 "친구랑 같이 가려고 했는데, 그 친구가 약속을 펑크 냈어. 혹시 시간 되면 같이 갈래?"라고 물었다면, 이 말의 표면적인 의미는 콘서트에 같이 가자는 뜻이지만, 내포된 의미는 데이트를 하자는 것일 테다. 그런데 이 여자 역시 남자에게 관심이 있음에도 불구하고 "잠깐 시간 되는지 알아보고 이야기해 줄게." 라고 대답했다면, 이 말의 표면적인 의미는 콘서트 시간에 본인의 시간이 비는지 알아본다는 뜻이지만, 내포된 의미는 조금 자존심을 세워보는 것일 수도 있다.

이처럼 우리는 일상생활에서 서브텍스트를 매우 많이 쓴다. 오히려 서브텍스트를 쓰지 않는다면 이상한 사람 취급을 받을 수도 있다. 직장 상사와 함께 점심 식사 메뉴를 고르는 자리에서 직장 상사가 항상 고집하는 음식을 먹겠다고 했을 때, 그 메뉴를 도저히 못 먹겠다면 우리는 완곡하게 거절 의사를 표현한다. "지난번에도 먹었잖아요.", "저는 상관없는데 다른 직원들 표정이 별로 안 좋네요.", "오늘은 약속이 있어서요. 따로 먹을게요.", "저 아침에 그거 먹었어요.", "저 갑자기 그 음식 알레르기가 생겼대요." 등등 다양한 표현으로 거절 의사를 전달한다. 만약 "이제 그거 지긋지긋해요. 부장님이나 드세요."라고 직설적으로 말한다면, 다른 사람들은 직장 상사를 상대로 화를 내고 있다고 받아들일 것이다. 그러므로 특정한 상황에서는 서브텍스트를 쓰는 것이 더 자연스럽다.

서브텍스트는 크게 두 가지로 나뉜다. 첫 번째는 행동의 서브텍스트이다. 우리가 보이는 행동에도 함축된 의미가 있다. 예를 들어 어떤 남성이 여성을 사랑하다고 말하면서도 무덤덤한 표정을 짓고 있다면, 그것은 사랑하지 않는다는 뜻일 수 있다. 또 여성과 남성이 함께 길을 가다가 아기 용품을 눈여겨본다면, 그 행동은 맥락에 따라 여러 가지 의미를 내포할 수도 있다. 미혼 남녀라면 결혼하자는 의미, 기혼 남녀라면 아이를 가지자는 의미, 아이를 잃은 슬픔이 있는 부부라면 그리움의 의미일 것이다.

〈오징어 게임〉에서 성기훈은 경마에서 딴 돈을 모두 잃는다. 빈털터리가 된 그는 사채업자에게 빌린 돈 만 원과 경마로 돈을 땄을 때 창구 직원에게 준 팁을 다시 되돌려 받아 마련한 만 원으로 인형 뽑기 게임에 열중한다. 그런데 이는 성기훈이 끝까지 정신을 못 차리고 인형 뽑기라는 또 다른 사행성 게임에 돈을 탕진한다는 의미로 전달되지 않는다. 오히려 이렇게 해서라도 딸의 생일에 그럴듯한 선물을 주려는 부정으로 해석된다. 동시에 딸에게 선물을 줘야 하는 상황인데도 이런 운에 기댈 수밖에 없는 성기훈의 절박한 처지를 함축하고 있기도 하다.

또 구슬치기 게임에서 오일남이 자신의 구슬 한 개와 성기훈이 가진 구슬 모두를 걸고 마지막 내기를 하자고 제안하자 그는 화를 낸다. 그러자 오일남은 "그럼 자네가 날 속이고 내 구슬 가져간 건 말이 되고?" 하고 되묻는다. 성기훈은 아무 말도 하지 못하고 고개를 떨군다. 그리고 거친 숨을 몰아쉰다. 어쩌면 성기훈의 이 몸짓은 "죄송합니다, 면목 없습니다." 정도일 수 있다. 하지만 그 이상의 의미를 함축하고 있는 것도 사실이다. 살아남기 위해 몸부림치면서 자신의 양심을 저버린 것에 대한 회한일 수 있고, 무어라 변명하고 싶지만 할 말이 없는 것일 수도 있으며, 오일남의 제안을 거부하고 싶으나 차마 거부하지 못하는 것일 수도 있다. 확실한 것은 대사로 처리했을 때 매우 한정적일 수밖에 없는 의미가 고개를 떨구는 행동으로 대체됨으로써 더욱 풍부해졌다는 것이다.

이처럼 모든 것을 대사로 풀어야 할 이유는 없다. 오히려 말없이 취하는 행동 하나가 더 다양한 의미를 담아내기도 한다. 그러므로 이야기를 쓸 때 대사 외에 의미를 담을 수 있는 여러 가지 행동을 같이 고려할 필요가 있다.

〈그해 우리는〉, 최웅에게 이별을 고하는 국연수.

서브텍스트의 두 번째는 대사의 서브텍스트이다. 앞서 예로
든 것처럼 대사에도 여러 가지 의미를 담을 수 있다. 또한 그
런 대사가 더 자연스러울 때도 있다. 드라마 〈그해 우리는〉
의 1부 마지막에는 두 주인공인 최웅과 국연수가 헤어지는
장면이 나온다. 국연수는 최웅에게 이별을 통보하고 돌아서
는데, 최웅이 다시 한번 국연수를 부른다. 그때 국연수가 돌
아보자 최웅은 국연수를 보고 말한다. "그거 내가 사준 옷이
야." 그러자 국연수는 최웅에게 와서 그가 사준 니트를 벗어
주고 떠난다. 헤어지는 마당에 툭하고 내뱉는 이 뜬금없는 대
사에는 여러 가지 의미가 있어 보인다. 첫 번째는 국연수가
입고 있는 니트가 최웅이 사준 옷이라는 지시적 의미가 있
다. 물론 이 대사의 의미는 여기서 그치는 것이 아니다. 국연

수가 최웅에게 옷을 벗어 던져준 것에서 알 수 있듯 옷을 되돌려 달라는 의미도 있다. 하지만 시청자들은 최웅을 헤어지려는 연인에게 자신이 사준 옷을 돌려달라는 찌질한 캐릭터로만 보려고 하지 않을 수도 있다. 어쩌면 이 대사는 국연수에 대한 최웅의 미련을 표현한 것일 수도 있다. 아직은 헤어지고 싶지 않다는 마음, 찌질한 말을 해서라도 국연수의 발걸음을 돌려보고 싶은 마음, 그리고 여기에 더해 이유 없이 헤어지자고 하는 연인에 대한 심통도 포함되어 있을 수 있다. 얼핏 맥락에 맞지 않아 보이는 이 대사가 "헤어질 수 없어!" 내지는 "떠나지 마!" 혹은 "그 옷 벗어서 나한테 돌려줘." 같은 직접적인 대사들보다 더 많은 '말'을 하고 있는 것은 틀림없어 보인다.

〈그해 우리는〉의 3화에는 최웅과 국연수가 이별하는 과거 회상 장면이 있다. 여기서 최웅은 "내가 그렇게 버리기 쉬운 거냐. 네가 가진 것 중에."라고 국연수에게 말한다. 그러자 그녀는 "아니. 내가 버릴 수 있는 건 너밖에 없어."라고 대꾸한다. 사실 국연수는 홀할머니 아래서 힘들게 자란 캐릭터다. 큰 음식점을 하는 부모님을 둔 최웅에 비해 가진 것이 없다. 그러나 이 대사는 단지 국연수가 가진 게 없음을 지시하는 대사는 아니다. 이 대사의 의미를 뒤집어 생각해보면, 최웅은 국연수가 가진 유일한 것이다. 그래서 그만큼 소중한 것이기도 하다. 그렇기에 이 말을 내뱉는 국연수는 매우 냉정한 태도를 유지하지만, 미워할 수 없는 애잔함이 느껴지기도 한다. 또한 이 대사는 미스터리를 남겨둔다. 대체 자신이 가진 유일한 것을 버리려고 하는 이별의 사유가 무엇인지 궁금해하지 않을 수가 없는 것이다. 따라서 이 대사는 서브텍스트를 가짐과 동시에 시청자들의 몰입까지 유도하는 효과를 지닌다.

모든 대사에 서브텍스트를 담을 수는 없다. 많은 대사가 단순한 의미를 지시하는 것일 수도 있다. 하지만 그렇다고 모든 대사가 일차원적인 의미만 내포해서는 캐릭터의 깊이가 사라진다. 나아가 이야기의 의미도 매우 제한된다. 그러므로 대사는 필요한 경우 분명히 서브텍스트를 담을 수 있도록 계산되어야 한다. 그리고 의미가 함축되면 뇌리에 남는 좋은 대사가 된다. 다만 하나의 장면에서 하나의 대사만 신경 써서는 이런 대사가 나오기 어렵다. 대사는 언제나 전체 맥락 속에서 구성되어야 한다. 그래야 튀는 대사가 아니라 인상 깊은 대사가 된다.

대사 쓰기의 두 가지 팁

그런데 말하기와 보여주기는 대사에도 적용된다. 대사는 기본적으로 말하기이지만, 그렇다고 해서 장황하게 말하게 해서는 안 된다. 대사는 일상어가 아니다. 일상어처럼 보이지만 작가의 의도에 의해 계산된 언어다. 그러므로 대사를 쓸 때는 쓰고 싶은 대로 쓰는 게 아니라 꼭 필요한 만큼만 전달되도록 해야 한다. 남편과 아내가 식탁에서 저녁을 먹으면서 마주보고 있는 상황을 가정하고 다음의 두 가지 사례를 들어 비교해보자.

사례 1.

남편 (아내를 보고) 당신과 내가 결혼한 지도 벌써 30년이네. 자식들은 서울에 있는 대학에 가고 우리 둘만 남았군. 그동안 서로 소원했던 것 같아. 앞으로는 내가 당신을 위해 살고 싶어. 이제 잘 지냈으면 해.

아내 웃기지 마.

사례 2.

아내 오늘 무슨 날인지 알아?

남편 글쎄...

아내 당신은 항상 그런 식이지. 30년째 변하지도 않아.

남편   아! 결혼 기념일이구나. 미안.

아내   애들도 우리 결혼 기념일을 알아. 학교 다니느라 바쁠 텐데 문자 하나씩은 보내더라.

그런데 당신이 모른다고? 내가 애들하고 결혼했어?

남편   그만하자. 애들 서울 떠나고 난 후에 말해주는 사람이 없어서 그랬어.

이제 내가 직접 챙길게. 그만 화 풀어.

이제 우리 둘뿐인데 이왕 이렇게 된 거 당신하고 잘 지내고 싶어.

아내   웃기지 마.

첫 번째 사례는 전형적인 텔링의 대사다. 남편의 입을 통한 정보 나열이기 때문이다. 게다가 이렇게 대사가 전개되면 부자연스럽게 느껴지기도 한다. 당연히 독자나 관객은 이 대사에 몰입하지 못한다. 두 번째 사례는 갈등 상황 속에서 정보를 전달한다. 아내와 남편은 이미 오랜 갈등 관계에 있고, 그 원인은 남편의 무심함이다. 둘은 갈등하면서도 결혼 생활을 30년째 유지 중이며, 자식들은 서울에서 대학에 다니고 있다는 정보도 전해줄 수 있다. 게다가 두 번째 사례에서 대사는 훨씬 일상어처럼 자연스럽게 느껴진다. 두 번째 사례가 보여주기 대사다. 물론 꼭 갈등을 보여주면서 정보를 전달해야 하는 것은 아니다. 예를 들어 〈이상한 변호사 우영우〉 1화에는 다음과 같은 대사가 나온다. 우영우가 처음으로 법무법인 한바다에 입사하게 된 때의 상황이다.

> **정명석** 누구세요?
>
> **우영우** 법무법인 한바다에서 신입 변호사로 일하게 된 우영우입니다.
>
> **정명석** 아 그 신입 오기로 한 게 오늘이었나? 잠깐만 이력서 받아 둔 게 있는데…
>
> **이력서를 꺼내 보는 정명석**
>
> **우영우** 제 이력서는 두 장인데요, 뒷장은 없습니까?
>
> **정명석** 네 뒷장 내용이 뭔데요?
>
> **우영우** 특이 사항. 자폐 스펙트럼 장애.
>
> **정명석** 아…

여기서 가장 중요한 정보는 우영우가 자폐 스펙트럼 장애를 가지고 있다는 것이다. 이 정보는 분명 갈등 상황에서 전달된 것은 아니다. 하지만 뒷장이 사라진 상황을 만들고 시청자의 호기심을 자아낸 후에 우영우 본인이 자신의 장애를 직접 아무렇지 않게 말하도록 장면을 구성했다. 다시 말해 특별한 상황을 만들고 정보를 전달한 것이다. 만약 이 장면에서 우영우가 스스로 자신의 장애를 말하지 않고, 정명석 변호가 뒷장을 보면서 "자폐 스펙트럼 장애가 있네요."라고 말하며 정보를 전달했다면 훨씬 밋밋했을 것이다. 작가는 상황을 만들고 상황 속에서 정보를 전달하면서 자연스럽고도 임팩트 있는 장면을 구성할 수 있었다.

이상을 종합해보면 대사, 특히 정보를 전달하는 대사는 어떤 상황을 만들고 그 속에서 필요한 정보를 전달하는 것이 가장 자연스럽고, 또 강조점을 줄 수 있다는 사실을 알 수 있다. 따라서 대사를 쓸 때 계산할 필요가 생기는 것이고, 이런 점 때문에 대사가 일상어와 구분되는 것이다. 물론 모든 대사를 계산해서 쓰기는 어렵다. 하지만 작가 스스로가 중요하다고 생각되는 장면은 깊이 숙고해서 대사를 쓸 필요가 있다.

지금까지 이야기의 구성 원리를 살펴보았다. 그런데 반드시 명심해야 할 것이 있다. 이 모든 구성 원리를 이해한다고 해서 창작할 때 쉽게 적용할 수 있다고 생각해서는 절대 안 된다. 아이돌들이 무대에서 추는 춤을 보면 어떤 동작인지 머리로는 이해할 수 있지만 똑같이 따라 추기 위해서는 수년간의 연습이 필요한 것과 마찬가지다. 악기 배울 때를 떠올려 볼 수도 있다. 유튜브에서 기타 연주법을 쉽게 설명해놓은 영상을 봤다고 해서 한 번에 제대로 된 소리를 내기는 어렵다. 제대로 코드를 잡고 소리를 내기 위해서는 손에 굳은살이 박이도록 연습해야 한다. 이렇듯 쉼 없는 연습을 해야 어느 정도 수준에 오르는 것은 모든 예술이 지닌 특성이다. 이야기도 마찬가지다. 이야기의 구성 원리를 이해하는 것과 그것들을 염두에 두고 적용하는 것은 엄연히 다른 차원의 이야기이므로, 습작을 하는 동안 기본기를 적용해서 창작하는 습관을 들여야 한다. 연습을 반복해야 한다는 뜻이다.

사실 많은 작법서들이 이 점을 제대로 알려주지 않는다. 하지만 생각해보라. 세상에는 많은 작법서가 나와 있다. 할리우드를 거점으로 활동하는 스토리 컨설턴트들의 작법서가 대표적이다. 그러나 그 책을 읽고 이해한다고 해도 작가로 성공할 확률은 매우 낮다. 이야기의 원리에 따라 반복해서 쓰고, 보여주고, 문제를 찾고, 고치는 과정을 수도 없이 거듭해야만 비로소 책이 전달하고자 하는 진의가 보이고 창작을 하면서 기본 원리들을 적용하는 데 숙달이 된다. 그러므로 이 책을 읽고 나서 그냥 덮어두면 안 된다. 이 책을 교과서 삼아 창작할 때마다 떠올리며 연습하고 또 연습해야 한다.

부록

웹소설의 구상과 전개

웹소설은 적어도 현재 한국에서는 가장 늦게 탄생한 이야기 장르가 아닐까 싶다. 물론 과거에도 PC 통신을 통해 공개되던 소설들이 있었다. 하지만 본격적으로 웹소설이 정착되고 창작되기 시작한 것은 2010년대 이후일 것이다. 물론 웹소설이라고 해서 소설이 아닌 것은 아니다. 다만 웹에 연재되고, 주로 모바일 환경에서 본다는 점 때문에 그 형식이나 내용 면에서 기존의 소설과 조금은 차별되는 지점이 있다. 여기서는 최근 급격하게 부상하는 대중 이야기의 한 갈래인 웹소설이 기존의 소설과 어떤 면에서 차이점이 있고, 그 차이점에 따라 어떻게 구상해야 하는지를 개괄적으로 짚어보려고 한다.

웹소설의 환경

웹소설은 대개 모바일로 보기 좋게 내용이 편집되기 마련이다. 그래서 분량은 1화당 공백 포함 5,000자에서 6,000자 사이이고, 대개 5분에서 10분 사이의 짧은 시간 동안 1화를 소비하도록 되어 있다. 스크롤하는 방식으로 읽어 내리기 때문에 문장과 문장 사이의 간격이 넓게 편집되고, 세밀한 내용의 전달보다는 가독성이 더 중시된다. 다시 말해 빨리빨리 읽어도 내용을 이해하는 데 무리가 없어야 한다는 뜻이다.

웹소설은 조회수와 매출이 직결된다. 게다가 실시간 랭킹이 매겨진다. 당연히 상위에 랭크되어야 조회수를 많이 얻을 수 있고, 매출도 높다. 그래서 작가는 매일 연재를 하면서 작품의 주목도를 끌어올리려고 한다. 이 때문에 웹소설은 분량이 늘어날 수밖에 없고, 작업량 역시 상당히 많다. 현대 로맨스나 BL 장르는 70화에서 100화 정도, 로맨스 판타지는 150화 이상, 판타지는 200화 정도, 무협은 300화 이상 연재되는 경우가 많다. 대체로 25화 분량을 책 한 권 분량으로 보는데, 최소 세 권 이상의 분량을 써야 한다. 그래서 웹소설은 매일 꾸준히, 오래 쓰는 것이 관건이다.

또 웹소설은 종이책으로 된 소설이나 영화보다는 집중해서 보기 어려운 환경에서 읽히는 경우가 많다. 지하철을 타고 이동하는 자투리 시간에 읽거나, 일을 하다가 잠시 머리를 식히기 위해 읽기도 한다. 물론 몰아서 보는 이들도 있지만 웹소설 특유의 분량 때문에 자투리 시간을 활용해서 읽을 때가 많은 것이다. 이처럼 다소 산만한 환경에서도 잘 이해되고 읽혀야 하기에 웹소설의 설정은 비슷비슷한 경우가 많고, 복선을 깔고 치밀하게 전개되기 보다는 사건 중심으로 서술되는 경우가 많다. 비슷한 설정이 선호되는 이유는 발단에서부터 쉽게 이해시키기 위해서다. 1화만 보면 대충 어떻게 전개될지 짐작할 수 있어야 다소 산만한 환경에서도 무리 없이 이해하며 페이지를 넘길 수 있다. 또 사건 중심으로 서술되는 것도 이러한 환경과 무관하지 않은데, 치밀한 복선을 깔면서 이야기를 전개하면 독자는 산만한 환경에서 긴 분량의 소설을 읽다가 앞의 복선을 잊는 경우가 생긴다. 이런 이유로 사건을 중심으로 이야기를 전개해나가야 전체 내용을 이해하면서 읽어나가는 데 무리가 없다.

웹소설을 둘러싼 이런 환경적인 특성을 우선 잘 이해할 필요가 있다. 미스터리를 구상해서 웹소설로 연재하겠다는 생각을 가지고 있다면 실제 연재로 이어지기가 어렵다. 미스터리는 치밀한 복선을 깔아야 하고,

사건이 깔끔하고 완벽하게 매듭지어지는 것이 중요한 장르인 만큼 수백 화의 분량을 이어가기도 쉽지 않다. 즉 웹소설의 환경을 도외시한 접근이 되는 것이다. 지금의 웹소설이 로맨스, 로맨스 판타지, 무협, 현대 판타지, 판타지 장르로만 구성되어 있는 이유도 이 장르들이 웹소설 환경에서 생존하기에 적합하기 때문이다. 그러므로 웹소설을 쓰기 위해서는 먼저 웹소설의 환경을 잘 이해하고 이 환경에 맞춰 살아남은 작품들을 섭렵하는 것이 무엇보다 중요하다.

발단의 구성

웹소설은 발단이 매우 중요하다. 대개 1화에서 5화 내외의 분량이 무료로 풀리는데, 이 무료분은 일종의 시식 같은 것이다. 시식을 하고 맛있으면 음식을 구매하듯이, 무료분을 읽고 흥미가 있으면 유료분을 구입해서 읽게 된다. 사실 무료분이 없어도 마찬가지다. 웹소설은 1화 단위로 끊어서 보게 되어 있다. 종이책이나 전자책은 한 권 안에 모든 이야기가 다 포함되어 있으므로 한번 구입한 이상 웬만하면 끝까지 읽어보게 되어 있다. 그러나 1화 단위로 연재되는 웹소설은 1화가 재미없으면 2화를 챙겨서 읽기가 쉽지 않다. 즉 1화 단위로 끊어 읽는 웹소설의 구독 형식 때문에 초반에 독자의 몰입감을 끌어올리는 것이 매우 중요하다. 따라서 '뒤로 가면 갈수록 재미있어 진다.'는 표현은 적어도 웹소설에서 만큼은 경계해야 한다. 차라리 뒤가 재미없는 게 낫다. 처음이 재미있으면 독자들은 다음 화를 읽게 되고, 후반부가 다소 김이 빠지더라도 관성적으로 계속해서 읽어나가게 된다.

그렇다면 웹소설의 발단은 어떻게 구성해야 할까? 사실 웹소설의 발단이라고 해서 다른 이야기의 발단과 그리 크게 차이가 나는 것은 아니라고 생각한다. 그래서 이 책에서 소개한 발단 쓰는 방법을 참고하면 된다. 다만 웹소설은 그 특성상 발단의 전개 속도가 매우 빨라야 한다. 이는 프로모션 심사라는 현실적인 문제와 관련이 있다. 프로모션은 쉽게 말해 웹소설을 앱에서 노출해주는 정도를 말한다. 말 그대로 잘 팔릴 수 있도록 소설을 배치하고 홍보해주는 것이다. 웹소설에서는 이 프로모션이 매우 중요하다. 가급적 높은 프로모션을 받아서 앱의 전면에, 잦은 빈도로 노출되어야만 독자들이 작품을 접할 확률이 높아진다. 손바닥만 한 핸드폰 화면에서 노출되는 작품의 수는 매우 한정적일 수밖에 없다. 이처럼 프로모션을 잘 받아야만 좁은 화면 내에서 그나마 눈에 띄게 배치될 수 있기에 조회수와 매출을 위해서는 이 프로모션 심사를 통과하는 것이 핵심이다.

그런데 대개 프로모션 심사는 5화 정도의 분량을 대상으로 한다. 이는 사실상 5화 정도의 분량 내에서 이 작품의 가능성과 재미를 보여달라는 뜻이기도 하다. 따라서 발단은 5화 이내에서 이루어져야 한다. 웹소설이 매우 긴 분량의 이야기임을 감안하면, 5화는 상대적으로 적은 분량이다. 그래서 발단에는 효율적이고 경제적으로 꼭 필요한 이야기만 넣어야 하고, 이 때문에 그 전개가 자연스럽게 빨라지는 것이다.

따라서 발단을 어떻게 구성하느냐보다는 5화 내에 어느 분량만큼 사건을 전개해야 하느냐가 더 중요한 질문일 수 있다. 결론부터 말하자면 적어도 5화 내에 주인공의 욕망이 선명하게 제시되어야 한다. 특히 외적 욕망이 뚜렷하게 제시되어야 한다. 라이벌을 누르고 사랑을 쟁취하겠다든지, 어떤 난관을 뚫고서라도 사랑을 이루겠다든지, 어떻게든 이 세계에서 탈출하겠다든지, 현실이 된 게임 세계에서 반드시 살아 나가겠다든지, 사업을 해서 성공하겠다든지, 무너진 문파를 다시 일으켜 세우겠다든지 하는 것들이다.

다만 주인공의 욕망은 두 가지 상반된 속성을 가지는 게 좋다. 첫 번째는 실현 불가능성이다. 즉 주인공이 자신의 욕망을 이루는 것이 매우 어려워 보여야 한다. 웹소설 『화산귀환』에는 무술 고수인 주인공이 등장한다. 그는 수십 년의 세월을 지나 환생을 하는데, 아무런 무공이 없는 꼬마 아이의 몸으로 되돌아간다. 무공이 없는 꼬마의 몸으로 수십 년 만에 망해버린 화산파를 다시 재건하는 일은 거의 불가능해 보인다. 그러나 바로 이 점이 재미다. 불가능한 일을 주인공의 의지와 능력으로 가능하게 하는 것 말이다. 두 번째는 그럼에도 실현 가능성이 있어야 한다. 다시 『화산귀환』으로 돌아가자면, 주인공은 비록 꼬마의 몸을 지니고 있지만 화산파의 거의 모든 구결을 외우고 있으며, 어떻게 수련해야 제대로 무공을 쌓을 수 있는지 정확하게 아는 과거의 초절정 고수다. 그러므로 그는 시간이 지나면 자신의 무공을 회복할 가능성이 매우 크고, 그렇게 되면 화산파를 재건할 수도 있는 것이다. 『화산귀환』의 예에서 보듯 얼핏 상반되어 보이는 가능성이 함께 내포된 욕망을 설계하고, 그것을 빠르게 제시하는 것이 웹소설에서는 매우 중요하다. 물론 꼭 5화에서 이 욕망을 제시하라는 것은 아니다. 늦어도 5화라는 것이지, 그 이전에 제시하면 더 좋다. 다시 말해 발단은 빠르면 빠를수록 좋다.

모두 그런 것은 아니지만 웹소설은 발단에 회귀, 빙의, 환생을 포함하는 경우가 많다. 줄여서 '회빙환'이라고 부른다. 회귀는 자신의 과거 어느 한때로 되돌아가는 것이고, 빙의는 다른 사람의 몸에 영혼이 깃드는 것이며 환생은 원래의 생각을 가진 채 다른 사람으로 다시 태어나는 것이다.

이 회귀, 빙의, 환생은 앞선 인생의 정보를 가지고 2회 차 인생을 성공시키겠다는 판타지를 충족시키는 장치다. 동시에 『화산귀환』처럼 실현 가능성과 실현 불가능성이라는 양립 불가능해 보이는 욕망을 설계하기에 좋은 장치이기도 하다. 회귀, 빙의, 환생을 한다 해도 주인공이 처한 상황은 녹록지 않거나 주인공이 실패한 과거의 어느 한 지점으로 되돌아가게 되지만, 이전의 인생에서 획득한 경험과 지식으로 실패를 극복할 수 있는 자질도 갖추게 되기 때문이다.

그래서 웹소설에서는 회귀, 빙의, 환생을 자주 쓰는데, 이 키워드를 쓸 때는 두 가지 주의할 점이 있다. 첫 번째는 웹소설을 많이 본 독자라면 익히 알겠지만 가급적 1화 내에서 마무리 지어야 한다는 것이다. 대체로 1화에서 주인공은 음모에 빠지거나, 불행한 운명에 희생되거나, 배신을 당하면서 어떤 식으로든 첫 번째 인생의 종말을 맞이한다. 그리고 1화 마지막에서 회귀, 빙의, 환생하거나, 2화 초반에 회귀, 빙의, 환생을 이루면서 시작한다. 즉 회귀, 빙의, 환생은 주인공이 새로운 욕망을 가지게 되는 계기로 활용하고 재빨리 마무리 지어야 한다. 두 번째로 회귀, 빙의, 환생하기 전에 주인공의 삶의 문제를 구축해두는 것이 좋다. 오만해서 음모에 빠지거나 배신을 당하게 된다든지, 비겁해서 달아나려 했지만 도리어 누명을 쓰고 억울한 죽음을 맞이하게 된다든지, 자신감 없이 착하게만 살다가 이용 당해 버림 받는다든지 하는 식으로 정확한 설정을 통해 주인공이 왜 불행한 운명을 맞이할 수밖에 없었는지를 밝혀두는 게 좋다. 그래야 회귀, 빙의, 환생을 하고 난 후에 주인공이 바로 그 결점을 극복하는 이야기를 전개할 수 있고, 그에 상응하는 갈등을 구축할 수 있다.

정리하자면 회귀, 빙의, 환생을 활용하고자 하는 경우에는 가급적 1

화 전후로 주인공의 첫 번째 삶을 마무리한 후 회귀, 빙의, 환생할 수 있도록 해야 한다. 그리고 회귀, 빙의, 환생 전에 주인공의 삶의 문제를 구축해 두어야 한다. 그래야 빠르게 주인공의 욕망을 제시할 수 있고, 합당한 갈등을 만들어나갈 수 있다.

갈등 만들기

그렇다면 발단을 구축한 후에 갈등은 어떻게 만들어나가는 것이 좋을까? 웹소설도 이야기인 만큼 갈등을 만들어 나가는 원리는 이 책에서 언급한 것과 크게 다르지 않다. 웹소설은 긴 분량을 전개해야 하기 때문에 자칫 여러 가지 갈등이 산재한 이야기를 쓰기 쉽다. 그러나 결국 웹소설 역시 다양한 사건을 단일한 갈등 속에서 묶어내는 것이 좋다. 이때 유용하게 쓸 수 있는 것이 앞서 언급한 용기 VS 비겁, 연대 VS 고립, 진실 VS 오해의 갈등 유형이다.

이 갈등 유형들을 활용하는 방법은 간단하다. 주인공이 비겁해지면 갈등이 증폭되고, 주인공이 용기를 내면 갈등이 극복된다. 또 주인공이 고립되면 갈등이 증폭되고, 주인공이 연대하면 갈등이 극복된다. 마지막으로 주인공이 오해를 사면 갈등이 증폭되고, 주인공을 둘러싼 오해가 벗겨지면 갈등이 극복된다. 웹소설 『내 남편과 결혼해줘』는 우선 연대와 고립의 갈등을 중심으로 전개된다. 주인공 지원은 수줍고 소극적인 성격으로 인해 남편인 민환과 친구인 수민에게 대인 관계를 의존해왔다. 그래서 지원은 고립된 채 살아갈 수밖에 없었다. 그런데 지원은 암에 걸린 것도 모자라 가장 의지해왔던 민환과 수민의 불륜을 알게 된 시점에 죽음을 맞이한다. 이때 주인공의 삶의 문제는 고립인 셈이고, 이를 극복하는 것은 연대다. 10년 전으로 회귀한 지원은 자신을 속인 두 사람에게 복수를 시작한다. 그런데 이 복수를 해나가는 과정에서 지원은 새롭게 친구와 동료들을 얻는다. 예를 들어 자신을 동창회에서 따돌린 수민에게 복수하면서 사이가 좋지 않던 동창들과 화해하고, 그들과 함께 수민에게 복수를 가한다. 직장에서도 마찬가지다. 동료들과 함께 수민이나 수민의 편을 들던 직장 상사와 맞선다. 무엇보다 로맨스 파트너가 되는 부장을 재발견하면서 민환과의 관계도 정리해나간다. 즉 『내 남편과 결혼해줘』의 초반부 전개는 악역들에 의해 고립되었던 주인공이 주변의 새로운 사람들과 관계를 형성하면서 복수를 해나가는 과정을 그리고 있다. 동시에 『내 남편과 결혼해줘』의 지원은 소극적인 성격을 버리고 적극적으로 상황에 맞서는 용기 있는 인물이 된다. 동창회에 가서 수민과 맞서고, 자신을 괴롭히던 동창들에게 굴하지 않는다. 이전에 소심해서 당했던 것을 되갚아 주기 위해서 용기는 지원에게 반드시 필요한 덕목이다. 즉 지원은 소심해서 갈등에 처했지만, 용기를 내면서 그 갈등을 극복한다.

웹소설 『장씨 세가 호위무사』는 진실과 오해의 갈등을 주로 활용한다. 주인공 광휘는 중원에서 가장 뛰어난 무사지만, 과거의 상처 때문에 은둔해서 살아간다. 그런 그는 장씨 세가를 호위해 달라는 부탁을 받고 다시 세상으로 나간다. 처음에 광휘는 초라한 행색과 강호에 알려지지 않은 이름 때문에 힘없는 하수로 취급받는다. 그렇다고 광휘가 적극적으로 자신의 무공을 드러내는 성격도 아니다. 그는 묵묵히 오해를 받아들인다. 하지만 광휘는 필요할 때 엄청난 무공을 발휘하면서 자신을 둘러싼 오해를 거둬들인다. 그뿐 아니다. 광휘는 은자림이라는 막강한 무림의 공적을 상대하면서 수없이 많은 동료의 죽음을 목격했고, 이 때문에 정신적인 상처를 안게 된다. 그리고 하루 빨리 은자림을 제거하고자 하는 마음에 무공에 몰입하다 주화입마를 입어 스승을 죽음에 이르게 하기도 했다. 그러나 광휘와 그 동료들의 희생에도 불구하고 이들은 제대로 된 보상을 받거나 명예를 얻지도 못한 채 초야에 묻혀야 했다. 이 때문에 광휘의 정신적 상처는 더욱 깊어졌고, 술에 의지해서 살아가게 된다. 그러나 장씨 세가를 호위하면서 과거의 은자림과 다시 만난 광휘는 그를 둘러싼 진실이 하나씩 밝혀지면서 마침내 은자림이라는 적을 처치함과 동시에 자신과 동료를 둘러싼 오해를 불식시키고 합당한 명예를 되찾게 된다. 즉 『장씨 세가 호위무사』는 광휘가 오해를 받으면 갈등이 커지고, 그 오해가 풀리면서 갈등이 종식되는 갈등 구조를 가지고 있는 것이다.

『내 남편과 결혼해줘』는 180화, 『장씨 세가 호위무사』는 340화에 이르는 분량이다. 그래서 매우 많은 시퀀스를 포함하고 있다. 하지만 이 많은 사건과 시퀀스를 포괄하는 주된 갈등을 반복해서 활용함으로써 갈등의 일관성을 유지하고 있음을 기억하자.

이야기 어떻게 쓸까?

매체를 넘나드는 이야기 쓰기의 원리

초판 1쇄 발행 2023년 6월 26일

글   배상민

편집   김유정, 조나리
디자인 피크픽

펴낸이 김유정
펴낸곳 yeondoo
등록   2017년 5월 22일 제300-2017-69호
주소   서울시 종로구 부암동 208-13
팩스   02-6338-7580
메일   11lily@daum.net
ISBN   979-11-91840-37-7 (03800)